喜妃傳

第二部

著 解語

七

熹妃傳

目錄

第八百八十九章　識破

胤禛負手走到案後，眸光冰冷地說出令那拉氏震驚與絕望的話來——

「早朝之前，熹妃已經來見過朕，也與朕說了三福跟翡翠的事，她憐惜三福與翡翠，為他們百般求情，朕看在熹妃的面上，破例賜他們為菜戶，稍後便會下恩旨。試問，在這樣的情況下，熹妃又怎會與妳爭執？這根本說不通，她只須將朕的意思告訴妳即可。」

那拉氏如遭雷擊，愣愣地坐在椅中。怎麼會這樣？既然有胤禛的恩旨，鈕祜祿氏為何在她面前隻字不提？是一時忘記還是……

不，這種事怎麼可能會忘記，分明就是有意不提，為的就是……引她落入設好的陷阱之中。怪不得今日鈕祜祿氏在她面前出奇的強硬。

這麼做，只有一個目的，就是讓她來胤禛這裡告狀！

從來只有她算計別人的分，不承想有朝一日，竟也讓人算計了。

看著胤禛懷疑的目光，她不禁有些慌了神，趕緊道：「皇上，熹妃根本沒有與臣妾提過此事，她只是一味頂撞臣妾，若皇上不信，大可以問臣妾的宮人，他們都是親眼所見。」

「夠了，皇后說這些不覺得可笑嗎？他們是妳的宮人，又豈會說妳一句不是。」面對胤禛的怒火，那拉氏後悔自己之前的輕率，只是現在說什麼也沒有用了，趕緊跪下道：「臣妾所言句句屬實，一切都是熹妃從中搞鬼，請皇上明鑑。皇上應該明白臣妾的為人，又怎會無緣無故跑到皇上面前為難熹妃，為難了她，對臣妾又有什麼好處？」

「好處？那應該問皇后自己了。」胤禛冷笑一聲，對於那拉氏的話嗤之以鼻。

「皇上，臣妾真的沒有一句虛言！」那拉氏焦慮萬分，迫切地想要胤禛相信自己。

「沒有一句虛言是嗎？」胤禛快步走下來，一腳踹在小寧子身上，在他倒地後，隨手扯開小寧子的領口，指著那些傷，厲聲道：「妳自己看看他身上的傷，臉、脖子、手，全部都是瘀傷紅腫，明明是被拳腳揍出來的。妳倒是告訴朕，熹妃是怎麼命人教訓的，拳打腳踢嗎？若真是這樣，那麼熹妃宮人的指關節上也應該會有傷才是，需不需要朕傳整個承乾宮的人來此，讓皇后一個個驗過去？」

在宮裡，教訓奴才，從來都是掌摑或廷杖，沒有粗魯的揍打，所以一見小寧子的傷，胤禛就知道不可能是凌若命人教訓出來的。

那拉氏萬萬沒想到，胤禛竟然會注意到這個小細節，一時無言以對，同時亦對自己剛才急著將鈕祜祿氏扳倒，生出後悔之意。

她這一次是真的大意了，在憤怒之下，沒有經過深思熟慮便來了養心殿，從而栽了一個大跟斗。

想到這裡，她恨恨地瞥了小寧子一眼，後者瑟瑟發抖地跪在地上。

胤禛將目光轉到那拉氏頭頂。「如何，皇后還有什麼想說的嗎？」

「是，臣妾有話想說！」那拉氏抬起頭來，緩緩道：「不錯，小寧子的傷確實不是熹妃命人打出來的，但與熹妃同樣有著莫大的關係，甚至是她縱容為之！」

在胤禛的睇視下，她再次道：「小寧子奉臣妾之命搜尋三福，之後在承乾宮發現了三福，三福不願隨小寧子回來，便對他好一頓毆打，而當時熹妃就站在旁邊，由著三福將小寧子揍得遍體鱗傷，這不是無視臣妾又是什麼？」

「就算是這樣，妳也不能妄改事實，欺騙於朕。」對於那拉氏的謊言，胤禛還是不能原諒。

「臣妾沒有！熹妃確實對臣妾百般無禮，若非臣妾被逼無法，又怎會帶傷來求見皇上。」事情走到這一步，再後悔也沒有用，倒不若想辦法扭轉胤禛對自己的負面印象。「至於皇上應允一事，臣妾確實毫不知情，熹妃也隻字未提。」

「好了，不用再說這些了。」胤禛不耐煩地道：「皇后有傷在身，往後還是在坤寧宮好生養著，宮裡頭的事交給熹妃就是了。對了，如今熹妃在哪裡？」

那拉氏心裡頓時咯登一下。她將鈕祜祿氏押入慎刑司一事，若是說出來，只怕會令胤禛更加生氣，可是這個情況下，由不得她不說。

那拉氏忍痛磕了個頭道：「因熹妃剛才對臣妾無禮，臣妾一時氣憤，便將她押入了慎刑司。」

見胤禛臉色鐵青，那拉氏先一步道：「臣妾有罪，請皇上責罰。」

「妳將熹妃押入了慎刑司？」胤禛不敢置信地重複，緊接著怒斥：「荒唐！真是荒唐！熹妃心善，不忍三福與翡翠身死，天不亮就跑到朕這裡來替他們求情，說了一大通的好話。妳倒好，不領情也就罷了，竟然還將熹妃押到慎刑司去，皇后啊皇后，妳平日裡就是這樣掌管後宮的嗎？」

第八百九十章　出慎刑司

那拉氏不無委屈地道：「臣妾有罪，可是熹妃當時確實太過無禮，否則——」

「否則什麼？」胤禛根本不許她說下去，倏然打斷她的話，道：「熹妃向來懂事，對妳更是敬重有加，怎可能無禮咆哮坤寧宮。」

聽胤禛一味替鈕祜祿氏說話，那拉氏恨得幾乎要咬碎一嘴銀牙。「臣妾有罪，請皇上責罰！」知道自己說什麼胤禛都不會相信，倒不如直接請罪得好。不過，這並不代表她就束手待斃。

胤禛此刻對那拉氏說不出的失望，想不到向來溫良謙恭的她竟然也會當著自己的面撒謊。若不是他發現小寧子身上的傷有古怪，就要信了她的謊言。

「皇后，妳從何時開始變得這樣不誠不實？」他眼裡有著深深的失望。

「臣妾罪該萬死。」那拉氏悲泣著磕頭，就在頭將要觸地時，忽的呻吟一聲，同時身子軟軟往旁邊倒去。

「主子，您怎麼了，是不是傷口裂開了？」惜春與小寧子等人被嚇了一跳，趕緊上前扶起那拉氏，只見她一手捂著傷口，神色痛苦不已。

「本宮沒事。」那拉氏推開他們，艱難地重新跪好。「皇上，一切都是臣妾不對，請您責罰臣妾。」

胤禛連連搖頭，他本欲給那拉氏一點教訓，但終有些於心不忍，思索片刻後道：「既是妳將熹妃關入慎刑司的，那麼就由妳負責親自將她接出來。」

「臣妾遵命，謝皇上開恩。」那拉氏雖不甘願，卻也曉得胤禛手下留情了，連薄懲也算不上；若非剛才故意假裝自己痛得跪不住，只怕下場會更不堪。

帶著不甘跟恨意，那拉氏退出了養心殿。在登上肩輿的那一刻，她的臉一下子陰沉下來，同時雙手用力握緊，一字一句道：「去慎刑司。」

到了慎刑司，那拉氏也不下肩輿，在暫代洪全之位的譚方請安聲中，抬一抬下巴道：「惜春，妳隨譚公公去地牢裡，將熹妃帶出來。」

惜春依言離去，過不多久，她與譚方再次出現，卻不見凌若蹤跡。在那拉氏的追問下，惜春小聲道：「回主子的話，熹妃說非得主子親自去請不可，否則她絕不出地牢半步。」

小寧子第一個喝道：「她好大的架子，主子都已經來接她出去，竟還要主子親自去請，簡直就是得寸進尺！」

「她現在確實有得寸進尺的本錢。」隨著這句話，那拉氏扶著惜春的手艱難地站起來，撐著虛浮的雙腳道：「譚方，帶本宮去地牢。」

「奴才遵命！」譚方膽顫心驚地應著。一邊是皇后娘娘，一邊是正當紅的熹妃娘娘，哪邊他都不敢得罪。

在走了一段對那拉氏而言極為艱難的路後，終於看到了被關在牢房中的凌若，她正好整以暇地看著那拉氏。

譚方出去後，那拉氏冷冷地盯著凌若道：「熹妃，妳今日可是給本宮設了好大一個圈套。」

凌若微微一笑。「娘娘這話臣妾不明白，臣妾向來待娘娘恭敬有加，又怎麼會設圈套呢？」

「妳明明已經向皇上求了恩典，卻隻字不提，只一味引得本宮生氣，讓本宮失了理智，還說不是圈套？」

凌若攤一攤手道：「娘娘沒問，臣妾自然就不說了；再說娘娘自己沉不住氣，又豈能怨臣妾？」

那拉氏盯著她半晌，緩緩點頭道：「是不能怨妳，只怨本宮不曾識破妳的伎倆。不過熹妃莫要高興得太早，妳只不過是暫時贏了一點兒而已。」

凌若上前一步，輕笑道：「贏一點兒也是贏，對嗎？看娘娘這樣，在皇上那裡想必是挨了罵吧，否則也不會巴巴地跑到這骯髒的地牢來。」她又道：「不如讓臣妾猜猜，是否……皇上命皇后娘娘您親自來接臣妾出慎刑司？」

那拉氏終非一般人，雖然被凌若冷嘲熱諷，還是慢慢壓下怒意，淡然道：「熹妃既然猜到了，又何必明知故問，如今本宮已經來了，妳可以出去了嗎？」

「娘娘有命，臣妾豈敢不遵。」凌若扶著水秀的手走出來。

到了外頭，凌若舉袖擋刺目的陽光，在那拉氏登上肩輿時，她似笑非笑地道：「臣妾能否隨娘娘一道去坤寧宮，正式讓三福與翡翠結為菜戶？」

那拉氏望著她，忽的輕笑了起來，不知在想什麼，口中卻道：「熹妃想去，自是可以，不過肩輿只有一頂，卻要麻煩熹妃走著去了。」

楊海瞅了前面的肩輿一眼，輕聲道：「主子，皇后會不會再耍什麼花招？」

凌若撫著一絲不亂的鬢髮道：「就算她真耍花招，咱們也只管水來土掩，兵來將擋。」

第八百九十一章 聖旨

在走了近小半刻後，終於到了坤寧宮。待宮人捧了茶上來後，凌若輕吹一口滾燙的茶水，抬眼道：「娘娘可以將三福他們兩人帶上來了嗎？」

那拉氏神色已經恢復如常，再看不出一絲生氣或是憤恨之色，她半歪在惜春身上道：「熹妃這般心急做什麼，皇上的聖旨可是還沒有下來。」

「那臣妾就在這裡等聖旨。」凌若低頭慢慢品起茶來，不過心思可是沒停下來過。那拉氏不會在明知已經處於劣勢的情況下還要拖延，背後肯定有什麼原因；再說三福與翡翠終歸是那拉氏的人，自己如今沒聖旨在手，不好逼得太急，更不好指手畫腳，她……終歸是皇后。

坐了一會兒，那拉氏將小寧子喚到身前吩咐幾句，凌若注意到小寧子在聽到那拉氏的話時，神色有所變化，透著一絲震驚之意，心裡頓時生出一絲警惕。在看到小寧子微一頷首，直起身準備離開坤寧宮時，她放下茶，淡淡道：「慢著。」

那拉氏抬眼，凌厲之色在眼中一閃而過。「熹妃有什麼事嗎？」

凌若微一頷首，漫然道：「娘娘不是要等聖旨來嗎？不知這個時候遣小寧子出去，是要做什麼？」

適才閃過的凌厲再次出現在那拉氏眼眸中，冷然道：「本宮傷口疼，讓小寧子下去拿藥，不知這個回答，熹妃滿意嗎？」

「娘娘言重了，既是鳳體違和，為何不直接說出來，倒讓臣妾多想，還以為……」她眼角微揚，帶著絲絲縷縷的警告之意。「娘娘是要讓寧公公去做什麼見不得光的事呢。」

這樣刺耳的話落在那拉氏耳中，饒是以她的涵養也忍不住臉頰一搐，眼見要發怒，卻生生忍了下來。「以小人之心度君子之腹，指的是否就是熹妃這樣？」

凌若也不生氣，低頭一笑道：「怎樣都好，在娘娘面前小心一些總是沒錯的。」

正當小寧子準備出去的時候，凌若忽地道：「水秀，寧公公一人拿藥怕是不方便，妳隨寧公公一道去，有什麼需要也好搭把手。」

那拉氏臉色有些難看，她剛才自然不是真的吩咐小寧子去拿藥，沒想到鈕祜祿氏這麼謹慎，將小寧子盯得死死的，什麼事都做不了。這般想著，她揮手道：「既是熹妃一番好意，你就與水秀一道下去吧，好生將藥拿來，別弄灑了。」

「嗻！」小寧子躬身答應。他明白主子的意思，暫緩剛才之事。

過了約一盞茶的工夫，小寧子捧了藥進來，水秀跟在他後面，微微點了下頭，凌若心領神會。看樣子，小寧子沒能耍什麼花槍，老老實實煎了碗藥來。

小寧子恭謹地道：「主子，藥還有些燙，不如待放涼一些再喝。」

對於他的知情識趣，那拉氏甚是滿意，頷首道：「既是如此，那就先放著吧。」

那拉氏話音剛落，外頭驟然傳來四喜的聲音：「聖旨到，請皇后娘娘接旨！」

那拉氏連忙命惜春與小寧子扶著她起來，對手捧明黃卷軸、大步走進來的四喜屈膝跪下，口中道：「臣妾恭領聖旨！」

四喜輕咳一塊，依旨而宣：「奉天承運皇帝，詔曰：朕聞皇后宮中太監三福與宮女翡翠兩人互生私情，此事觸犯宮規，本應重罰；然念在上天有好生之德，又蒙熹妃求情，特恩允皇后，著三福與翡翠結為菜戶，兩人當守百年之好，不離不棄。欽此！」

那拉氏將這道聖旨上的每一個字都聽在耳中、刻在心中，這道聖旨於她而言，是莫大的羞辱，而她不會忘記這羞辱是誰給予的，來日定要連本帶利地討回來。

四喜將聖旨交給尚跪在地上的那拉氏，溫言道：「皇后娘娘，謝恩接旨吧。」

「皇上萬歲萬歲萬萬歲！」在艱難地磕了個頭後，那拉氏伸出顫抖的雙手接過有如千鈞重的聖旨，起身後客氣地道：「有勞喜總管專程來此宣旨，不知皇上可還有別的吩咐？」

四喜微微一笑，低頭道：「回娘娘的話，皇上意思已在聖旨中寫得明明白白，奴才先行告退了。待福公公與翡翠姑姑成就好事之日，奴才再來討杯水酒喝。能得皇上恩旨賜菜戶者，他們可是宮裡的頭一對，實在是可喜可賀。」

那拉氏有些勉強地一笑道：「這是自然，小寧子，替本宮送喜總管出去。」

「奴才告退。」四喜朝凌若投去善意的一瞥，而後者亦回給他溫和的笑容。

凌若心裡清楚，今日若沒有四喜的襄助，且還將伺候了兩朝皇帝的李德全給搬出來，事情怕是沒那麼順利。四喜，是一個有情有義、心懷仁慈的太監。

在小寧子重新走進來後，那拉氏眸光一閃，盯著小寧子，以極為緩慢的聲音一字一句道：「既然聖旨已經下了，你就去將三福與翡翠帶出來吧，本宮親自與他們說這個好事，也免得熹妃總在這裡疑神疑鬼。」

第八百九十二章　擔憂

凌若平靜地等著小寧子將三福兩人帶上來，然等得茶都涼了還不見人。她待要發問，忽的看到那拉氏脣邊噙著一絲詭異的笑容。

不對，傳個人根本不需要這麼長時間，除非……那拉氏要趁最後的機會殺人滅口！

想到這裡，凌若哪還坐得住，當即站起來道：「娘娘，為何小寧子到現在還沒有回來？」

那拉氏一正身子，抬眼道：「這個本宮如何曉得，想必是關押他們的地方遠了一些，所以來回需要費些工夫。」

凌若哪會信她的鬼話，當下道：「臣妾適才想起一事來，要當面問三福，可是他一直沒來，等得臣妾好生焦急。」

那拉氏從景泰藍方瓶中取出一枝梔子花放在鼻下輕輕一嗅。「都這麼久了，想必很快會到，熹妃儘管坐著就是，來人，給熹妃換一盞熱茶來。」在宮人應聲端了茶盞下去後，她臉上的笑意越發深了幾分。「本宮保證，在熹妃喝完這盞茶之前，小寧子一定會帶著他們兩人進來。」

凌若抬手道：「不必了，臣妾急著要問三福，既然他沒來，那麼臣妾親自去找他就是了，還請娘娘告知他被關押的地方。」

她剛走到門檻處，便聽得後面傳來厲喝：「站住！」

她停下腳步，轉頭盯著倚著惜春站起來的那拉氏，略有些嘲諷地道：「皇后娘娘還有什麼吩咐？」

那拉氏鬆手，任由潔白的梔子花落地，被花盆底鞋無情地踩過。「熹妃，皇上雖寵愛妳，妳也該謹記身分。此處是坤寧宮，不是由得妳可以胡走亂闖的地方。」

凌若掛心三福兩人，也不與她拐彎抹角，逕自道：「臣妾從未忘過身分，倒是娘娘您該仔細想想，聖旨就在那裡擺著，您是否要抗旨不遵？」

那拉氏在凌若一步之遙的地方停住腳步，微瞇了眼眸道：「熹妃，本宮是否可以理解為妳這是在威脅本宮？」

「臣妾不敢，只是希望娘娘好自為之，別引火自焚。」凌若抬腳跨出門檻。

像三福那樣的身分，最大的可能是被關在柴房或是宮人居住的地方。所以她一走出來，便命楊海幾人趕緊去那裡，不管門開著或關著，一間間地搜過去。

那拉氏強撐著走出來，站在簷下喝道：「熹妃，妳要做什麼？」

凌若站在院中遠遠望她。「自然是尋三福跟翡翠了。」

那拉氏蒼白的臉上掠過一絲慌亂，聲音比剛才嚴厲了幾分：「熹妃，本宮已經說過不許妳在坤寧宮亂闖，妳還如此，當真是不將本宮放在眼裡嗎？」目光一轉，落在已經走出老遠的楊海等人身上。「你們幾個都給本宮站住！再敢亂闖一步，休怪本宮不客氣！」

「若坤寧宮沒有什麼見不得人的事，娘娘又何必怕臣妾亂闖呢？」在回了那拉氏一句後，凌若對被迫止住腳步的楊海等人道：「緊張什麼，皇后娘娘不過與你們開玩笑罷了，快去將人找出來。」

「熹妃，妳……咳咳！」那拉氏激動之下，頓時劇烈地咳嗽起來，蒼白的面色也因此帶上一絲不正常的潮紅。在惜春的撫背下，她勉強止了咳，怒道：「熹妃妳大膽！」

凌若遙遙施了一禮，淡然道：「若皇后娘娘覺得臣妾冒犯了您，盡可去告知皇上，想必皇上會有一個公允的評判。」

這句話頓時將那拉氏後面的話堵住，一張臉忽紅忽白，胸口更是微微起伏，既恨又怒。

若是可以與胤禛去說，她又何至於如此被動，且還眼睜睜看著鈕祜祿氏放肆而不敢重責！

她死死盯著凌若，而後者也寸步不讓地回視，彼此之間恨意滔天。

二十年間，不論是那拉氏還是淩若，都沒有尋到可徹底令對方喪命的機會。

「主子！」當楊海再次出現在淩若視線中時，可以看到他臉上充滿了驚慌、懼意，他奔到淩若耳邊悄悄說了幾句。

淩若臉色頓變，竟然真的讓她猜對了，明明聖旨已下，皇后卻還要耍花招。

她追問：「現在三福在哪裡？」

第八百九十三章　救命

「回主子的話，還在原處押著，不過他臉上的東西，奴才已經幫著弄掉了。」

「好，立刻帶本宮過去。」顧不得理會那拉氏，凌若直接扶了楊海的手往後面走去，隨後趕來的水秀等人也緊緊跟在凌若身後。

惜春感覺到手臂上的那隻手正毫不留情地掐入自己肉中，她有些驚懼地抬起頭，卻發現主子正用一種沒有溫度的目光看著熹妃離去的身影。

凌若跟著楊海急急來到坤寧宮正殿後面一排平矮的屋中，楊海指著其中一間道：「主子，三福就在裡頭。」

凌若推門走了進去。屋裡只有一扇小小的窗子，縱然外面晴光璀璨，照進來的陽光卻少得可憐，根本不足以照亮屋子。

楊海走過去瞧了一眼，帶著幾分驚訝道：「咦，那些紙不見了？主子，看來在奴才走後又有人進來過了，所幸福公公沒什麼事。」

凌若一邊示意楊海扶起面色蒼白的三福，一邊道：「什麼紙？」

楊海又四下看了一眼，確認沒有其他人，道：「就是之前弄溼了敷在福公公面上的紙，奴才記得有厚厚一疊，也不知是誰拿走的。」

此刻三福已經緩了過氣，虛弱地道：「是小寧子，你走後，他又進來拿走那些紙，估計是怕被你們抓到證據。」

楊海一臉不忍地道：「所謂敷紙就是用水沾溼了黃紙，然後一層一層地覆在人臉上，初時不過兩、三層，人尚能呼吸，但隨著紙越來越厚，便漸漸地無法呼吸，到最後便會窒息而亡，且看不出任何傷痕。剛才我因為聽到這間房裡有動靜，想著主子的吩咐，所以進來一看，竟看到福公公被幾個太監抓了手腳。」

說到這裡，他轉向凌若道：「主子，當時小寧子正將沾溼的紙一層層貼在福公公臉上。他們看到奴才突然進來，嚇得當即逃跑了。奴才撕了福公公臉上的黃紙後，發現他還有呼吸，便趕緊來給主子報信。」

三福苦笑一聲道：「虧得楊公公進來及時，否則奴才這條命便要交代在這裡了。熹妃娘娘，是否皇上下令處死奴才與翡翠？」

「若是皇上下令，本宮又怎麼會讓楊海來救你。」

楊海緊跟著道：「是啊，福公公，我家主子已在皇上跟前為您和翡翠姑姑求了恩典，讓皇上應允賜你們為菜戶，如今更是連聖旨也下了。」

三福訝異地看著凌若，旋即無盡的驚喜劃過那雙有些黯淡的眼眸。「果真如此？」

凌若攏一攏袖子，道：「自然是真，本宮答應過你的事一定會做到。」

三福大喜過望。之前他雖然相信熹妃，但終歸心裡還是有些沒底，在被關進來的時候，他也想好了會死的準備，剛才更是真切地體會了一把死的滋味。小寧子獰笑著將紙一層層貼到他臉上時，他真的完全絕望了。

「奴才謝熹妃娘娘大恩大德，奴才必以一生報答！」三福掙扎地伏在地上，大悲大喜之下，眼淚不受控制地流下來，到最後更是忍不住哭出聲來。

看到他這個樣子，凌若也不禁動容，親自扶了他道：「起來吧，一切都過去了。」

「嗯。」三福哽咽著答應一聲，努力止了淚後，又有些不解地道：「奴才還有一事，既然皇上已經下旨賜奴才們為菜戶，為何小寧子還要來處死奴才？」

凌若倏然一驚，想起另一人來，望著楊海等人道：「你們可有找到翡翠？」

楊海幾人互視一眼，皆搖頭道：「奴才們已經找遍了像這樣的地方，均沒有發現翡翠姑姑的蹤跡……」

知道翡翠可能會死，三福哪裡還待得住，跌跌撞撞地往外走，嘴裡不住地唸著：「翡翠！翡翠！」

水秀想去扶他，卻被他一把推開，頓時急得直跺腳。「哎，福公公你身子還未恢復過來，慢著些。」

凌若心下有些發沉。翡翠到現在還沒有消息，只怕凶多吉少了。在這樣的擔憂中，她扶著楊海的手走出了屋子。只見三福正跟發了瘋一般的闖進一間間屋子，口中不住叫著翡翠的名字，水秀根本拉不住他。

此時此刻，三福腦海裡只有找到翡翠的念頭，可是他快要搜遍了這一排屋子，都沒有看到翡翠的蹤跡。

「沒有！沒有！為什麼還是沒有！」在將最後幾間屋子也看遍，依舊一無所獲後，三福終於忍不住低吼了起來，神色間有難掩的恐懼。

他雖然一直在安慰自己，可是一刻看不到翡翠，心裡的恐慌就一刻難以停止。

第八百九十四章 翡翠

水秀趕緊攔在三福身前勸阻：「哎，福公公，那些地方你不能去！」

正殿若無主子許可，擅自闖入，無異於犯了殺頭大罪。皇后本就不是個善人，更不要說她現在正一門心思想要置三福於死地，這樣做，豈不是自己將命送到皇后手裡嗎？所以說什麼也不能讓三福胡來。

三福用力推著水秀，雙目布滿殷紅的血絲，令他整個人帶上一絲戾氣，也讓水秀望之生畏。「我的事不用妳管，妳給我讓開！」

「你怎麼不聽我說呢？你這樣會讓皇后娘娘藉機發難的！」看到他這副可怕的樣子，水秀不知該怎麼阻止。

「她願意發難就發難！我左右是賤命一條，死了也不要緊！」三福此刻根本聽不進任何勸言，只一心記掛著翡翠的安危。正當他準備推開水秀的時候，一道聲音緩緩落在耳中——

「你若是死了，皇后自是樂意，但你想過翡翠沒有？她如果還活著，便會因為你的死而傷心落淚，甚至一輩子掛心。還有本宮，你與本宮非親非故，本宮卻冒著得罪皇上的危險，替你求來恩旨，賜你與翡翠結為菜戶。你若死了，這份彌足珍貴的恩旨變成了一張廢紙，而本宮所做的一切也變成徒勞。」

「奴才……」三福掙扎地看著凌若，他知道凌若說得沒錯，但翡翠……他絕不能讓她有事。

凌若關切道：「本宮知道你擔心，也知道你對翡翠的情義，只是你這樣做是沒有意義的，與其瞎打亂撞，倒不如直接去問皇后。」

「去問皇后？她會告訴我們嗎？」三福六神無主，一臉無措地看著凌若。

「本宮會盡最大的努力，但是，你也要有最壞的打算。」凌若輕嘆一聲，伸手撣去三福身上的灰塵。「本宮所能做的只剩這些了。」

「奴才……明白。」三福艱難地答應著。也許這時翡翠已經遭了皇后毒手，畢竟誰也想不到，聖旨面前，皇后還敢如此大膽地下手殘害他們。

他深吸一口氣，對著凌若拜倒道：「不論結果怎樣，娘娘為奴才們做的，奴才都銘記在心，之前答應過娘娘的話亦絕對不會反悔。」

彼時，那拉氏已經重新落座，看到凌若領著三福進來，神色連變，最終停留在疏離的笑意中。「想不到真讓熹妃找到了三福，不過翡翠呢？怎麼沒見她進來，本宮也好親自告訴她這個喜訊。」

凌若細眉一挑，就著她的話反駁：「翡翠那邊，皇后娘娘不是已經派人去傳了嗎？至今未來，應該問皇后娘娘才是，怎的反來問臣妾？」

「娘娘，三福與翡翠是皇上下旨恩賜菜戶的人，也即是說他們並不曾違反宮規，還請娘娘不要再為難他們。否則再鬧到皇上面前，相信娘娘也不好交代。」

這句話，警告之意已經很深了，可是皇后卻故作茫然地道：「熹妃這話真是好笑，本宮何時為難過他們，只是小寧子晚來稍許罷了。」

見那拉氏始終裝糊塗，凌若挑明了話道：「是不是晚來，娘娘心裡有數。之前臣妾派人去找三福時，發現他被人用浸水的黃紙覆面，若非楊海進去得及時，他已經是死人一個；而對三福做這些事的，恰恰是小寧子。」

「竟有這等事？」那拉氏悚然一驚，坐直了身子道：「那小寧子身在何處，那些黃紙又在哪裡？」

凌若就知道那拉氏會這麼問，這個女人，真是奸滑得很。「小寧子已經逃了，而黃紙也被他拿走了，不過這一切是三福與楊海親眼所見，斷無虛假。」

「熹妃這麼說，也就是沒有任何證據了？」說到此處，那拉氏沉了面色道：「熹妃伴駕多年，當知道無憑無據的話說不得，妳今日可以說小寧子害三福，明白本宮也可以說水秀害小寧子。再說了，三福是本宮心腹，他與翡翠能結百年好合，本宮高興都來不及，又怎麼會害他們呢？這根本於情理不合。」

凌若微一欠身，平靜道：「娘娘從頭到尾，都不願他們結成菜戶，不過是迫於聖旨才不得不遵從。眼下藉著傳人的機會，讓小寧子在暗中除了他們，也不是不可能的。只是娘娘這樣對待跟了自己幾十年的下人，不覺得太過了些嗎？」

「放肆！」那拉氏一拍扶手，眸中閃爍著幽幽光芒，似兩簇小小的火焰。「熹妃這樣誣蔑本宮是何道理？」

第八百九十五章　投井自盡

凌若皺眉道：「臣妾不願與娘娘進行無謂的爭執，只請娘娘將翡翠交出來，否則即便是再不願，也只能與娘娘再於皇上面前對質了。」

正在僵持不下之時，小寧子忽然神色慌張地奔進來，一邊跑一邊還驚慌地叫著：「主子，大事不好了！」

看到他出現，那拉氏暗自鬆了口氣，面上卻擺出不悅之色。「吵吵嚷嚷的成何體統，究竟出什麼事了？」

看到他，三福新仇加舊恨，兩隻眼睛簡直要噴出火來，厲聲道：「你！剛才就是你要殺我！」

那拉氏揚手道：「好了，小寧子，本宮問你，為何讓你去傳三福與翡翠，你卻去了這麼久，且還一個人都不見你傳來。翡翠人呢？」

一聽到翡翠二字，小寧子神色頓時又變得惶恐起來，嚥了口唾沫，澀聲道：

「回主子的話，奴才準備先去傳福公公的時候，看到有兩個負責打水的宮人站在井前大叫，說有死人，奴才跑過去一看，發現井裡浮著一具屍體，讓人撈上來之後，發現正是遍尋不至的翡翠姑姑。她……她投井自盡了！」

「什麼！」三福不敢相信自己的耳朵。翡翠竟然投井自盡，這怎麼可能？想到這裡，他一個箭步衝到小寧子跟前，緊緊揪了小寧子的領子，將其從地上拖起來驚厲地問：「你是不是認錯了人？」

小寧子苦著臉道：「翡翠姑姑的模樣我還能不認識嗎？雖說被水泡得有些變了形，但五官還是在的，就是翡翠姑姑無疑。」

聽得小寧子一再確認，三福一把推開他，口裡不斷地說著。「不可能，不可能是翡翠，她不會死的，你騙我！騙我！」說罷，他忽的轉身往外奔去。他在坤寧宮三年，對於哪裡有井自然一清二楚。

凌若深深看了巍然坐在椅中不動的那拉氏一眼，起身道：「娘娘，翡翠真的死了嗎？」

那拉氏眼圈微紅地道：「翡翠跳井一事，本宮也是剛剛聽聞，又如何回答得了熹妃？不過小寧子既然這樣肯定，應該是不會錯了。唉，想必是看管她的宮人疏忽，讓她有機會逃出去。不過本宮真想不到翡翠會做這種傻事，早知如此，該讓人看緊一些才是。明明皇上已下恩旨了啊，唉，真是世事難料。」

小寧子在一旁小心地勸著：「主子別自責了，想必翡翠姑姑是覺得自己做錯了事，對不起主子，所以才會投井自盡。」
那拉氏拭一拭眼角的淚道：「話雖如此，但她到底跟了本宮三十年，就這麼死了，本宮心裡實在難過。」
「娘娘若真難過就不應該這麼做。」凌若冷然接了話，臉上的神色極不好看。她千防萬防，還是沒想到那拉氏會來這一手，且還是在聖旨下了之後耍花招。
那拉氏含淚道：「熹妃這是何意，本宮做過什麼嗎？」
凌若深吸一口氣，站起身來道：「娘娘做過什麼，心裡有數，不需要臣妾再重複一遍。而您這樣不念情分、不留餘地，早晚會離心離德，還望娘娘好自為之。」說罷，不等那拉氏接話，已轉頭對楊海等人道：「走吧，咱們也去看看。」
小寧子有些擔心地道：「主子，您說熹妃她會不會去皇上跟前搬弄是非，陷您於不利？還有三福，這次讓他僥倖逃過一死，之後想再殺他就難了。」
那拉氏彈一彈指甲，漫然道：「不利什麼？翡翠畏罪跳井自殺，與本宮何干？至於三福……」眸光倏然一冷，森然道：「他必須得死！」
三福一路發足狂奔，終於來到第三個水井前，這個水井被好幾個人圍著，隱約還能聽到啜泣的聲音。
這一刻，剛剛安下的心頓時提到了喉嚨，三福下意識地放慢腳步，一邊走一邊在心裡安慰自己，不會的，一定不會的。

短短一段路，對三福來說就像是跋涉了千山萬水一樣，艱難無比。隨著圍擋在前面的人讓開，一名躺在地上的女子出現在三福視線中。她渾身溼漉漉，在她身下，一大攤水正不斷地暈染開來。

儘管只看到一個側臉，但以三福對翡翠的了解，又怎會認不出來？是翡翠，真的是翡翠啊！

他顫抖地近前，身前的人不約而同地往旁邊站開了些許，讓他可以毫無阻礙地看到面色蒼白如紙的翡翠。他蹲下身，將手指伸到翡翠鼻翼下，一息……兩息……三息……沒有，不論他等多久，都沒有感覺到任何呼吸的跡象。

三福像是被人狠狠擊了一榔頭，渾身劇痛的同時，開始不住出冷汗。他一眨不眨地盯著那張看了幾十年的容顏，腦海裡浮現的是昨夜翡翠來見他的情形。

那時翡翠怕是已預測到那是最後一面，所以臨別時，才那樣依依不捨。

可是明明……明明熹妃為他們求來了恩旨，他們可以光明正大在一起，為何現在又陰陽相隔？為什麼？為什麼？

第八百九十六章 陰陽相隔

三福的胸口痛得像是要炸開來，蹲下身小心地扶起渾身是水的翡翠，他抱著她，就像是抱著世間唯一的瑰寶。

「翡翠！我是三福，我來接妳了，熹妃娘娘為我們在皇上面前求來了恩典，皇上已經下旨著我們結為菜戶，以後我們可以光明正大地在一起，再也不用擔心別人發現了。雖然我只是一個太監，不能像正常男人一樣待妳，但我發誓，會用盡所有待妳好，哪怕妳要我的命也可以。」他喃喃地說著，一邊說一邊不停地落下淚來，滴在翡翠毫無生氣的臉上。

淚，如滂沱大雨，帶著無窮無盡的悲傷與痛苦。三福整個身子都在顫抖，終於抑制不住那份猶如要將他整個人撕裂的痛楚，用力抱緊翡翠冰冷的身子，悲泣道：「明明已經可以在一起，為什麼妳卻死了？為什麼上天要待我這麼殘忍！身為奴才、身為太監，我早已一無所有，只剩下妳而已啊！翡翠！」

說到最後，他忍不住大聲哭了起來，令每一個聽到的人都傷心不已。

凌若遠遠站住腳步。她明白，此刻的三福，最需要的是好好哭一場，將心裡的痛與傷都哭出來。

失去摯愛的痛楚，她曾親身體會過。當初胤禛為了引出允禩他們，假裝傷重不治，那個時候，她感覺像是有無數根鋼針輪流往心裡扎一般，痛不欲生。

只是與三福相比，她是幸運的，因為胤禛並不曾死，而翡翠是真真正正的離開了人世，再不會陪在三福身邊。

「福公公好可憐。」水秀不住搖頭，眼圈微紅地道：「皇后她好狠的心啊！」

楊海曾親眼看到小寧子加害三福，可想而知，翡翠絕不是像小寧子所言的那樣跳井自盡，只可能是皇后使人害死翡翠，然後裝成畏罪自殺的假象。

也許，死一個宮女對皇后而言，是極微不足道的事；可是對於三福而言，卻猶如天塌地陷一般，此生再無眷戀，哪怕活著，也只是一具行屍走肉。

楊海恨恨地道：「她若不狠心，就不會是皇后娘娘了。」

聽著他們的話，凌若仰頭將酸意逼回眼底。「是本宮不夠仔細，以為這一次可以牢牢制住皇后，卻讓她鑽了空子，害了翡翠。」

「主子已經盡力了，誰都想不到皇后這般大膽，聖旨已下還敢動手腳。」說到這裡，水秀恨恨地道：「娘娘一定要向皇上稟明此事，讓皇上還翡翠一個公道，也讓皇后為她自己造下的孽贖罪。」

「沒有用的，在皇后的說詞中，翡翠是畏罪自盡，與皇后沒有任何關係，自然也沒有違抗聖旨一說。皇上又怎麼會為了一個小小的宮人懲治皇后呢？」楊海三言兩語間已經理清了如今的形勢。

莫兒道：「那難道就由著翡翠白死，由著皇后繼續作惡？」

「這就是現實。」凌若沉沉嘆了口氣。「在宮裡，宮人的命向來是不值錢的。這次若不是本宮去求皇上，又事先央了喜公公求情，皇上怎會下這樣一道聖旨？更不要說在沒有任何真憑實據的情況下責罰皇后。一切皆是命數，翡翠與三福可以共度難關，卻不能共享安樂。如果，本宮當時能再多個心眼，讓楊海與小寧子一起下去帶三福他們，也許就不會變成這個樣子，說起來，本宮也有些責任。」

楊海道：「主子無須將皇后的罪孽攬到自己身上，您已經盡了最大的努力，相信福公公會理解的。」

「本宮只擔心他受不住這個打擊。」許是因為翡翠的死，令凌若對三福充滿了同情、憐憫。

三福忽的仰天發出一聲悲厲的低吼，拭乾所有淚水，抱著翡翠的屍體往前走。水秀奇怪地道：「主子，他要抱著屍體去哪裡？」

凌若眉頭緊緊皺了起來，在仔細看了幾眼後，對楊海道：「三福這是想去正殿。楊海，你速去攔住他！不可以讓他在這種時候生事，否則本宮也保不住他。」

「嗻！」楊海也擔心三福，趕緊上前攔住他道：「福公公，你想去哪裡？」

三福抬起頭來，明明是烈日當空，可接觸到那雙眼時，楊海卻不由自主地打了個寒顫。

「讓開，我的事不用你管。」

楊海哪裡肯讓，死死擋在他面前道：「福公公，你冷靜一些，你這樣去找皇后是沒有用的。」

「有沒有用不需你來告訴我，總之我不可以讓翡翠白死！」三福眼裡掠過一絲暴戾，任誰都能聽出他的意思，他要去找皇后為翡翠報仇。

「福公公，現在不是意氣用事的時候，你——」

這一次沒等楊海說完，三福已經打斷他的話，厲聲道：「我叫你讓開！否則別怪我不客氣！」

正當楊海為難地站在那裡，不知如何是好時，凌若的聲音傳了過來——

「楊海，既然福公公急著去送死，你又何必攔著他呢，讓開吧。」

凌若發了話，楊海只得讓開，但心裡卻忍不住有些發急。若真讓三福去了正殿，必然只有死路一條，主子難道真想看著三福去送死？

第八百九十七章　要人

正當三福準備邁步的時候，凌若的聲音再一次傳來——

「三福，你好好想想，昨夜翡翠為什麼冒著危險去見你，又為什麼要讓你逃走。」不等三福回答，她又道：「她想讓你活，好好地活著，可是你現在卻迫不及待地去送死，讓皇后明正言順地殺了你，你認為這樣對得起翡翠嗎？」

這番話像是錘子一樣狠狠擊在三福心裡，令他死寂的心再一次泛起波瀾，腳步亦不由自主地停下。他低頭，睇視著翡翠冰冷蒼白的容顏，悲從中來。「我知道自己對不起翡翠，可是她死了，我一人活著又有什麼意義？倒不如就此與皇后同歸於盡。」

「同歸於盡？」凌若嗤笑道：「你未免太看得起你自己了，你連小寧子都殺不了，又哪裡來與皇后同歸於盡的本事；相反的，皇后會看著你死，然後將你們的屍體一併扔到亂葬崗去，任由野狗啃食。翡翠跟著你，一日未享福不說，死後連一副全屍也無法留，是否這樣，你也覺得無所謂？」

三福下意識地搖頭，同時抱緊翡翠的屍身。「不，我會好好安葬翡翠，不會讓她被人扔在亂葬崗。」

凌若緩步走到他身前，逐字逐句道：「你不想讓翡翠屍骨不全，想安葬她，首要的條件便是得活著，若是死了，一切都是空談。你更不要奢望本宮，本宮不會替你們收屍的。」

凌若說了許多，三福怎會不明白她的意思？是讓他放棄報仇活下去，別做無謂的犧牲。可是，要他眼睜睜看著翡翠被人害死而什麼都不做，他辦不到！真的辦不到啊！

凌若冷聲道：「你就算辦不到也要辦，因為你要留著這條命供奉翡翠的亡魂，不讓她成為孤魂野鬼，還要向皇后報仇。」

這句話終於令三福抬起頭，眸中跳躍著微弱的光芒。「可以嗎？我真的可以向皇后報仇，您不是說我去等於送死嗎？」

「現在去是送死，可不代表以後也是送死。本宮曾問過你，是否願意相信本宮，當時你說相信。那麼現在呢，現在還願意相信嗎？」

三福沒有立刻回答，他很清楚，自己若說相信，那麼一切就得依著熹妃的意思去做，更不可以現在去找皇后。可他不甘心，真的好不甘心！考慮了很久，直至日影偏移時，三福才盯著凌若道：「我若信您，您是否會幫我報仇？」

「我不會幫你。」凌若的回答出乎所有人意料，三福更是露出不敢置信之色。然她緩緩道：「她也是本宮的仇人，本宮會與你一道向她報仇。」

三福含淚點頭，抱著翡翠重重跪下，哽咽之中帶著無盡的隱忍。「奴才願意相信主子，聽憑主子差遣。」

「好！」凌若用力點頭。「翡翠的仇，終有一日，你可以親手報，這句是本宮答應你的，若本宮不曾做到，你盡可隨時棄本宮而去。」

三福搖頭道：「不，哪怕做不到，奴才餘生也會好生服侍主子，以還主子待奴才與翡翠的好。」

凌若欣慰地道：「你能這樣想最好。好了，現在與本宮一道去見皇后吧，你始終是她的奴才，要來本宮這裡，需得她同意才行。」

「依奴才對皇后的了解，只怕她不會輕易應允。」論起對那拉氏的了解，無人可出三福與翡翠其右；而這，恰恰也是那拉氏千方百計要讓他們死的原因。

「由不得她。」凌若施施然往正殿行去，三福抱著翡翠的屍身走在最後。

到了正殿，那拉氏正坐在裡頭閉目養神，見得凌若進來，撫臉振一振精神，關切地道：「事情怎樣了？」

凌若淡淡一笑。「一切正如小寧子說的那樣，翡翠投井自盡已死。」

那拉氏重重嘆了口氣，道：「唉，真是可憐，其實本宮從來都不曾想過要他們的命。而且翡翠一死，妹妹費盡心機討來的聖旨便沒用了。」

三福正要抱著翡翠進來，小寧子急急奔過去道：「站住，這裡是坤寧宮正殿，豈容你抱一個死人進來，還不快快退去！」

三福一言不發地盯著小寧子，目光令他毛骨悚然，艱難地嚥了口唾沫，至於後面訓斥的話堵在喉嚨裡怎麼也說不出。

那拉氏知道三福此刻對自己肯定恨之入骨，所以一見他準備進來，便朝惜春使了個眼色，後者有些無奈地揚聲：「來人！」

十餘個身形健碩的太監不懷好意地將三福圍在當中，其中兩個更是直接擋在門檻前，不讓他再往前走。小寧子趕緊趁機退開，心有餘悸地摸著臉上的傷。

另一邊，那拉氏憐惜的聲音已經傳來：「三福，翡翠已經死了，再難過亦無用，你將翡翠的屍體交給他們，讓他們帶下去安葬吧。你放心，本宮一定會厚葬翡翠。至於你，還是與以前一樣，繼續在本宮這裡當差，本宮不會虧待你的。」

三福什麼也沒說，更沒有將翡翠屍體交出來的意思，只是將目光轉向凌若。

凌若朝那拉氏一笑道：「臣妾正要與娘娘說這事，剛才在來的路上，三福與臣妾說他不想再留在坤寧宮，因為這裡到處都充滿了翡翠存在過的痕跡，他怕睹物思人，心裡難過，所以想過來跟著臣妾。」

「三福能得熹妃賞識自是好事。」那拉氏料到凌若會提這個要求，是以並不吃驚，徐徐道：「只是三福在本宮身邊幾十年，本宮早就用慣了，若沒有他在身邊伺候，本宮會不習慣。」

第八百九十八章　五十杖

眾人包圍下的三福冷冰冰地道：「可是奴才不願再留在皇后娘娘身邊。」

他的無禮令那拉氏眼裡閃過一絲陰厲，不過很快便若無其事地道：「三福，本宮知你心裡難過，只是人死不能復生，凡事都要看開一些。你若怕睹物思人，便歇一陣子再當差，不過去熹妃那邊卻是不行。」

凌若回頭瞥了他一眼，示意他不要說話，自己則道：「娘娘，三福不願再繼續留下來，恰好臣妾那邊還缺個宮人伺候，還請娘娘應允。」

「不行！」那拉氏斷然拒絕。「本宮同樣說得很清楚，不能離了三福，熹妃若缺人盡可讓內務府那邊差人，何必非來挑本宮的人呢？這樣做可是不太好。」

「再不捨……翡翠不是也死了嗎？」凌若凝眸一笑道：「臣妾是誠心喜歡三福，所以才向娘娘討這個人情的，若娘娘執意不允，便只有去求皇上開恩了。到時候，臣妾一定會好好與皇上說說翡翠為什麼會死，聖旨又為什麼會變成一張空紙，相信皇上會很感興趣。」

聽出了她話中的威脅之意，那拉氏盯著她道：「皇上不會相信妳的空口白話。」

凌若不以為然地道：「但是皇上心裡會留下這麼一個印象，不是嗎？這對本來已經令皇上印象欠佳的娘娘來說，可不是什麼好事。」

那拉氏目光一寒，隱隱含著怒氣。「熹妃這是在威脅本宮嗎？」

「您是皇后，是天下之母，臣妾豈敢，不過是與皇后您分析利害關係罷了，以免皇后一時意氣用事，做下無法挽回的錯誤決定。」她話音一頓道：「再者，三福已經不願留在坤寧宮，娘娘強行留著也沒意思，除非……」脣角揚起冷冽的弧度。「娘娘想要讓他落得與翡翠一樣的下場。」

那拉氏咳嗽幾聲，目不轉睛地道：「熹妃好口才，聽起來，本宮似乎想不答應都不行了？」

凌若含著一縷如秋水般唯美卻又冷漠的笑容。「娘娘可以選擇不答應，不過臣妾保證您一定會後悔。」

那拉氏固然是後宮第一人不假，但絕對不會是胤禛心裡的第一人；凌若也許同樣不是，但可以確定的一點是——胤禛會為凌若的某一句話而難過、介懷，甚至會因為懷疑她與容遠有私情而生出嫉妒之意；而這一切，是絕對不會在那拉氏身上出現的！

那拉氏自然不願將三福交給鈕祜祿氏，一來，三福知道她太多事，一旦讓他襄助鈕祜祿氏，對自己太過不利；二來，讓鈕祜祿氏將人從她宮裡帶走，她豈非顏面盡失？

可若不答應，一旦鈕祜祿氏去胤禛面前搬弄是非，只怕不是胤禛單單訓斥幾句便能了結的，甚至可能會動搖她皇后的位置。

「如何，娘娘想好了嗎？」凌若不疾不徐地道：「翡翠的屍身可還等著入土為安呢，娘娘不會是想讓三福一直這樣抱著站在殿外吧？」

那拉氏到底是一個果決之人，一會兒工夫已經做出選擇，虛笑道：「本宮向來有成人之美，既然三福想追隨熹妃，本宮自當成全，只是他畢竟是坤寧宮的人，要離開就得受杖刑五十，否則說走就走，熹妃讓本宮以後還如何管束宮人。」

凌若曉得她絕不會讓自己順順當當帶走三福，只是對於五十杖卻是難以認同，當即道：「就算娘娘要略施薄懲，五十杖未免也太多了些，一頓打下來，三福就算不死也殘了。」

那拉氏微微一笑道：「要是熹妃捨不得三福受苦，就將他留下來，本宮保證一杖也不用挨。」

凌若待要再說，殿外的三福已經揚聲道：「主子，奴才受得住這苦，不過是五十杖而已，就當是徹底了卻昔日的主僕之情！」

楊海扯著他的袖子道：「別意氣用事，一旦打起來，皇后肯定會讓人往死裡打，你會被她活活打死的。」

「放心吧，翡翠的仇還沒報，我怎麼捨得死。」這般說著，三福將翡翠小心翼翼地放在地上，朝凌若跪下道：「奴才知道主子心疼奴才，但請主子放心，奴才不會有事。」

凌若神色凝重地道：「三福，你想清楚，五十杖可不是開玩笑的。」

三福深深吸了一口氣。「奴才相信主子，也請主子相信奴才一回，奴才相信自己不會是個短命鬼。」

「好吧。」凌若轉身望著大殿內容色不明的那拉氏。「三福願受皇后娘娘杖刑，以還昔日的主僕情誼。五十杖後，三福與皇后娘娘將再無瓜葛。」

「這個自然。」那拉氏露出一個意味深長的笑容，對候在外頭的太監道：「你們將三福帶下去行刑吧，記著，五十下，一下都不能少。」

「奴才遵娘娘懿旨！」太監領命之後，毫不留情地拖了三福下去。

五十下杖責，凌若沒有聽到三福一聲求饒呼痛的聲音，連一聲悶哼都沒有。

第八百九十九章　吃虧

當三福被拖上來的時候，水秀趕緊奔過去，只見三福整個背部還有雙腿都血肉模糊，慘不忍睹。他雙目緊緊閉著，不知是生是死，直至在其鼻翼下探到一絲微弱的呼吸，水秀方才放下心來，對凌若道：「主子，福公公還活著。」

凌若暗自鬆了一口氣，她剛才真擔心三福就這麼死了，幸好他熬過來了，沒有冤屈地死去。

她朝那拉氏微一屈膝，沉聲道：「既然三福已經受刑完畢，那麼臣妾便帶著他告辭了。至於翡翠的後事，臣妾亦會處理，不勞煩皇后娘娘了。」

那拉氏睇著雙眼道：「嗯，小寧子，替本宮送熹妃出去。」

「嗻！」小寧子答應一聲，走到凌若之前伸手道：「熹妃娘娘請。」

「臣妾告退。」這般說了一句，正待離開，凌若忽的想起什麼事，止住腳步道：「剛才端上來的藥，娘娘還未喝呢，想來這藥已經涼了，不會再燙嘴。」

「本宮自會喝，不勞熹妃操心。」那拉氏已經喝過藥，自是想方設法地推脫。

凌若卻不願放過她，穩步上前，親自端了藥送到那拉氏脣邊，笑意深深地道：「娘娘鳳體欠安，臣妾又怎麼能不操心？就讓臣妾親自服侍娘娘用藥吧，免得臣妾一走，娘娘又忘記了。還是說……娘娘剛才讓小寧子下去，根本不是為了端藥？」

「不端藥又會是什麼，熹妃……」

不等那拉氏說完，凌若將藥更湊近了。「既然如此，那就請娘娘喝了此藥，好讓鳳體早日康復。」

「熹妃這是在逼本宮服藥嗎？」低頭看著幾乎要碰到嘴脣的藥碗，那拉氏聲音裡隱含著一絲怒意。

「臣妾是出於對娘娘的一片關心，怎可說是逼呢？」凌若這般說著，手卻沒有移開的意思。

「好！」那拉氏自牙縫中迸出這個字來，接過藥碗，一氣將冰涼的苦藥飲盡，隨後將空碗往小几上一放，冷然道：「如何，熹妃現在滿意了嗎？」

凌若眼眸中浮現一絲笑意。「娘娘按時服藥，鳳體一定會很快康復的，臣妾就不打擾娘娘休息了，改日再來向娘娘請安。」

她轉身，從容離去，而在其身後，是氣得不住發抖的那拉氏。

「熹妃！」那拉氏冷冷吐出這兩個字，眼裡盡是令人膽顫的冷意。

彼時小寧子送凌若離開後回到殿中，擔心地道：「主子，三福還有一口氣在，您看該怎麼辦才好？」

「那群沒用的東西。」那拉氏暗罵一聲，站起身來。「扶本宮進去。」坐了許久，再加上之前又去了一趟養心殿，那拉氏的身子早已不支。

小寧子自是鞍前馬後，一刻不離地跟著那拉氏，在服侍其躺在床上後，方道：「主子，三福他……」

「怎麼，擔心他向你報復嗎？」

被那拉氏一語道破心事，小寧子有些尷尬，但嘴上卻一點兒都沒慢，義正辭嚴地道：「奴才是擔心主子，他知道主子那麼多事，若是告訴熹妃，恐怕會對主子很不利。」

那拉氏盯著用蠶絲織成的雲紗帳頂，徐徐道：「就算真這樣也沒辦法了，五十杖竟然沒把那個賤奴才打死，真是命硬。」

小寧子替她將錦被掖好，嘴裡道：「那就由著三福幫著熹妃來對付主子？」

「對付本宮？」那拉氏冷冷一笑道：「那得看他有沒有那個本事以及……命！沒有人可以活著離開本宮，翡翠不行，三福自然也不行。」不等小寧子再說，她已經對惜春道：「去把痰盂拿來。」

「是。」惜春下去後不久，捧了一只青花描墨的痰盂進來。

她原以為那拉氏是要吐痰，豈料那拉氏一手撐著床榻，一手探入喉中，用力摳了一下，只聽「哇」的一聲，吐出一大攤黑漆漆的東西，正是剛才喝下去的藥。

小寧趕緊命人端茶進來，親自奉上茶道：「主子，請喝茶漱口。」那拉氏就著他的手抿了一口茶水，洗去嘴裡的酸苦之意，然後一併吐在痰盂裡。

小寧子將茶盞一放，扶著她重新躺好，嘴裡輕聲罵道：「熹妃真是過分，主子已經對她一再忍讓，她還要得寸進尺，逼著主子將藥喝下。」

「她存心要本宮難堪，又怎會留手？也怪本宮一時大意，著了她的道。」待惜春將唇邊的水漬拭去後，她道：「本宮養傷這段時間，你們自己謹慎一些，別讓熹妃抓了你們的把柄。」

「那主子您就由著她得意？」小寧子一臉氣憤地道：「奴才只要一想到她剛才對主子做的事，就替主子不值。」

「暫時由她得意幾天吧，來日方長，本宮有的是時間與她慢慢算這筆帳。」沒有人比她更恨鈕祜祿氏，但同樣的，也沒有人比她更能忍。「好了，你們都下去，本宮乏了，要先睡一會兒。」

剛一出坤寧宮，凌若便讓水秀去太醫院請太醫，太醫替三福一番檢查後，直言他一條腿的筋骨被打傷了，就算可以保住性命，那條腿也會落下殘疾，不能再像正常人一樣行走。

凌若雖覺得可惜，卻也無可奈何。能在那拉氏手裡保住性命就算不錯了，如何還能計較更多。

在太醫出去後，莫兒看著三福血肉模糊的背部，氣憤地道：「皇后真是心狠，害了一個人不夠，還要再害另一個！」

「只有他們兩個都死了，皇后才能安枕無憂。」這般說了一句後，楊海對凌若道：「奴才要替三福上藥了，還請主子迴避。」

第九百章　選畫

凌若點頭道：「嗯，三福要是醒了，記得告訴本宮。另外通知內務府一聲，讓他們替翡翠擇一個墓地好生安葬。雖說她是下人，但也不要太虧待了，需要多少銀子，從本宮月例裡扣就是了。」

「是，奴才待會兒就去辦。主子這番善心，將來必得福報。」楊海與水秀他們不同，是凌若入宮後才跟隨在側的，但這三年來的親歷見聞，已經令他對凌若心服口服，也慶幸自己可以遇到一個重情重義的主子。

原本到了這個時候，只要三福不死就一定會效忠主子，不只因為他的命是主子救的，也是因為他無路可走；而在這種情況下，一個死人的身後事隨便交人去辦就是了，根本不需要特意提及。

凌若不知道楊海的心思，只苦笑道：「身在宮中，雙手早已染盡鮮血，福報本宮早已不奢求，只盼冥冥中，陰騭不要傷得太過，以免禍及後人。」

弘曆正將這兩日畫的油畫拿給凌若看，讓她幫著挑一幅最好的送給祖母。在凌若否定了一幅又一幅後，弘曆終於忍不住道：「額娘，這幅倦鳥歸巢圖不好嗎？兒臣覺得這幅畫得最是好看、逼真，筆法也運用得最好。」

凌若一笑，將放到一邊的畫又重新拿回來。

畫上有數隻鳥雁正振翅劃破長空，飛向築在樹枝間的鳥巢，天邊晚霞妖嬈，夕陽的餘暉染紅了大半個天空以及底下紅牆黃瓦的宮殿，煞是美麗。

「你這幅畫畫得好，可用來送給太后卻大為不吉，知道為什麼嗎？」看到弘曆搖頭，她輕嘆了口氣道：「太后身患重病，很可能熬不過這個秋天。而這幅畫畫的除了是倦鳥歸巢，同時也是夕陽落下，你是否在影射太后大限將至？」

弘曆慌忙否認。「不是！兒臣沒有這個意思！其實皇祖母患病，兒臣也很難過，只可惜有心無力，幫不了皇祖母。」

「額娘自然知道你孝順，可是別人不知道，萬一這幅畫被人見到拿來作文章，你少不得要吃虧。所以啊，這幅畫萬萬不能用。」

「兒臣知道了，多謝額娘提醒。」弘曆聽得一身冷汗，不等凌若動手，就自己把那幅畫拿掉了。

看到最後一幅時，凌若仔細端詳了一番，頷首道：「這幅畫倒是不錯，雖說筆法差些，但用來呈給太后卻甚是合適。」

弘曆探過頭一看，發現是自己早先畫的旭日東升。因為當時剛畫沒多久，筆法不熟，所以整體畫風都很稚嫩，實在有些拿不出手。他覷了凌若一眼道：「額娘，這幅畫真的合適嗎？要不然兒臣再畫一幅。」

「不必了，就這幅吧。畫風好壞在於其次，最重要的是你的心意，否則以太后的身分，要怎樣的畫作沒有，便是唐伯虎的也唾手可得。而且這幅畫的意境正好，可以讓太后心情開闊，不總想著自己身上的病。」

弘曆將信將疑地道：「真有這樣的效果嗎？」

凌若撫一撫他的肩頭道：「旭日東升，意味著經過一夜的沉寂，萬物開始復甦。且看你所畫的樹木，每一棵樹、每一株草，都給人一種生機盎然、欣欣向榮之意，額娘剛才一見便覺得心情甚好，還有什麼比這更適合送給你皇祖母的？」

聽著凌若的解釋，弘曆心中疑慮盡去，笑道：「嗯，那明日兒臣就將這幅畫送去給皇祖母，希望她心情好一點，這樣對病情也有所幫助。」

凌若剛要說話，外頭突然傳來胤禛的聲音：「你們母子兩人在說什麼，這般熱鬧？」

「皇上。」凌若與弘曆連忙起身行禮。

彼時，胤禛換了一身寶藍蝠紋便服，不等凌若欠下身去，便扶起她，溫言道：「沒外人在，無須行禮。」

弘曆已經單膝跪地道：「兒臣給皇阿瑪請安，皇阿瑪吉祥。」

「起來吧。」胤禛放開凌若的手，拿起尚攤在桌上的畫道：「你們剛才便是在說這些畫嗎？看這畫風是西洋來的油畫，是誰畫的？」

弘曆正待說話，凌若已經攔住他，微笑道：「臣妾斗膽，請皇上猜一猜，是臣妾還是弘曆？」

「讓朕猜？」胤禛失笑地搖搖頭，拿著畫仔細端詳起來。隨他一道來的四喜沒見過西洋油畫，好奇地湊過頭來，被胤禛發現後，趕緊垂下頭。

胤禛掃了他一眼道：「行了，少在朕面前裝老實，既是看了，便也一同猜猜。」

「嗻。」四喜小心地答應一聲，仔細打量了胤禛手裡的畫一番，陪笑道：「這種畫奴才還是第一次看，畫得跟真的一樣，這樣好，應該是熹妃娘娘所畫。」

弘曆瞥了他一眼，故意道：「喜公公的意思是說我畫技差了？」

四喜忙打了個千兒道：「四阿哥冤枉煞奴才了，您文武雙全，朱師傅可常在皇上面前讚賞四阿哥，畫技又怎麼會差呢？不過奴才覺得比之熹妃娘娘，您……」他笑了一下，小聲道：「您稍微不如那麼一點點。」

弘曆沒好氣地道：「拐彎抹角說了這麼久，還不就是說我畫技差，不如額娘許多。」

四喜低著頭不敢答話，倒是胤禛道：「你額娘向有過人之才，琴棋書畫皆有所通，你不如你額娘有何好奇怪的。不過朕倒覺得這畫不像是你額娘畫的。畫之所以看著逼真，是因為畫法、色彩的關係，觀這畫的畫技，還是稍微稚嫩了一些，尤其是這幅旭日東升，更是整體都欠缺。朕聽說最近新來了一個西洋畫師教授油畫，弘曆，這些是你畫的對嗎？」

「是，正是兒臣所畫。」說到這裡，弘曆取過那幅旭日東升道：「額娘說將這幅畫送給皇祖母，皇阿瑪您說好嗎？」

胤禛剛才就仔細看過那幅畫，對於其中竟境自然會意，當下道：「既是你額娘說的，自然不會有錯，你皇祖母見了想必會很高興。不如你現在就送去，順便陪你皇祖母用晚膳。」

第九百零一章　相試

待弘曆走後，胤禛拉著凌若的手一道坐下，關切地道：「如何？在慎刑司可有受什麼委屈？」

凌若側頭一笑道：「皇上故意讓弘曆去慈寧宮，就為了問臣妾這件事？」

此時，天色漸晚，就如弘曆那幅夕陽圖中所畫的那般，倦鳥歸巢，餘暉沉沉。胤禛蘊著一絲淺淡的笑容道：「弘曆向來孝順於妳，若讓他知道妳曾被關入慎刑司，少不得又要擔心。如何，可以回答朕了嗎？」

凌若心裡淌過一道暖流，淺笑道：「多謝皇上關心，臣妾沒什麼事，慎刑司的人也沒敢給臣妾委屈受，之後皇后娘娘更是親自來接臣妾出去。」

胤禛微一點頭，又有些不悅地道：「皇后做事向來穩重踏實，怎的這回這般魯莽，不分青紅皂白將妳關於慎刑司，還由著她底下的宮人誣陷妳。真不知她是不是被年氏那一刀捅得連腦子也一併傷了，全然沒有了以前的謹慎、寬容。」

凌若沒有趁這機會落井下石。今日之事，她已經將那拉氏逼到了角落，若再逼，難保不會狗急跳牆。她當下溫言道：「想必皇后娘娘也是一時糊塗，再加上生氣才會如此。娘娘在將臣妾接出慎刑司後，便都說清楚了。」

聽得凌若的話，胤禛道：「如何，三福他們的事都辦妥了嗎？妳這個紅娘也當過癮了？」

他話音剛落，便看到凌若重重嘆了口氣，不由得滿心奇怪。「怎麼了？難道皇后還不同意，存心刁難？」

凌若搖頭道：「那倒不是，不過皇后命人去傳翡翠的時候，發現她投井自盡了。雖然皇上網開一面，但他們卻陰陽相隔，無緣在一起了。」

胤禛驚訝之餘更是感到奇怪。「投井自盡？為何要這麼做？」

「皇后說她是畏罪自盡，可臣妾還是覺得很奇怪，翡翠與三福明明傾心以待，何以會拋下三福，一人先走呢？」在說這話時，凌若小心地覷了胤禛一眼，緩緩道：「所以臣妾總覺得當中另有蹊蹺。」

「妳所謂的蹊蹺是什麼？」胤禛目不轉睛地看著凌若。

凌若貝齒輕咬，帶著一絲凝重道：「臣妾在想，翡翠是否並非自盡，而是……有人加害？」

胤禛眼中精光閃爍，沉沉道：「熹妃所謂的人是指哪個，皇后嗎？」

「臣妾不敢，臣妾只是覺得事情有所可疑罷了。」凌若剛才那句話，是有心試探胤禛，看他對那拉氏還留著幾分信任。

「皇后這一回雖然糊塗，但觀其本心並不是狠毒之人，翡翠又跟了她這麼多年，怎會下手加害，熹妃妳想多了。」

「是。」凌若無奈地答應一聲：「還有一事，三福因為翡翠身故，不願繼續留在坤寧宮中睹物思人，想要跟隨臣妾，皇后行杖五十後，將他交由臣妾。」

胤禛雖覺得行杖五十有些多，卻也沒有說什麼。畢竟三福是那拉氏的下人，眼下他要跟隨別人，那拉氏能夠應允已是格外施恩。

在點頭示意知曉後，他道：「好了，不說這些了，陪朕用膳吧。這段時間發生了那麼多事，朕一直都沒時間與妳坐下好好吃頓飯。」

在命宮人將銀蓋掀起時，凌若笑道：「可不是嗎？皇上就算有時間也是去看謙貴人，哪有空陪臣妾啊。」

胤禛被她說得失笑。「妳這妮子，盡會顛倒黑白，朕如今不是正在陪妳嗎？妳啊，多吃一些，將身子養好，然後跟潤玉一樣為朕開枝散葉，生個女兒，那朕就開心了。」

凌若將盛好的湯端給胤禛，口中笑道：「皇上想得可真遠，臣妾連個影都還沒有呢，您就想著要生女兒了。萬一要是生不出來，您豈非還要怪罪臣妾？」

胤禛肯定地道：「朕相信，朕與妳一定會有女兒的。」

飯後因為胤禛還要去看劉氏，所以未曾留下來過夜。

看到凌若鬱鬱寡歡的樣子，水秀忍不住道：「主子，您既是不捨皇上，何不開口讓皇上留下來呢？」

「這一次留了，那下一次，下下一次呢？」凌若重重嘆了一口氣道：「始終皇上不是本宮一人的皇上，本宮不可以太過貪心。」

水秀沉默了一會兒，忽的壓低了聲道：「主子，您說謙貴人那邊發現玉觀音的問題了嗎？若是發現了，怎麼咸福宮裡靜悄悄的，一點兒響動也沒有？」

凌若看著她，不答反問：「那妳認為該有什麼？」

「那可是……」水秀左右瞥了一眼，見沒外人，方才繼續說下去：「那可是麝香啊，對胎兒最是危險，謙貴人怎麼著也該大作文章，追究著溫貴人不放才是。」

自從凌若在溫如傾送給劉氏的玉觀音上動了手腳後，水秀等人一直有派人暗中盯著咸福宮那頭，只是一切都與往日無異。

第九百零二章　驚聞

凌若拍拍手站起身來。「劉氏不是尋常人，論心機，她可與溫如傾媲美，這樣的人若是一發現什麼事就大喊大叫，吵得闔宮不得安寧，那才叫奇怪。」

水秀不甚明白，好奇地道：「那應該怎樣才對？」

「在不動聲色間剷除對手，才是劉氏的作風。看著吧，若本宮所料不差，皇上今日過去便會有事了。」說到這裡，凌若又補充了一句：「當然，前提是要她已經發現玉觀音上的麝香。」

水秀不無憂心地道：「她會不會疑到主子身上？當時主子可是當著她的面碰觸玉觀音。」

「放心吧。」凌若笑一笑道：「本宮當時除了掌心抹著麝香之外，餘下地方刻意抹了其他香粉掩蓋，所以當本宮將手從劉氏面前掠過時，她聞到的只能是香粉，而非麝香的氣味。」

正說話間，楊海進來道：「主子，三福醒了，他想要見您。」

看到凌若進來，三福推開藥碗，掙扎著要從床上爬起來行禮。

凌若就著楊海端上來的椅子坐下後，安撫道：「好生躺著吧。太醫說了，你傷得很嚴重，不只皮肉，筋骨也有損傷，亂動對你的傷勢恢復可不好。」

三福依言趴好後道：「娘娘的大恩大德，奴才銘記於心，往後定會盡心盡力服侍娘娘，然後一起對付皇后。」提及那拉氏，三福眼裡閃爍著深切的恨意。

「行了，別老將對付皇后的話掛在嘴上。喜怒不形於色的道理，相信不用本宮再教你。至於翡翠的後事，本宮已經交代內務府帶到宮外去厚葬了，你不需擔心，清明、忌日，你盡可出宮去祭拜，也不枉你們之間的情意。」不等三福說話，凌若又道：「不過有一件事本宮要告訴你，你雖然挺過了五十杖，但其中一條腿受傷嚴重，哪怕好了，對以後走路也會有影響，你要有心理準備。」

三福的神色只是黯了一下便恢復如常，坦然道：「能從皇后手底下撿回這條命，奴才已經心滿意足了，不敢再要求更多，主子不必擔心。」

「你能夠想通就好。」凌若又道：「對了，你說要見本宮，所為何事？」

三福將最後一口藥喝完後道：「主子知道皇后做過的許多事，但有一件，想必主子如今還被蒙在鼓裡。」

他這話頓時勾起了凌若的好奇心。「哦，是什麼？」

「主子可記得您出宮那段時間曾被人追殺？」三福肅聲道：「您與皇上是否都以

為追殺您的人是年氏所派？」

水秀插嘴道：「難道不是嗎？」

三福一言不發地盯著凌若，後者低頭想了一會兒，沉聲道：「你既已是本宮的人，本宮也無須瞞你。不錯，本宮被人追殺後，皇上曾派隆大人清點過全國各地的軍備庫，發現杭州軍備庫短缺了三十餘套軍服，而年羹堯曾任過杭州將軍，只有他可以神不知、鬼不覺地從軍備庫中拿走軍服。另外，之後查到的線索，也全部證實是年氏派人所為。」

「主子錯了，年羹堯確實可以從軍備庫中拿走軍服，但能拿走軍服的絕不只他一個。」

凌若神色一變。「你是說，此事不是年氏派人所為？」

三福點頭道：「不錯，與年氏毫無關係，一切都是皇后主使，而追殺主子的，正是英格大人豢養的死士。是皇后故意栽贓陷害年氏，好讓您與年氏鬥個你死我活，她則坐收漁利。」

凌若神色連變，三福不會騙自己，也沒有理由騙自己，但一直認定的事突然被弄了個天翻地覆，還是有些難以接受。好一會兒，她才問：「那些軍服她是怎麼得來的？」

三福接下來的話，解開了凌若的疑問。

「是負責看守杭州軍備庫的小吏，至於用什麼法子，奴才就不得而知了，只知這些事都是皇后交代英格大人做的。」

屋中，靜寂無聲，好一會兒，凌若才緩緩吐出兩個恨意深深的字：「皇后！」

三福又道：「奴才與主子說這些，不是想讓主子此刻去找皇后報仇，也不是要替年氏澄清什麼，而是要主子知道，誰才是真正害您的人。奴才會一心一意輔佐主子，討還皇后欠您的一切。」

他沒有說要去胤禛面前指證那拉氏的話，因為他曉得自己人微言輕，單憑他一面之詞，又如何扳得倒堂堂一朝之后。

「本宮明白。」凌若起身，露出一個冰冷的笑容。「你也要盡快好起來，將來好陪本宮一道去給皇后娘娘請安。」

胤禛到了長明軒後，等了一會兒方見劉氏迎出來。

劉氏著一襲鵝黃撒花旗裝屈膝行禮。

「臣妾恭迎皇上，皇上萬歲萬歲萬萬歲。」

「妳有孕在身，不必多禮，快起來吧。」胤禛抬手扶了一把，在一道進去後，發現劉氏一直垂著頭，玩笑道：「怎麼了，潤玉一直低頭，可是不願見朕？」

劉氏一聽這話，頓時有些慌張地道：「皇上能來看臣妾，臣妾高興尚來不及，哪會不願見皇上。」

「既是如此，就把頭抬起來。」

劉氏抬起頭來，只見一雙眼紅得跟個兔子一般，還有淚光在眼底閃爍。

胤禛大吃一驚，忙拉了她的手道：「怎麼了，妳哭過？」

劉氏有些不自在地抽回手，搖頭道：「沒有，是臣妾一時不小心讓沙子進了眼，再加上又揉了幾下，所以才會這樣。」

第九百零三章　玉觀音

胤禛狐疑地盯著劉氏。「既是這樣，妳為何一直低著頭，好似怕朕看見。」

「哪有，是皇上多心了。」

劉氏的話不只沒能消除胤禛的疑心，反而令他更加懷疑，目光一轉，落在跟著劉氏一道迎出來的金姑，道：「妳主子不說，妳說，到底出了什麼事？」

金姑為難地看著劉氏，正想說話，劉氏已低喝：「不許胡說。」

胤禛皺了眉道：「潤玉，到底有什麼事是不能與朕說的？」

「臣妾真的沒事，皇上快請進吧。」這般說著，她迎了滿心疑慮的胤禛進去，跟在後面的金姑一直欲言又止。

進到裡面，在等宮人奉茶上來時，胤禛看到臨窗的小几上擺著一件用紅絨布罩起來的東西，放在那裡顯得很突兀。「這是什麼？」

劉氏神色一慌，緊張地道：「沒什麼。金姑，還不快拿下去。」

胤禛越發懷疑，對金姑道：「不急，先拿過來給朕看看。」

「是。」金姑捧了那東西，隨著絨布揭開，一尊雕工完美、玉質溫潤的觀音像呈現在面前，隨著而來的還有一股極為特殊的香味，令人精神為之一振。

至於劉氏，她悄悄地往旁邊挪了一些，絹子亦有意無意地掩在鼻子下。

胤禛饒有興趣地打量著觀音像。「朕瞧著倒是極好，為何不喜歡？」

「臣妾也不知道，就覺得不喜歡。」劉氏搪塞了一句後，對垂手站在一旁的金姑使了個眼色道：「皇上已經看過了，還不趕緊拿下去。」

「不急。」胤禛感覺劉氏有事在瞞著自己，如何肯讓她們拿下去。「朕不記得曾賞過妳玉觀音，這是誰送來的？」

金姑偷覷了一直掩鼻避開的劉氏一眼，道：「回皇上的話，是……溫貴人送來的。」

「如傾？」胤禛微一點頭道：「她倒是有心思，知道觀音既有送子之意，又能保人平安，用來送妳是最恰當不過的。」

「是了。」

劉氏勉強應了一聲，待要再說，忽聽胤禛有些奇怪地開口。

「怎的這玉觀音還散發著香氣，而且這香氣……」說到這裡，他突然停下了話，鼻翼微張，深吸著這似曾相識的香氣，神色漸漸嚴肅起來。

「四喜！」

他忽的一聲厲喝，把四喜嚇得渾身一哆嗦，忙不迭躬身道：「奴才在，皇上有何吩咐。」

胤禛神色凝重地道：「趕緊將這尊玉觀音拿出去，把窗子和門都打開通氣。」他轉頭關切地看著劉氏。「妳有沒有覺得哪裡不舒服？特別是腹部，難受嗎？」

劉氏放下手裡的絹子，神色悽惶地道：「皇上聞出來了？」

胤禛沉沉點了下頭，又有些生氣地道：「若朕聞不出來，妳是否準備就這麼瞞下去，不讓朕知曉？」

她低低道：「臣妾不想讓皇上擔心……」

「所以妳連這麼大的事也瞞著朕？」胤禛深吸了一口氣道：「剛才那玉觀音散發出來的味道分明是麝香，與朕說實話，到底是怎麼一回事？」

「臣妾……」剛說了兩個字，劉氏便嚶嚶地哭了起來，不勝傷心。

金姑跪下道：「皇上，主子也是剛剛才發現的。這兩日各宮娘娘、主子送了許多賀禮來恭賀主子，眾賀禮當中，主子尤為喜歡溫貴人所送的玉觀音，說香味很好聞，特意命奴婢等人尋個地方供著，好借玉觀音的靈氣護佑腹中龍胎。」

「豈料剛擺了一天，主子便覺得胎動不安。因為之前主子的胎氣一直都很安穩，從沒什麼問題，奴婢覺得奇怪，就想是否是屋裡有什麼東西沖了龍胎，直至這個時候，奴婢才發現玉觀音散發的香氣與奴婢多年前聞到的當門子相似。」

當門子，是麝香的別稱，常代指麝香中的一些精品。

金姑續道：「因為事關溫貴人，奴婢不敢輕下結論，所以請來一直為主子診脈安胎的太醫，他發現玉觀音表面上，被人抹了一層麝香粉末。」

胤禛陰沉著臉，一言不發。他已經聞出那是麝香了，否則也不會讓四喜立刻拿到外頭去，並且開窗通氣。

劉氏一直顯得局促不安，好不容易等金姑說完了，她忙道：「皇上，臣妾相信其中一定有什麼誤會，溫貴人她……不像是會做這種事的人。」

「朕也希望這是一場誤會，否則……」胤禛沒有再說下去，改而道：「這件事朕會處理，妳好好歇著吧，朕改日再來看妳。」不等劉氏說話，已然吩咐候在門口的四喜道：「帶上玉觀音隨朕回養心殿。」

「臣妾恭送皇上。」直至胤禛走得不見人影，劉氏方才直起身來，不過此時此刻，她臉上已經沒有了任何緊張、憂心之色，取而代之的是冷漠。

在扶著劉氏坐下後，金姑接過宮人遞來的安胎藥給劉氏，猶豫許久，終是小聲問：「主子，皇上會治溫貴人的罪嗎？」

「為什麼不會？」劉氏低頭看著碗中的湯藥。「謀害皇嗣那可是大罪，而皇上膝下又一直子嗣單薄，他又怎麼會眼睜睜看著有人害龍胎而置之不理呢。」

第九百零四章　進言

「可溫貴人一向得皇上寵愛，又有惠妃幫襯著，奴婢怕……」金姑瞅著劉氏的臉色，沒有說下去。

劉氏低頭，抿了一口已經不燙的安胎藥，任由苦澀的藥味在唇齒間散開，一字一句道：「不會的，再心疼的嬪妃都比不得龍嗣重要，不然我何以要想盡辦法懷上龍胎。只有孩子，才足以保證後半輩子的榮華。且不說皇后與熹妃，只看裕嬪便知道了，皇上一月之中翻她牌子能有幾日，可她依然是宮裡的六嬪之一，無可動搖。」

金姑暗自點頭，望著劉氏的腹部道：「若這次主子能生一對龍鳳胎，莫說嬪位，便是妃位亦不在話下。」

妃位……劉氏嘴角浮現一縷冷笑，將安胎藥飲盡，拭了嘴角的藥漬後道：「一道進宮的幾人中，溫氏一直讓我頗為忌憚，卻不想，她這次會送這麼大一個破綻讓我抓。麝香，呵，真當沒人聞得出來嗎？」

「主子，恕奴婢說句實話，奴婢覺得溫貴人不像是這麼魯莽的人，在玉觀音像上抹麝香等於是在懸崖邊行走，一個不小心就會粉身碎骨。」

「再聰明的人也有糊塗的時候，興許是溫氏看我身懷龍種，而她卻遲遲沒有消息，一時急昏了頭，走出這麼一步昏招來；又或者她覺得自己可以仗著皇上的寵愛以及惠妃的庇佑，安然無事。不管怎樣，她這記昏招倒是省了我不少事。」

金姑還是覺得有些不對，想了想道：「奴婢記得玉觀音送來那日，熹妃也來了，她還摸過玉觀音，會不會……」

不等她說完，劉氏已經接過話道：「妳覺得是熹妃在其中動手腳？」

「是，很可能是她想挑起主子與溫貴人之間的事，讓您與溫貴人互相殘殺，她好從中牟利；而且奴婢聽說她最近與惠妃的關係不是太好。」

「不會的。」劉氏極為肯定地道：「那日熹妃從我身邊經過的時候，我曾聞到她手上的香味，與麝香截然不同，所以不會是她。咱們如今只須等著養心殿那邊傳消息來即可。」說到這裡，她閉一閉眼睛，難受地道：「金姑，去拿熱水來讓我敷眼，剛才可能揉得太過用力了，眼睛好疼。」

「奴婢這就讓人去打水。」在差遣小宮女下去後，金姑心疼地道：「主子您也真是的，不就是在皇上跟前裝裝樣子嗎？稍微紅一些就是了，做什麼這麼認真，萬一揉壞了眼睛可怎麼辦。」

劉氏曉得她是關心自己，笑笑道：「不礙事，敷一敷就好了。再說，不認真些又怎麼瞞得過皇上？妳也清楚皇上的為人，對誰都疑心重重。」

金姑搖搖頭不說話，待熱水端上來後，用乾淨的面巾絞了之後敷在劉氏揉得通紅的眼上。

劉氏與金姑所說的這一切，胤禛自是不曉得，一路靜默並不能讓他心裡舒坦些，反而覺得憤怒。劉氏才剛剛懷孕，就有人迫不及待地想要害她，且害她的那個人還是自己一直覺得沒有心機的溫如傾，難道真是自己看錯了？

回到養心殿，在龍椅中坐下後，他看了一眼手捧玉觀音、大氣也不敢出的四喜，道：「去，將溫貴人給朕傳來。」

四喜大著膽子道：「皇上，現在天色已晚，您也勞累一天了，不如等明日再傳？」

胤禛神色一冷，森然道：「四喜，你這大內總管的差事當得是越發好了，連朕的事也敢管。」

四喜心中一慌，趕緊跪下道：「奴才不敢，奴才只是擔心皇上龍體。您今兒個除了在熹妃娘娘那裡用了頓晚膳外，就沒怎麼好生吃過東西，如今又要傳溫貴人問話，定然會問到很晚，明日又得上朝，奴才實在是怕皇上勞累過度，這才冒死諫言。如皇上真要處置奴才，奴才……無話可說。」

看到四喜明明心裡害怕還努力把話說完的樣子，胤禛神色稍緩，輕嘆了口氣，撫額道：「玉觀音散發的香味你也聞到了，那是麝香，有人要謀害朕未出世的孩子，你說朕能置之不理嗎？再說這麼多年來，潤玉是第一個懷孕的，太后那邊還盼著潤玉可以平平安安生下孩子，以慰她心願。」

子嗣無疑是胤禛的軟肋，先帝兒子二十幾個不說，他那些兄弟凡成家的少說也有四、五個兒子，唯獨他只有三個阿哥，成年的更只有弘時一人，實在是單薄至極，也正因如此，他才對劉氏的孩子這般重視。

見胤禛沒有繼續生氣，四喜鼓足了勇氣道：「皇上，奴才知道您擔心謙貴人腹中的龍胎，不願她受一丁點兒傷害，可是您最該顧惜的是自己身體，整個大清都需要您來支撐。」

胤禛搖頭不語。他何嘗不累，可最近朝堂、後宮都不安寧，實在是令他心力交瘁，恨不能有三頭六臂。

「皇上，您已下令由熹妃娘娘暫攝後宮之事，那麼您何不將謙貴人的事交給熹妃娘娘處理呢？她雖與惠妃娘娘交好，但熹妃娘娘為人向來溫慈而不失公允，她一定會將這件事查得清清楚楚，不會委屈、冤枉了任何一個人。」

四喜這話還真讓胤禛起了幾分興趣。一直以來，凡事他都親力親為，朝堂如是，後宮亦如是，只要鬧到他面前，他都會親自解決，少有交給別人去辦的時候。這樣一來，雖說心裡清楚了，但人無疑就累了。或許，該是時候放手了。

既然許了凌若這個權力，就該放手讓她去做；再者，看皇后那個樣子，就算傷好了，也不宜由她一人執掌後宮諸事，還得有人從旁協助才行，而最合適的人選莫過於淩若。

從三福與翡翠一事中，可以看出她不僅認法理，亦識人情，溫良仁和，唯一欠缺的便是處事經驗，正好可以借劉氏一事鍛鍊一下。

第九百零五章　傳召

想到這裡，胤禛微微點頭道：「你說得倒有幾分道理，也罷，此事便交由熹妃去辦，你將玉觀音交給熹妃，另外將整件事細細說一遍。」

四喜趕緊答應。「是，奴才這就去辦。那皇上您早些歇著，莫要累了。」

「行了。」待要示意四喜出去，胤禛忽的想起一事來，忙喚住他道：「記得告訴熹妃，別聞太多玉觀音上的麝香，對身子不好。」

「嗻！」四喜答應一聲，退出養心殿，快步往承乾宮行去。

凌若哭笑不得，想不到這件事兜兜轉轉竟然落到她手上，真是世事難料。

四喜將玉觀音小心交到楊海手上，道：「熹妃娘娘，皇上對這件事很重視，希望娘娘盡早解決，若查實確為溫貴人所為，娘娘盡可依宮規辦事，皇上不會有任何意見。」

凌若頷首道：「本宮知道了，這麼晚還勞喜公公跑一趟，實在過意不去。」

「娘娘客氣了，這是奴才該做的。」四喜躬一躬身，又將胤禛叮嚀莫要多聞麝香的話交代了，隨即道：「若娘娘沒別的吩咐，奴才先行告退了。」

「不急。」凌若笑一笑道：「今早的事，本宮還沒有謝謝喜公公，若非有你幫著說話，皇上未必會答應賜三福與翡翠為菜戶。」

「娘娘客氣了，娘娘心懷仁義，幫助咱們這些做奴才的，奴才又怎能袖手旁觀呢？只可惜，最後恩旨成了廢旨，三福他們終歸還是沒在一起，」他重重嘆了口氣，有說不出的可惜。

「至少三福救下來了，若沒有那道恩旨，如今三福或許已經跟著翡翠一道去了陰曹地府，所以公公還是幫了他們，相信翡翠在九泉之下亦會感激公公。」

四喜心中一凜，隱隱明白了凌若話中之意。皇后……從一開始就是要讓他們死的，翡翠更加不是投井自盡。

他低頭，定一定神道：「若真是因為聖旨保下了三福的命，奴才心裡也高興。」

凌若點點頭。「好了，喜公公去回稟皇上吧，就說謙貴人的事，本宮會好生處置的，一有消息便立刻奏稟皇上。」

「嗻，奴才告退。」四喜轉身退下。

待其走遠後，凌若搖頭笑道：「這下子可有得熱鬧了。」

楊海憂心地道：「主子，如今皇上將這件事交由您處理，溫貴人那邊您怕是不好處理。」

凌若一眼便瞧穿楊海的心思。「你是擔心惠妃？」

楊海應道：「是，您與惠妃的關係本就夠僵了，再加上這件事，只怕會雪上加霜。」

凌若漫步走到殿外，仰頭望著滿天星斗，凝望許久，終有幽幽的聲音響起：「你也說本宮與惠妃的關係夠僵了，既是這樣，再僵一點兒又能如何呢？如今最要緊的是除了溫如傾這個禍患，免得惠妃再受她蒙騙。」

「可是……」

楊海剛說了兩個字，便聽得凌若再度道：「沒有什麼好可是的，眼下唯有這條路可走。」

翌日，溫如傾尚在睡夢中，聽得外頭有人敲門，迷迷糊糊地道：「誰在敲門？」

飄香的聲音隔著四稜雕花朱門傳進來。「主子，承乾宮的楊公公來了，說是奉熹妃娘娘之命請您過去。」

一聽得「熹妃」二字，溫如傾頓時清醒許多，半撐起身子，對外頭隱約的人影道：「知道是什麼事嗎？」

「楊公公未說，只說主子去了就知道。」飄香如實稟著。

「這麼神祕……」溫如傾若有所思地低語一句，旋即揚聲道：「讓人進來。」

候著的楊海一看她出來，忙躬身打千兒。「奴才給溫貴人請安，溫貴人吉祥。」

溫如傾客氣地道：「楊公公請起，不知熹妃娘娘急著命我過去，所為何事？」

楊海目光一閃，垂低了頭道：「奴才只奉命來請溫貴人，至於什麼事，主子不說，奴才也不敢過問，還請貴人見諒。不知貴人現在能走了嗎？」

楊海這個樣子，令溫如傾越發覺得事情不太對頭，稍一思索，揚了笑臉道：「自然可以，不過我想先去見一下惠妃。」

「這怕是不太好。」楊海是見過她真面目的，知道這位天真爛漫中帶著嫵媚之姿的溫貴人絕對不簡單，這個時候讓她去見惠妃，怕是不會有什麼好事。

「有何不好，只是見一下惠妃罷了，耽誤不了多久。」說罷，溫如傾不由分說地往溫如言所居的正殿行去。

楊海想要阻攔卻尋不出合適的說詞來，只能無奈地跟在她後面。

溫如言已經起來了，正坐在銅鏡前由著宮人替她插上步搖、珠釵，看溫如傾進來，先是一驚，旋即笑道：「妳今日倒是起得早，怎麼，來陪姊姊用早膳嗎？」

溫如傾走到她身後。「姊姊想要如傾陪著用膳，自然可以，只是今日卻是不行了，熹妃讓我去承乾宮見她。」

「熹妃？」溫如言黛眉輕皺，看著銅鏡中菱脣微嘟的溫如傾，道：「她一大早的尋妳做什麼？」

「楊公公不肯說。」溫如傾蹲下來，拉著溫如言的手道：「姊姊，妳知道熹妃對我有些誤解，她叫我過去，我真的有些害怕，妳能不能陪我一道去？」

溫如言拍拍她的手道：「害怕什麼，她與妳都是嬪妃，難道還能吃了妳不成？」見溫如傾始終愁眉不展，搖頭道：「真是拿妳沒辦法，罷了，我就隨妳走一趟吧。」

溫如傾頓時高興起來，彎著眼道：「謝謝姊姊。」

只要溫如言肯隨她一道去，她就等於多了一道護身符，不論熹妃想對她做什麼，都要顧忌一下。

第九百零六章　皇嗣

她們剛一踏進宮門，遠遠瞧見的莫兒便快步走至殿內，對坐在椅中的凌若道：

「主子，溫貴人來了，不過……」

凌若瞥了她一眼道：「不過什麼？」

莫兒輕咬了一下嫣紅的唇，道：「不過惠妃也來了。」

凌若眸光微沉。溫如傾真夠小心的，走到哪裡都拖著溫如言，想束她手腳。

這般想著，她側頭問著水秀：「謙貴人那邊派人去請了嗎？」

「回主子的話，已經去了，應該也快到了。」水秀說這話的時候，溫如言兩人已經穿過宮院走了進來。

不等她們行禮，凌若已經起身朝溫如言道：「惠妃姊姊怎的也來了？」

溫如言笑容中帶著一絲無奈。「我來妹妹這裡走走，不會連這也不歡迎吧？」

「怎會。」凌若疏離地笑著。「惠妃姊姊能來，本宮高興尚來不及，又怎會不歡迎。水秀，給惠妃看座。」

她這番話雖說得好聽，但溫如言卻是暗自搖頭。如果凌若真高興，就不會用本宮這個自稱。一直以來，就算凌若為妃，她為嬪時，凌若也從未在她面前自稱過一句本宮，她們之間終歸是生疏了……

待凌若重新落座後，溫如傾乖巧地屈膝行禮道：「臣妾見過熹妃娘娘，娘娘萬福。」等凌若示意她起身後，又小聲地問：「不知娘娘一早讓楊公公宣臣妾過來，所為何事？」

凌若揮一揮手道：「這個事待人齊了再說。」

人齊了？溫如傾與溫如言對視一眼，從彼此眼中看到了驚訝。

待看清來人時，溫如傾不由得愣了一下。劉氏？她來做什麼？且聽著熹妃的意思，她此來與自己彷彿還有些關係？

就在溫如傾不解的時候，劉氏已經扶著金姑的手進了大殿，低著頭道：「臣妾見過熹妃娘娘，見過惠妃娘娘。」

凌若微一點頭道：「謙貴人有孕在身，無須多禮，坐吧。」

待各自落座後，凌若環顧了一眼道：「好了，人都齊了，那麼皇上交代本宮的事也可以開始了。楊海。」

楊海重新進來時，手裡捧了一尊玉觀音。看到玉觀音時，溫如傾的眼皮不由得跳了一下，認出這是自己送給劉氏的賀禮，恭喜她懷有龍胎還有晉位之喜，怎的落在熹妃手中？熹妃還特意當著所有人的面拿出來，實在奇怪。

不等她細想，凌若已經道：「溫貴人，謙貴人說這尊玉觀音是妳送給她的，可有錯？」

溫如傾謹慎地道：「能否讓臣妾走近一些看？」

「自然可以。」

隨著凌若的話，溫如傾起身走到楊海身前，仔細打量了玉觀音一番後，道：「不錯，確是臣妾送給謙貴人的。」就在這時，她鼻尖聞到一絲幽幽的香氣，有些熟悉，卻一時想不起來是什麼。

劉氏忽的抬起頭來，泫然欲泣地道：「溫貴人，我與妳有何怨仇，妳要這般害我的孩子！」

溫如傾被她問得懵了，愕然道：「姊姊這話是何意，我何時害過妳的孩子？」

劉氏撫著腹部，憤然道：「妳故意在玉觀音上抹了麝香，還說不是想害我的孩子？溫如傾，妳好生惡毒！」

玉觀音上怎麼會有麝香？她雖然恨劉氏懷了龍種，母憑子貴地從常在封為貴人，但她並非沉不住氣的人，想要除掉劉氏的龍胎，有許多種辦法，而在自己送的賀禮上摻麝香，無疑是最蠢的。

「我沒有！」她趕緊為自己辯解。「那尊玉觀音是我賀姊姊龍胎之喜，特意挑選送去的，又怎會在上面抹麝香，姊姊千萬不要誤會。」

「誤會？」劉氏滿臉悲憤地道：「我只對著那觀音像一天，便胎動不安，之後太醫亦驗過，證明觀音像上被塗了一層麝香，若日日對著，不出半月必定小產。這觀音像是妳送來的，若不是妳動的手腳，難道是我自己嗎？」

「我不知道，但我真的什麼都沒有做過。姊姊，我與妳一道入宮，為秀女時，妳又對我多有照顧，情同姊妹，我怎麼會害妳呢！」溫如傾連忙跪下，急得眼淚都掉了下來。

情同姊妹？聽著這四個字，劉氏心裡一陣冷笑。

如此想著，她面上卻悲傷不已。「我也不願相信妳會害我，可是事實俱在，由不得我不信。溫貴人，妳好狠的心啊！」說到最後，她更是哀哀地哭了起來。

「我……」溫如傾有口難辯。或許根本就是劉氏自己在上面抹了麝香，然後故意嫁禍於她？溫如傾越想越覺得有這個可能，一時間，恨得直咬牙。

這個時候，劉氏突然倚著椅子跪下，泣聲道：「熹妃娘娘，臣妾知道皇上將這件事全權交由您處理，求您替臣妾以及腹中未出世的孩子主持公道。」

第九百零七章 降罪

凌若忙讓水秀去攙劉氏起來，口中道：「謙貴人無須如此，皇嗣乃是皇家之本，任何敢於謀害皇嗣的人，本宮與皇上都不會放過。」

「謝娘娘。」劉氏含淚叩首，就著水秀與金姑的攙扶站了起來。

凌若將目光移到溫如傾身上，聲音驟然一厲道：「溫貴人，妳可認罪？」

「臣妾沒有！」溫如傾哪裡肯認，忙不迭地叫屈：「臣妾只是想恭賀謙貴人大喜，其餘的什麼都沒做過，麝香更是不知從何而來，請娘娘明鑑。」這樣說著，心裡卻明白，熹妃根本不可能幫自己，相反的，她恨不得置自己於死地。

虧得之前謹慎，將溫如言拉了過來，想到這裡，她忙對溫如言道：「姊姊，妳相信我，我真的什麼都沒做過。」

溫如言對於事情經過已經大致明白，如今見溫如傾這般說，忙安慰道：「我知道，妳不是那樣心懷惡念的人，放心吧，只要妳不曾做過，任何人都害不了妳。」

見溫如言這般相信溫如傾，甚至連一絲懷疑也沒有，凌若心中暗惱，略有些生氣地道：「是不是心懷惡念，不是惠妃說了算的，俗語有云：畫皮畫骨難畫心。可見人心向來是最難揣測的，肉眼所見的往往不是真實。」

「熹妃這是何意？還是說妳根本就認定了是如傾所為？」異色在溫如言眸中一閃而逝，快得讓人難以發現。

凌若低頭撫著裙上的花，漫然道：「本宮也不願相信，但人證、物證俱在，由不得本宮不信，還請惠妃體諒。」

溫如言默然不語。眼下的局勢，於如傾而言，確實極為不利，她一時也想不出什麼可以證明溫如傾清白的證據。

「姊姊，我真的沒做過，並且我很肯定，玉觀音在放到錦盒裡時，沒有任何香氣。」溫如傾心底的恐懼在不斷擴大，這件事來得太突然，她一點準備也沒有，除了指望溫如言之外，再沒有其他辦法了。

「妳先別急。」溫如言安撫她一句，移步來到楊海身前，戴著綠松石戒指的食指在觀音像上撫過，指腹頓時沾了一層細微難辨的粉末，香味正是從這些粉末中散發出來的。

她輕輕撚著麝香粉末，看粉末自指尖飛揚落下，忽的想起一事來，帶著一絲興奮回身道：「這玉觀音固然是如傾送給謙貴人的不假，但中間卻經過數人之手，所以麝香粉究竟是不是如傾弄上去的，還有待商榷，尚不是下結論的時候。」

凌若眸光微瞇，徐徐道：「惠妃的意思是，有人陷害溫貴人？倒不是沒有這個可能，只是誰會那麼大膽？且別的東西不挑，偏要挑溫貴人送的玉觀音，難不成她與溫貴人有深仇大恨，要用這種方法來栽贓陷害。」

「這些我尚不知曉，但確有很大可能。另外……」溫如言話語一頓，道：「我想看看盛裝過玉觀音的錦盒。」

凌若心中一跳，忽的意識到這個計畫中唯一的遺漏——錦盒。因為麝香粉是她擦上去的，是以錦盒當中斷然不會有麝香存在。

溫如傾大喜過望，這個姊姊可真是她的福星，竟然想到這一點，只要錦盒裡沒發現麝香痕跡，就可以證明她的清白。

凌若在想了一會兒後，道：「水秀，妳去謙貴人宮裡把裝過玉觀音的錦盒拿來。」在沒人注意時，她朝水秀悄悄使了個眼色。

水秀去了約莫小半個時辰，回來時，手裡多了一個錦盒，溫如傾認得正是自己裝著玉觀音送去的那個。

在溫如傾確認後，溫如言走過去，打開錦盒，伸手在裡面輕輕抹了一下，令她愕然的是，指腹竟沾了一層與玉觀音像上一樣的粉末，連香氣也半分不差。怎麼會這樣，難道真是如傾做的？

溫如傾看不到背對著的溫如言神色，滿懷期待地道：「姊姊，錦盒裡沒有麝香，我是清白的對不對？」

凌若目光漫過嘴角蘊著一絲不易察覺笑意的水秀，最終落在溫如言身上。「如何，惠妃，錦盒裡面到底有沒有麝香，本宮與謙貴人可都還等著呢。」

溫如言身子顫了一下，在她轉身的那一瞬間，溫如傾在她垂落的指尖看到飄飄揚揚落下的粉末，整個人如遭雷擊，死死盯著那些粉末說不出話來。

「錦盒當中也有麝香粉末。」溫如言艱難地說出這句話。

溫如傾失魂落魄地搖頭道：「不可能！錦盒裡怎麼可能會有麝香！」

凌若輕嘆一口氣，對怔在那裡的溫如言道：「本宮知道惠妃護妹心切，但如今連錦盒裡也有麝香存在，足以證明玉觀音上面的麝香是在送去謙貴人處之前就已經抹上。除了溫貴人之外，本宮想不到還有第二個人。」

「我沒有，您冤枉我！」溫如傾按捺不住大叫：「什麼麝香粉，我根本毫不知情，錦盒肯定與玉觀音一樣被人動過手腳，我是清白的！」

凌若漠然地看著她，冷冷道：「那溫貴人覺得是誰在暗中動手腳？」

溫如傾仰頭，帶著幾許放肆道：「只要是接觸過這兩樣的人都有可能動手腳，謙貴人是其一，娘娘的宮人亦是其一。」

凌若眉梢一抬，語意森寒地道：「溫貴人是在說本宮動手腳？」

這話不好說出口，她只是道：「臣妾不敢，不過是舉例說個可能罷了。」

凌若輕抿一口茶水，漫然道：「就算真有這個可能，可本宮抑或者其他人，為什麼要害溫貴人呢？」不等溫如傾答話，她將茶盞往桌上一放，起身道：「好了，相信事情到這裡已經清楚明白了，溫貴人嫉妒謙貴人身懷龍種，故意在賀禮玉觀音上塗抹麝香，意圖謀害皇嗣，如此行徑，實在是令人髮指。本宮如今依照宮規，奪去溫氏貴人之位，即刻打入冷宮！」

最後那句話，她說得斬釘截鐵，不容任何人置疑。

第九百零八章 抗拒

「不！妳不能這樣對我！」聽到自己要被打入冷宮，溫如傾再也按捺不住，驚慌地大叫：「我沒有做過，我是清白的！」見凌若無動於衷，她又使勁抓著溫如言的衣裳道：「姊姊，妳一定要救我！」

「我……」溫如言為難地看著溫如傾。她自是不願如傾落得這樣一個下場，可是連錦盒這個最後的疑點都被否決了，她也沒辦法啊。

見溫如言不說話，溫如傾的心頓時涼了半截。

眼見小鄭子等幾個太監走進來，溫如傾的手抓得更緊了，激動地道：「姊姊，難道妳就眼睜睜看著我被人冤枉嗎？我不去冷宮，若真要我去，我寧願一死！」

見她說出「死」字，溫如言忙道：「不許說這樣的傻話，姊姊這不是正在想辦法嗎？不會有事的！」

「嗯。」溫如傾剛有所心安，見小鄭子幾人靠近，頓時又緊張起來，用力揮手道：「滾開！不許碰我，我不去冷宮！」

凌若眸中綻出一絲冰冷如刀鋒的寒意。「溫如傾，承乾宮不是妳可以放肆的地方。小鄭子，將她給本宮脫簪剝服，押去冷宮。」

「且慢。」趕在小鄭子之前，溫如言開口：「熹妃，我觀如傾一事尚有可疑，且她口口聲聲說冤枉，不似虛假，不如——」

凌若驟然打斷她的話。「沒有一個賊人會主動承認自己有罪，因為他們總想著可以逃脫律法，不受制裁。惠妃的心情本宮能理解，只可惜事實如此。」眼角一揚，厲聲對小鄭子等人道：「還不把她給本宮帶下去！」

這是凌若第一次設圈套冤枉人，要說沒有一絲內疚是不可能的，只是想到溫如傾對溫如言的百般欺騙，所有的內疚都化為虛無。

這個女人不除，早晚會害死溫如言。

溫如言目光閃爍，不知在想什麼。此時，小鄭子等人已經抓了溫如傾，動手摘去她髮上的簪環。

「姊姊救我！」溫如傾何曾受過這種對待，一邊大叫著一邊用力掙扎，可是以她一己之力又如何掙得開那麼多人？珠花、流蘇、簪子一樣樣被摘下來扔在地上，很快的，那頭如雲秀髮便只剩下絹花未摘，她死死護住那朵絹花，彷彿只要絹花在，她便還是宮裡的溫貴人。

在她聲嘶力竭的叫喊中，溫如言始終沒有動作，只是用悲憫的目光看著，不知是因為真的想不出辦法，還是說連她也懷疑溫如傾……答案只有溫如言清楚。

心思因為自身的危機而飛轉著，有如不住轉動的齒輪，她不能束手待斃，就算沒有溫如言，她也一定要想出法子來。

終於，在絹花也被摜在地上時，披頭散髮的溫如傾終於有了主意，厲聲道：「熹妃，妳不可以廢我貴人之位！按宮規，能廢位的只有皇上與皇后，連皇貴妃都沒有這個權力，更不要說妳區區一個正三品妃子。」

凌若以緩慢的語氣道：「皇后有傷在身，不宜操勞，本宮奉皇上之命，以妃位暫攝後宮之事。謙貴人之事，皇上更是全權交由本宮處理，本宮何以會無權廢妳貴人之位？」

溫如傾狠厲地盯著她。「我不知道這些，我只知道妳無權廢我，我要見皇后，她一定可以還我清白！」

凌若冷冷一笑，拒絕道：「皇后無暇見妳，帶走！」

溫如傾發狠，用力掙開小鄭子的束縛，一字一句道：「是皇后無暇，還是熹妃娘娘心中有鬼，不願讓我見皇后？」

「放肆！」水秀杏眼一瞪，喝斥道：「妳乃是待罪之身，竟然還敢對熹妃娘娘不敬，難不成是想罪上加罪嗎？」

溫如傾看也不看她，只一味盯著凌若，咬著牙重複道：「我要見皇后！」

「帶走！」這便是凌若給她的回答。

眼見小鄭子幾人又圍上前，一旦被他們抓住押到冷宮，自己就真沒有出頭之日了。想到這裡，她扭頭尖叫：「姊姊，妳是否真想看著我死？」

溫如言抬起頭來，在那微紅的眼眸最深處，有著別人難以發現的哀慟。「我不想……」

「既然不想，妳為什麼不救我，為什麼？我是妳的親妹妹啊！還是說妳那麼怕得罪她！」溫如傾不顧一切地大叫，眼珠子飛快地轉著，不知在盤算些什麼。

溫如言含淚背過身。

凌若訝異不已，她原以為依著溫如言一貫以來對溫如傾的維護，會不顧一切地替其求情，沒想到會是這麼一個結果，著實有些意外。

溫如言——妳夠狠，竟敢這麼待我，若讓我逃過此劫，我不只要妳死，還要妳死無全屍！

小鄭子幾人剝去溫如傾的錦衣，準備將她拉下去的時候，竟被她再一次掙脫，逃出殿門。

小鄭子心中一慌，忙喊著人道：「快去把她給追回來，可不能讓她給逃了！」

凌若柳眉輕蹙。溫如傾這是想做什麼？她應該明白，就算逃得出承乾宮也逃不出後宮，一切不過是徒勞。

這般想著，凌若道：「水秀，扶本宮出去看看。」

除了凌若之外，溫如言也急急追上去，只有劉氏因為懷著身孕，不曾起身，不過也好奇地張望著。

凌若的疑惑很快得到了解答，只見溫如傾一邊跑一邊大叫：「熹妃冤枉我害謙貴人龍胎，不只要打我入冷宮，還不讓我見皇后！」

凌若勃然色變，也明白溫如傾打的是何主意，趕緊道：「小鄭子，快將她抓住，不要讓她再亂喊亂叫！」

第九百零九章　不解

溫如傾跑出承乾宮，而她的喊叫，也被周遭經過的宮人聽聞。那些宮人聽得這話，再看溫如傾披頭散髮、不著錦衣的樣子，均是驚愕萬分。在溫如傾被小鄭子抓到時，前方已經圍了許多宮人。

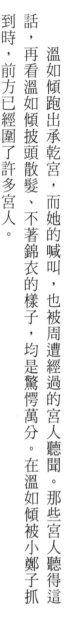

凌若阻止水秀喝斥圍過來的宮人，冷冷盯著不再掙扎的溫如傾。「好了，現在如妳所願了？」

溫如傾咧嘴一笑，森然道：「娘娘害怕了嗎？」

凌若側頭，任由耳下的紅滴墜子貼在雪白的脖頸上。「本宮為什麼要害怕？」

「妳自己心裡明白，這件事一定會傳到皇后娘娘耳中，她一定會還我一個清白的。」

「那本宮就拭目以待了。」凌若忽的綻出一縷笑容來。「不過本宮得告訴妳，皇后娘娘現在自顧不暇，未必有空理會妳。還有……」說到此處，她湊到溫如傾耳邊，一字一句道：「在皇后娘娘沒來之前，妳還是得去冷宮待著。妳若再逃，只怕連冷宮都不能安生地待著了。」

溫如傾同樣回以一抹笑容。「娘娘放心，臣妾一定不會再跑，否則豈非辜負了娘娘的一番美意。」

在溫如傾被帶下去後不久，劉氏亦起身告辭。倒是溫如言竟然沒有即刻離開，而是坐在一旁靜靜地抿著茶。

凌若在猶豫了一會兒後，終於忍不住問：「惠妃還有事嗎？」

溫如言抬頭，眸光清澈如一泓泉水，不見塵埃，不見雜色。「沒事，我只想與妹妹多坐一會兒。」

她的回答，令凌若越發看不透她在想些什麼。明明自己處置了溫如傾，她卻好像一點也不生氣。

正自疑惑間，溫如言已經站起來，捧著茶盞走到殿門處，仰頭看著一碧如洗的天空，一縷讓人不解的笑意出現在眸中。「妹妹，恭喜妳。」

凌若心頭一震，陡然起身，死死盯著溫如言的背影，聲音有些發顫地道：「姊姊在恭喜什麼？」

溫如言轉過身來，含笑搖頭道：「沒什麼，不過是隨口說說罷了。不過這事並沒有就此結束，妳自己小心。」

楊海在旁邊說了一句：「主子，惠妃今日好奇怪，以她對溫氏的感情，應該不會相信溫氏會加害謙貴人，何以連一句求情的話也沒有。甚至……」

「甚至什麼？」

在凌若的追問下，楊海沉聲道：「甚至奴才覺得惠妃娘娘是有意看著溫氏落難，否則以她的身分與地位，若跟主子發難，會很棘手。還有後面的那兩句話，奴才總感覺惠妃像是知道了什麼。」

凌若同樣有這個感覺，眼前就像是蒙著一層迷霧，只要把這層霧吹散，一切就會水落石出。可任她絞盡腦汁，依然是霧裡看花，水中望月，摸不到觸手可及的真相。

水秀有些憂心地往宮門口張望。「主子，您說皇后娘娘會來嗎？」

水秀的話落在凌若耳中，猶如驚雷炸響，溫如言離去前的話在腦海中迅速閃過——這件事並沒有就此結束，妳自己小心。

難道……難道說溫如言是在提醒自己，皇后會來替溫如傾洗脫謀害皇嗣的罪名，讓自己小心嗎？

小鄭子匆匆走進來，身後還跟著一個人。「奴才給熹妃娘娘請安。」孫墨走到凌若面前，垂首打了個千兒。

凌若斂了心思，凝聲道：「孫公公怎麼過來了？」

「回娘娘的話，皇后娘娘命奴才請您過去一趟。另外……」他抬頭覷了凌若一眼，續道：「皇后娘娘已經命小寧子去冷宮接溫……」

因為凌若已經廢了溫如傾的位分，令他一下子不知該怎麼稱呼才好，猶豫了一會兒才含糊道：「接惠妃的妹妹。娘娘說謀害皇嗣一事尚有疑點，不該如此草率了事。」

果然來了！不過倒是沒想到皇后對溫如傾如此看重，在自己處境不利的情況下還要幫溫如傾脫罪。

這般想著，她朝還等著答覆的孫墨道：「既是如此，孫公公先去一步，本宮隨後就到。」

當凌若再一次踏進坤寧宮時，溫如傾已經跪在殿中，與她一道跪著的還有一人，因是背影，所以一下子認不出來，不過看裝扮應該是個宮女。

她們對面是坐在軟椅中的那拉氏，雖是在養傷中，髮髻依然梳得一絲不亂，插著一支碧玉鳳釵。在看到凌若進來時，她微微一笑，和顏道：「熹妃來得倒快。」

看她的神態，完全瞧不出昨日才剛與凌若鬥得你死我活。論城府與喜怒不形於色的本事，真是誰也及不過她。

凌若垂首見禮，隨即目光一轉，落在跪地的溫如傾身上，言道：「臣妾不明白娘娘為何要將溫氏從冷宮中帶出來？溫氏在觀音像上塗抹麝香，陷害謙貴人一事已經明明白白。」

「不急，且先坐下再說。」只聽那拉氏輕嘆了一口氣道：「這件事是熹妃負責，本宮原不該插手，可是本宮聽宮裡的人說溫氏一直在口口聲聲喊冤枉，不似作假，所以本宮才加以過問，希望熹妃莫介意。」

凌若在椅中欠一欠身道：「娘娘慈悲為懷，臣妾又怎會介意呢。只是溫氏一事，人證、物證俱在，相信不會冤枉了她。」

「只怕不見得吧。」那拉氏漫然一笑，抬一抬下巴，對跪在底下的宮女道：「飄香，妳告訴熹妃，究竟是怎麼一回事。」

第九百一十章　峰迴路轉

凌若睫毛一動，落在一直低頭不說話的宮女身上，果然是溫如傾的貼身侍女飄香。那拉氏要她說什麼？

飄香瘦弱的身子顫抖了一下，繼而說出令凌若大吃一驚的話——

「回皇后娘娘與熹妃娘娘的話，在玉觀音像上抹麝香的人不是溫貴人，而是奴婢，而且這件事溫貴人絲毫不知情。」

凌若頓時明白過來，就這一會兒工夫，皇后便替溫如傾找好了飄香這個替死鬼，讓溫如傾可以全身而退。只是她不明白，飄香為什麼會肯站出來承認，難道她不曉得謀害皇嗣是重罪嗎？溫如傾畢竟是宮嬪，這個身分令她得以逃過一死，飄香卻不可能，只有死路一條。

凌若忍著心裡的怒意，對那拉氏道：「能否讓臣妾問飄香幾句？」

那拉氏泰然地注視著她，頷首道：「自然可以，不過本宮剛才已經問得很清楚，這件事確是飄香瞞著溫貴人所為，沒有什麼可疑了。」

凌若沒有理會她後面的話，起身走到飄香身前，垂眸道：「飄香，妳為何要害謙貴人腹中的龍胎？」

「奴婢……」飄香蜷緊了撐在地上的手，似有些艱難地道：「奴婢是一時糊塗才鑄成大錯。奴婢知道主子一直想為皇上誕下龍嗣，開枝散葉，是以這一次知道謙貴人懷孕後，主子一直鬱鬱寡歡，說自己沒用，肚子也不爭氣。奴婢瞧著難過，便想著如果謙貴人腹中的孩子沒了，主子就不會那麼難過了。所以在主子讓奴婢將賀禮玉觀音送去謙貴人那裡時，奴婢便想到了在觀音像上塗抹麝香的法子，用來讓謙貴人小產，沒想到會被謙貴人發現。」

凌若對她的說詞壓根不信，而且話裡不合情理的地方太多。「既是如此，剛才本宮盤問溫氏的時候，妳為何不說？」

飄香驚惶地道：「奴婢知道謀害皇嗣是死罪，所以很是害怕，不敢承認。可後來看到主子因為奴婢犯下的錯事，而被娘娘褫奪名分、打入冷宮，良心實在過意不去，幾經猶豫，終向皇后娘娘坦言了所有事。」

那拉氏在一旁插話道：「本宮聽到的時候也著實嚇了一跳，沒想到飄香竟然這麼大膽，連皇嗣也敢害；不過究其根本，還是出於對主子的一片忠心，既可憐又可恨，所以本宮已賜飄香自盡。」

凌若不想她動作這麼快，有些發急道：「不過是一個宮女的話，娘娘豈能輕易便相信，再說此事還有許多疑點懸而未決。」

那拉氏含著一縷不知是驚還是笑的神色道：「不知熹妃所謂的疑點是什麼？」

凌若理一理思緒，提出最可疑的兩點：「飄香不過是宮女，哪裡來這麼大的膽子害皇嗣，再者，麝香又是從何而來？」

「所以本宮才說她可憐又可恨，一腔愚忠害了自己又險些害了溫貴人。至於麝香，飄香之前也說過了，是從御藥房偷出來的。」

那拉氏話音剛落，跪在地上不曾出聲的溫如傾忽的側身抱住飄香哀哀哭了起來，哭了一陣子後，又抬起滿是淚痕的臉道：「皇后娘娘，臣妾知道您一向慈悲，求您饒飄香一命吧，她也是因為關心臣妾，才會犯下此等大錯，並非十惡不赦。」

那拉氏神色黯然地搖頭道：「唉，本宮何嘗不知，只是宮規如此，本宮賜飄香自盡已經是法外開恩了，如何還能饒她性命。」

看著她們在那裡作戲，凌若幾乎要冷笑出聲，卻不得不強行忍住，皺眉道：「就算這兩個疑點可以解釋得通，臣妾還是覺得此事真假有待斟酌。」

那拉氏輕拍了一下扶手道：「熹妃這話可真是讓本宮不解，飄香自己都已經承認了，還有什麼好斟酌的？她若是沒做過，會承認這種事嗎？」

凌若不為所動，盯了被溫如傾拉住的飄香道：「飄香，妳如實告訴本宮，謀害皇嗣一事，當真是妳做的嗎？」

飄香緩緩抬起頭，那張清秀的臉龐流露出無言的痛苦。「是，一切皆是奴婢所為，與主子沒有任何關係。」停頓片刻，她又道：「熹妃娘娘不必再問，奴婢所言句句屬實，無一字虛假。」

「飄香——」

凌若還待要說，那拉氏已經施施然打斷她的話。「事到如今，相信熹妃對於整件事已經很清楚。至於熹妃剛才所說的疑點，其實根本不是什麼疑點。」

毫無疑問，飄香是一個替死鬼，為什麼明知是死罪還要承認，忠心嗎？她並不這樣認為，飄香眼裡明明充滿了畏懼與害怕。

凌若的沉默令那拉氏嘴角微勾，揚聲道：「來人，將飄香帶下去，命其自盡！」

「慢著。」眼見飄香瘦弱的身子被太監挾起，凌若忙道：「臣妾始終覺得此事尚有可疑，不該處置得如此草率。」

那拉氏長眸微睇，蘊著一絲隱晦的笑意道：「熹妃這話真是讓本宮不解，當初溫貴人口口聲聲喊冤訴苦，熹妃一口咬定說人證、物證俱在，將溫貴人打入冷宮；如今飄香親口承認所有事情，熹妃偏又說事情還有可疑。究竟……是真有可疑，還是熹妃對溫貴人有成見，非要將害謙貴人一事栽到她頭上才高興。」

凌若目光一凜，凝聲道：「娘娘是說臣妾有意陷害溫氏嗎？」

「若非如此，熹妃何以對飄香認罪一事諸多懷疑，硬是要將溫貴人拖回這件事中呢？」這般說了一句，那拉氏又道：「本宮聽聞，熹妃對溫貴人有些不滿，難不成就因為這個，所以讓熹妃偏執地認為溫貴人有罪？」

「臣妾沒有。」

凌若剛說完這四個字，那拉氏立刻便接了上來。「本宮也覺得應該不會，皇上可是一直在本宮面前讚熹妃處事公允、不偏不倚。」

這句話看似是誇讚，實則是在堵凌若的後路。那拉氏要讓她明白，就算將這件事捅到胤禛面前，也休想討得什麼好處，畢竟飄香認罪是不爭的事實，除非有辦法讓飄香改口，否則溫如傾就是清白的。

第九百一十一章　勾結

「將飄香帶下去吧。」

這一次再沒有任何懸念，面若死灰的飄香被幾個身強力壯的太監拖了下去。

從今以後，凌若再也沒有見過這個叫飄香的宮女，她徹底消失在紅牆黃瓦的深宮中，連屍骨去了哪裡都沒有人知道，又或者說，是沒人在意。

在飄香被帶走後，那拉氏命人扶起哭得上氣不接下氣的溫如傾，溫言道：「妳也別太過傷心了，一切都是飄香自作自受，怨不得別人。」

溫如傾稍稍止了泣意，含淚道：「臣妾知道，可飄香始終是為了臣妾才這麼做的，臣妾一想起來，心裡就像是有針在刺一樣。」

「唉，看開一些吧。」這般安慰了一句，那拉氏目光一轉，落在凌若緊繃的臉上。「熹妃，既然已經證明溫貴人是被冤枉的，那麼她的位分是否也該恢復呢？」

凌若握緊了雙手，語氣僵硬地道：「一切聽憑娘娘吩咐就是。臣妾宮中還有事，先行告退了。」
那拉氏微一頷首，在淩若走遠後，臉上的笑意慢慢消失。
溫如傾鄭重拜倒，滿懷感激地道：「皇后娘娘救命之恩，臣妾必將一世感懷，永不敢忘。」
那拉氏抬手道：「妳既忠心於本宮，本宮自不會袖手旁觀，不過此次，妳可真是大意了。若非妳在承乾宮外頭大喊大叫，經宮人的嘴傳到本宮耳中，本宮還不曉得這片刻之間，竟然出了這麼大的事。」
溫如傾恭謹地道：「娘娘教訓得是，臣妾往後一定小心謹慎，不讓熹妃再有可乘之機。」
那拉氏目光一轉，漫然道：「怎麼，妳覺得是熹妃在背後搗鬼？」
「臣妾不敢斷定，但此事之中，除了劉氏之外，便只有熹妃有能力與機會動這個手腳，再加上她剛才又一直咬著臣妾不放，讓臣妾覺得她才是最可疑的那個人。」溫如傾眸中冷意森然。
「好了，不管是不是她，這件事都已經過去了，總之妳可以安然無事，繼續做妳的溫貴人才是最要緊的。」
聽到這話，溫如傾忙再次垂首。「臣妾可以安然無事，全賴娘娘妙計，娘娘大恩大德，實在讓臣妾無以為報。」
飄香自是不願去送死的，可是那拉氏緊緊捏住她家人的安危，逼她就範，並且許諾只要她肯頂下這樁罪名，就保她家人日後衣食無憂。相反的，她若不許，不只她要死，她家人也同樣要死，絕對不會有一個人活下來。萬般無奈之下，飄香只能答應。

「聽說惠妃是與妳一道去的，怎的由著妳被熹妃作踐？」

那拉氏一提起這事來，溫如傾頓時滿腹怒火，咬牙道：「臣妾真不知道惠妃怎會如此膽小怕事，除了提了句錦盒之外，餘下便一個字都不敢吭聲，虧得臣妾當時還將她拉上，簡直就是半點用都沒有。」

那拉氏點點頭道：「熹妃如今掌著後宮大權，惠妃怕她也是難免的。妳是沒瞧見昨日，熹妃在本宮這裡咄咄逼人，迫著本宮將三福和翡翠交出去的樣子。唉，本宮一樣是受了她不少委屈，今日藉著妳的事才算是扳回稍許。」

此事溫如傾也聽說了，不無擔心地道：「熹妃眼下就如此專橫跋扈，以後只會更加目中無人，娘娘您可得想個辦法治治她，不能再由著她作威作福下去了。」

那拉氏輕瞥了她一眼，聽出她是想讓自己去對付鈕祜祿氏，當下故作為難地道：「本宮何嘗不知，只是皇上如今寵信於她，本宮又有傷在身，不便過多插手後宮的事。不過本宮倒有一個提議，就看溫貴人捨不捨得。」

溫如傾感到奇怪地道：「恕臣妾愚鈍，不明白娘娘之意。」

「其實只要找準了辦法，想對付誰都不成問題，包括鈕祜祿氏。」那拉氏露出一縷諱莫如深的笑意。「既然鈕祜祿氏說妳謀害謙貴人的龍胎，妳何不就真的謀害一回呢？」

溫如傾驟然色變，正要問那拉氏這是何意，忽的回過味來，遲疑著道：「娘娘是說……以彼之道還施彼身？」

那拉氏粲然一笑，猶如花葉盛開。

「溫貴人真是聰慧，一點就通，怪不得那麼得皇上喜歡。不過……妳只猜對了一半。」不等溫如傾問話，她又道：「雖然本宮不願承認，但熹妃無疑是一個聰明人，想讓她入套，可不是件容易的事。溫貴人不如再猜猜，誰來做這個誘餌為好？」

溫如傾慢慢自驚詫中回過味來，最後更是露出與那拉氏同樣的笑容。「娘娘是說惠妃？」

那拉氏緩緩點頭。「不錯，她身為親姊姊，卻在妳被熹妃羞辱的時候，袖手旁觀，妳難道不恨她，不想報仇嗎？」

只猶豫了一會兒，她便朝那拉氏欠身道：「一切還請娘娘示下，臣妾必當盡力而為，替娘娘永除這個禍患。」

待溫如傾離開後，那拉氏展一展袖，讓小寧子扶自己回後殿歇息。途中小寧子不無擔心地道：「主子，溫貴人會按您說的去做嗎？這樁事情，可是危險得很，溫貴人雖口中答應，但她未必就會……」

那拉氏笑道：「放心吧，溫如傾這個人，本宮很清楚，她有心計，同時野心也很大，然熹妃卻一直制約著她，惠妃又碌碌無為、膽小如鼠，這兩個人很明顯已經成了她往上爬的絆腳石。不除這兩個人，只怕她以後都會寢食難安。所以，本宮相信，她一定會去冒這個險。」

第九百一十二章　一石數鳥

「其實有一件事，奴才不明白，像溫貴人這樣有野心的人，主子為何要救她？雖說她現在依託於主子，表面上對主子言聽計從，可實際上奴才總覺得她是在利用主子。」小寧子扶著那拉氏坐在床榻上，後面還有句話，猶豫著沒有說下去。

那拉氏看出他的心思，在躺好後道：「有什麼話就說吧，本宮聽著。」

「是。」小寧子接過惜春遞來的杏仁茶，仔細地奉給那拉氏，道：「奴才怕有一天，她會對主子不利。」

「連你都可以看到的事，本宮豈會不知。」她抿了一口杏仁茶，長眉輕皺道：「太甜了，惜春，妳叫人重新去沏一盞來。」

在將茶盞交給惜春後，她漫然道：「就算想利用本宮，也得有這個命才行。你覺得在禍害了鈕祜祿氏、溫氏，還有龍胎之後，她可以全身而退嗎？」

小寧子露出恍然之色。「主子是想趁此機會，連溫貴人也一併除掉？」

「總算是還不太笨。」那拉氏眸中射出劍鋒般的冷意。「區區一個黃毛丫頭也想利用本宮，簡直就是不知死活！也只有惠妃這樣的蠢人才會相信她，姊妹親情……簡直就是笑話。」

「可是如果惠妃不信溫貴人，主子的計畫也就無從展開了。」這般說了一句，小寧子忽的又露出一絲詭異的笑容。

那拉氏輕瞥了他一眼，頗有些奇怪地道：「笑什麼？」

小寧子忙垂了頭，嘴角那絲笑意卻一直不曾斂去。「奴才在想，主子真是神機妙算，此計一出，不只可以除掉所有對主子有威脅的人，還可以連三福也一併除掉。」三福之所以可以活著，是因為有熹妃的庇護，一旦熹妃倒了，三福自然就身無所依，想他怎麼死都行。

對於小寧子連這一點也能想到，那拉氏稍有些訝異。與三福相比，小寧子更懂得揣測自己的心思，腦子也轉得更快。

「從三福背叛本宮的那一天起，就已經與翡翠一樣是死人了，本宮從沒想過讓他繼續活著。」

若不是有這些打算，她根本不會去救溫如傾，這個連自己能力都沒認清就只想著往上爬的蠢貨，不值得她費神去救。

「奴才相信，主子一定可以如願以償。」小寧子諂媚地笑著。

那拉氏低眉一笑，再抬起頭，卻是蘊了一絲寒意在其中。「小寧子，如願與否暫且不說，本宮現在想與你算算之前的事。」

一聽這話，小寧子當即跪下，惶恐萬分地道：「奴才罪該萬死，請主子降罪。」

「你倒認得快，既是如此，那你說，本宮該怎麼罰你好呢？」她笑，眸中卻冷意森森，刺得小寧子頭皮生疼，不抬敢起頭來。

沉默了一會兒，小寧子顫聲道：「奴才聽憑主子處置，就算主子要奴才去死，奴才也絕無怨言。只是以後奴才不在主子身邊伺候，主子可一定得當心鳳體，莫要太過操勞。奴才去了陰曹地府若能見到閻王老爺，一定讓他給主子多添幾年陽壽，讓主子長命百歲……不，長命千歲！」

那拉氏「噗哧」一笑，眸中冷意退了幾分，嘴上則道：「閻羅王是什麼身分，哪會聽你這個奴才的話。」

小寧子本就是心思狡黠之人，一聽那拉氏這語氣，便知自己有希望，趕緊道：「他若不答應，奴才就一直跪著不起來，讓他閻羅殿沒辦法審其他小鬼。」

聽到這裡，那拉氏終於道：「行了行了，起來吧，念在你還有幾分忠心，連死了都記得替本宮添壽求情，姑且饒過你這一回，但你若下次再犯錯，新帳、舊帳就一塊算。」

「多謝主子！」小寧子見她不追究自己的錯，大喜過望，用力磕了個頭後方才站起身來。

彼時，惜春端了重新沏好的杏仁茶來，他趕緊接過來試了溫度後遞到那拉氏脣邊。「主子，您嘗嘗這次是否合您的口味？」

那拉氏就著他的手抿了一口，閉目道：「嗯，還可以，往後就按著這個甜淡沖吧，別像剛才那盞，甜得本宮嘴裡難受。」

「奴才記下了，會記得交代惜春的。」在服侍完那拉氏喝完大半盞杏仁茶、躺下安歇後，小寧子等人退出內殿。

剛一走到外頭，小寧子便將手裡的茶盞往惜春面前一遞。「喏，拿下去洗了，記著洗乾淨一些。」

「我？」惜春有些愕然。

她雖不像翡翠一樣跟了那拉氏三十年，但也有二十來年，頗得其信任。除了伺候那拉氏起居之外，並不需要做其他僕役那樣的粗活，所以她聽到小寧子的指派，好生驚訝。

小寧子吊著一雙眼，頤指氣使地道：「不是妳，難道是我嗎？還不趕緊接著。」

惜春很清楚三福與翡翠之所以會落得一死一傷的下場，全拜眼前這個小太監所賜，而今還在自己面前擺威風，頓時氣不打一處來，回盯著他道：「我從來不做洗盞碟這種事，你找錯人了。」

這種事小寧子哪會不知道，但他故意要拿惜春立威，好讓坤寧宮所有的宮人都知道，現在主子之下，是誰做主。是以他毫不客氣地道：「妳是伺候主子的，替主子洗個茶盞又有何不可，還是說妳對主子有意見？」

惜春驟然色變，厲聲道：「小寧子，你別在那裡血口噴人，我何時對主子有意見過。」

小寧子眼角一揚，道：「既然沒有，那就拿去洗吧，別跟個木樁子一樣杵在這裡了。」

惜春氣不過，怒道：「你別太過分了，我在主子身邊伺候二十來年，需要做什麼，還輪不到你來指派。」

第九百一十三章

怒意難消

這個時候孫墨走過來，從小寧子手裡拿下茶盞，打著圓場道：「好端端的怎麼鬧得這麼僵？不過是洗個茶盞的小事罷了，實在不行，我來洗就是了。」

小寧子對孫墨的話嗤之以鼻，不過眼下他與自己一樣負責打理坤寧宮諸事，身分是一樣的，少不得要給幾分面子，哼哼幾聲道：「可不是嗎？本來是一件微不足道的小事，偏她要較真，真是死腦筋。」

「行了，我會說她的，不過惜春姑姑畢竟伺候主子那麼多年了，你讓她洗茶盞確實有些不合適。」

小寧子睨了他一眼道：「我是覺得大家都是伺候主子的，為主子做事該當盡心竭力才是，而不是分什麼該做、不該做。既然她聽不入耳，那就當我多說了吧，我還有事，先走了。」

待小寧子離開後，孫墨驅散了旁觀的宮人，走到雙眼通紅的惜春面前，嘆氣道：「他讓妳洗茶盞，妳洗就是了，何必與他對著幹呢？這樣做，吃虧的只能是妳自己。」

「我就是瞧不慣他那副得意忘形的樣子，以前一口一個姑姑，叫得比誰都親熱，這會兒剛得主子寵信，眼睛便長在頭頂上了，實在可氣，更不要說翡翠他們……」

孫墨趕緊捂住她的嘴。「噓，妳不要命了，居然敢說這些話。」惜春扒下他的手道：「這本就是事實，若非他告密，根本不會是現在這樣。」

「可是主子不這樣認為。」孫墨的話讓惜春沉默下來。他們怎麼想並不重要，重要的是主子怎麼想，很明顯，主子現在最寵信的人是小寧子。

見惜春不說話，孫墨再次道：「明白了嗎？那些事以後都不要提了，也不要得罪小寧子，否則遭殃的人只會是妳自己。」

凌若回到承乾宮後，想著之前的一幕，氣得臉色煞白，露在袖外的十指亦是微微發抖。

安兒沏了茶進來，她沒去坤寧宮，不曉得當中發生了什麼事，看到凌若這副樣子，好奇地湊到水秀耳畔道：「姑姑，出什麼事了，怎的主子臉色這麼難看？」

「別多問了。」水秀輕喝一句，接過茶盞遞到凌若面前，小聲道：「主子，喝口茶消消氣吧。」

凌若一言不發地接過茶盞，在水秀還沒反應過來時，茶盞已經被狠狠摜在地上，「砰」的一聲，茶盞四裂，同時茶水亦濺了一地。

凌若用力握緊雙手，想要藉此平息胸中的怒火，可這一次，卻怎麼也平息不下去，反而越來越烈。她恨然道：「本宮費盡心機，好不容易才將溫如傾打入冷宮，結果倒好，皇后三言兩語便找了人頂罪，讓溫如傾全身而退。而且不只溫如傾毫髮無傷，她還趁機削了本宮的臉面，扳回昨日輸給本宮的那局。皇后……可真是讓人小覷不得。」

水秀在一旁勸道：「主子息怒，畢竟誰也想不到皇后會讓溫貴人身邊的宮女頂罪，更不曉得皇后反應會如此迅速。再說這次雖然沒有處置溫貴人，可至少給了她一個教訓——」

「教訓有何用。」凌若搖頭打斷她的話，凝聲道：「本宮很清楚溫如傾這種人，只能一棍子打死，一旦給了她喘息的機會，她就會變本加厲地報復回來。」

水秀不以為然地道：「話雖如此，可主子如今身居高位，又掌六宮之事，連皇后都拿主子沒辦法，更何況她區區一個貴人。」

「本宮未必怕她，可本宮怕她害惠妃。」一說到這個，凌若的心情頓時變得極壞，又有些生氣地道：「也不知那個飄香是怎麼一回事，明知是死罪，還認得這樣痛快，生怕來不及去死一般。」

門外忽的傳來一個聲音：「飄香肯頂替溫貴人認下那宗死罪，是因為皇后牢牢捏住了她的死穴，讓她不得不認。」

抬頭望去，只見三福在小太監的攙扶下一瘸一拐地走進來。

凌若忙道：「真是胡鬧，你昨日才挨了打，怎麼今日就下地了，可是不想要身子了。」這般斥了一句，又道：「楊海，快去幫忙扶著。」

有了楊海的攙扶，三福走得快了些，進到殿中後，微低了頭道：「奴才聽說主子因為溫貴人的事去了皇后宮中，怕主子會吃虧，所以特意過來看看。」

「你有心了。」凌若輕嘆了口氣，轉而道：「你剛才說皇后捏住了飄香的死穴，可是指她的家人？」

「不只如此，還包括她自己。若飄香不肯頂罪，那麼不久之後，她跟她的家人都會死。既然左右都是一死，只要不傻，就會選一個對自己來說相對有利的死法。而這，也是皇后慣用的手法。只要她想，隨時可以找到替罪之人。主子是真正心有慈悲之人，不願枉害人命。所以您輸給皇后一點也不奇怪，根本無須自責。」

第九百一十四章 獻計

「本宮可以不想，但是溫如傾只怕不會。她這次吃了那麼大的虧，肯定會設法討回來。惠妃那邊……」說到溫如言，凌若忍不住嘆了口氣。

三福低頭想了一會兒道：「其實……主子大可以來一個將計就計。」

他的話令凌若精神一振，忙道：「你有什麼想法，且說來聽聽。」

「奴才不知道是否可行，主子權當聽著玩。」三福理了理思緒道：「奴才以前在皇后身邊伺候的時候，與溫貴人有過幾次接觸。這個人是一個權力心極重的人，她當初接近皇后，也是為了借皇后之力往上爬，至於惠妃，更是她往上爬的踏腳石，全不念親情。如今她在主子手裡吃了這麼大一個虧，肯定會迫不及地想報復回來；就算她不想，皇后也會逼著她想。」

水秀皺了皺眉道：「福公公，我不太明白你的意思，什麼叫皇后逼著她想？」

「其實由始至終，皇后都將溫貴人當成一枚可以利用的棋子，從不曾真正相信過她。按皇后的話來說，溫貴人連親姊姊都可以出賣，還有什麼是不能拿來賣的。雖然奴才如今不在皇后跟前伺候，但想來皇后的念頭不會輕易更改。」他頓一頓又道：「若奴才所料不錯的話，皇后會慫恿溫貴人報仇，對付主子您，而惠妃就是一個可以利用的棋子。若一切順利，除了您與惠妃，溫貴人的死期也不遠了。」

凌若點頭，徐徐道：「確實，以皇后的性子，一石二鳥之計是最有可能的。」

「主子說錯了，應該是一石三鳥才對。」

凌若不解，然在接觸到他的目光時，倏然明白過來，另一鳥就是三福。

在來回走了一圈後，凌若撫著腕上的翡翠鐲子道：「所以你想讓本宮派人監視著惠妃那邊，好在溫如傾動手之前，探知她的意圖，然後提早做準備。」

「是，只要知道了溫貴人的意圖，主子便可以將計就計，不只讓溫貴人再無翻身之力，甚至還可以將皇后扯出來，一舉兩得。」

面對三福的提議，凌若微微一笑。「與其派人監視，倒不若讓惠妃身邊的人做咱們的內應，這樣更加清楚明白。」

楊海第一個反應過來。「主子是說素雲姑姑？」

凌若搖頭道：「不，素雲始終是跟了惠妃多年的老人，咱們讓她監視惠妃，無異於讓她背叛惠妃，她未必會肯。」眼波一轉，在楊海不解的目光中，道：「惠妃自嬪位晉至妃位後，身邊伺候的還是原來那些人，內務府一直沒另外撥人過去，也該是時候催催內務府了。楊海，你說是嗎？」

楊海哪還會不明白凌若的意思，趕緊道：「奴才明白了，請主子放心，奴才一定會辦好此事。另外飄香死了，溫貴人身邊也正缺人伺候呢。」

對於他的舉一反三，凌若頗為滿意，重新將目光轉到三福身上時，放柔了幾分。「好了，你趕緊下去歇著吧，這五十杖的傷可沒那麼容易好。」

這樣看似尋常的話，落在三福耳中卻讓他心酸不已，眼睛亦紅了起來。「這些年來，除了翡翠，再沒人這樣關心過奴才了。」

見他提到翡翠，凌若默然不語，倒是水秀拍一拍三福的肩膀，玩笑道：「主子向來這般關心咱們，福公公這會兒就紅了眼，下次豈非要直接痛哭流涕？」

這般俏皮的笑語，引得殿內笑成一團，連三福也扯了扯嘴角，露出翡翠死後的第一縷笑容。

溫如言回到延禧宮後，一直坐在椅中發呆，不知在想些什麼。她不說，素雲亦不敢多問，只能默默陪著。

這樣的靜默一直持續到溫如傾進來，看到她，溫如言倏然站起身來，不敢置信地盯著她，好一會兒才緩過神。「妳不是應該在冷宮嗎？怎麼會……」

溫如傾心裡冷笑不止，面上卻歡喜地道：「姊姊，皇后娘娘已經證明我是清白的，是飄香自作主張，在觀音像上抹麝香粉。適才皇后娘娘已經當著熹妃的面，恢復了我的名位，咱們姊妹不會分開了呢！」

溫如言聽得一頭霧水。「飄香？她為何要這麼做？」

溫如傾幽幽嘆了口氣道：「唉，飄香是見我因為劉氏懷孕一事傷神，所以就想出這麼一個法子來，好讓我開心一些，不想卻害了自己。」

溫如言眸中迅速掠過一絲疑色，旋即擔憂地道：「那飄香現在怎麼樣了？」

「她犯的是死罪，皇后娘娘已經賜其自盡。」隨口說了一句，溫如傾上前拉著溫如言的袖子，嘟嘴道：「姊姊，我平安歸來，妳好像一點也不高興似的，難道妳希望我被關在冷宮嗎？」

「胡說，哪有這回事，只是事情來得太突然，我一時有些反應不過來罷了。妳是我親妹妹，看到妳無事，我不知多開心。」這般說著，她又拉了溫如傾的手道：「這次，可真是將姊姊嚇死了，真怕妳就要這麼被關在冷宮一輩子。不過話說回來，我倒沒想到這一回皇后會替妳出頭做主，她可有與妳說什麼？」

第九百一十五章　宮人

溫如傾把玩著手指，不以為然地道：「也沒說什麼，不過讓我以後管好身邊的人，莫要再出這樣的漏子。」

「那就好。」說完這三個字，溫如言突然沉默了下來，許久，方才有澀澀的聲音再次響起：「如傾，妳怪不怪姊姊？」

溫如傾面上裝著一臉不解地道：「姊姊為什麼這麼問？」

溫如言的手有些發涼，沉沉道：「剛才在承乾宮，熹妃指妳為謀害皇嗣的凶手，將妳脫簪剝服，我這個做姊姊的明明就在一邊，卻什麼都沒有做，連一句求情的話也沒有，妳心裡一定恨死我了對不對？」

溫如傾垂頭想了一會兒，低低地道：「之前看到姊姊不理會我，確實很生氣，可是後來仔細一想，卻又不氣了。在那種情況下，就算姊姊肯幫我，熹妃也不會留情的，反而會讓姊姊進退兩難；再說我被熹妃作踐，姊姊才是最傷心的那一個。」

溫如言一陣感慨——

「妳能想到這些，真是長大了，也讓姊姊刮目相看。」

「這是自然。」溫如傾得意地皺了皺鼻子，旋即又有些擔心地道：「剛才在坤寧宮，我看熹妃娘娘臉色不太好，姊姊，熹妃一直對我頗有成見，妳說這一次她會不會不肯放過我？」

溫如言拍著她的手，安慰道：「別胡思亂想，妳都已經被證明是無辜的了，熹妃就算對妳再有成見，也不能拿妳怎樣。再說還有姊姊在呢，只要妳沒有犯事，她就休想動妳一根手指。」

「姊姊妳真好。」溫如傾抱著溫如言的胳膊嬌笑不已，過了一會兒又道：「對了，姊姊，我想之後去咸福宮，親自跟劉姊姊解釋清楚這件事，省得她心裡有芥蒂，到時妳陪我去好不好？」

「好，一切都依妳，何時要去了與我說一聲就是了。」溫如言寵溺地應了一句。「好了，回屋裡去好好梳洗一番，晚些我再過去看妳。」

溫如傾正要答應，忽的想起一事來。「姊姊，飄香死了，我身邊宮人便缺了一個，不夠使，能否讓內務府再遣個人過來？」

「好，若是妳現在覺得不方便，就讓素雲伺候妳幾天。」

溫如傾吐了吐粉嫩的舌頭道：「素雲姑姑要是伺候了我，姊姊身邊不就亂套了嗎？我可不敢擔這個罪名，所以還是暫時忍忍吧。」

溫如言被她說得哭笑不得，指了她光潔的額頭道：「妳這丫頭，連姊姊的玩笑也敢開，可是皮癢了？」

「哪有。」溫如傾一邊笑著一邊閃身避了過去，嬌聲道：「我不過是想讓姊姊開心一些罷了。好了，我現在去梳洗。姊姊，晚些妳來我屋裡用晚膳好不好，我讓御膳房多做幾道菜。」

「妳說的自然是好。」

在溫如傾出去後，溫如言眼中的寵溺漸漸淡了下去，終至不可見……

入夜時分，溫如言依言到溫如傾房中用晚膳。

剛吃了幾口，素雲便進來道：「啟稟主子、溫貴人，內務府的錢公公帶著幾個宮人過來，說是給主子與溫貴人使喚。」

溫如傾驚訝地放下烏木筷子道：「咦，姊姊動作好快，這麼快便讓內務府帶人過來了。」

「可不關我的事，我都還沒派人去知會內務府呢。」溫如言同樣是驚訝不已，不過人都來了，自然沒有不見之理，當下道：「讓他們進來吧。」

素雲答應一聲，下去後沒多久，帶了內務府的副總管錢莫多進來，後面還跟著一溜的宮女、太監，一個個都長得眉清目秀，很是討喜。

錢莫多一進來便陪了笑打千，嘴裡道：「奴才給惠妃娘娘請安，給溫貴人請安，二位吉祥！」

「起來吧。」溫如言淡淡說了一句，眸光自那些宮人身上掃過，道：「錢公公今日怎麼突然帶了這麼多人來本宮這裡？莫不是走錯了地方吧？」

「娘娘說笑了。」錢莫多一張滿是皺紋的臉笑得跟千瓣菊似的。「娘娘晉位之後，本該再撥十個宮人到娘娘宮中，可是這段時間宮裡事多，內務府一直不得閒，奴才與總管公公忙得腳跟都不沾地，再加上沒有新的宮人進來，所以娘娘這邊的事一直拖了下來。」

說到這裡，他怕溫如言不喜，忙又解釋：「但奴才一直記在心裡，從來沒有忘過。這不，剛有了一點兒空暇，奴才便趕緊帶人過來了，還望娘娘見諒。」目光一轉，落在一臉好奇的溫如傾臉上。「另外溫貴人身邊也少了個，正好趁著這次一道補上。」

溫如傾打量著錢莫多身後那些人，問：「錢公公，這些人都是嗎？」

錢莫多忙道：「回溫貴人的話，都是呢，連您的在內，統共是十一個。奴才可是將內務府最好的宮人都帶來了，您與惠妃瞧瞧可還滿意，若覺得哪個不好，奴才再帶回去，重新挑人來。」

溫如言一直將目光放在錢莫多身上，錢莫多有所察覺，小心地抬起眼，在接觸到溫如言近乎審視的目光時，身子微微顫了一下，趕緊重新低下頭。

事實上，錢莫多早就將溫如言的事忘得一乾二淨。

溫如言雖為惠妃，但這個妃位因何而來，宮裡上上下下都清楚得很，根本沒有什麼恩寵，不過是皇帝憐惜靜悅公主遠嫁，所以才晉了她的位分；更不要說她與熹妃又疏遠了許多，再不如以前那般親近。

像這樣的情況，延禧宮不催著要人，內務府自是能拖就拖……

第九百一十六章　挑選

「錢公公的眼光，本宮又怎麼會信不過呢？」這般說了一句，溫如言轉頭對溫如傾輕聲道：「如傾，妳挑兩個去吧，左右我也使不了這麼多人。」

「謝謝姊姊。」溫如傾沒有與她客氣，死了一個飄香，她身邊正缺人使喚。她起身走到那些宮人跟前。這些宮人當中，宮女五個，剩下的則是一些小太監。

溫如傾一邊讓他們報上年紀與名字，一邊盤算著挑哪個好。若是知道這些人是凌若派人去挑選後送過來的，只怕她立馬就一個都不想要了。

溫如傾把玩著耳下的金累絲墜子，不知怎的一回事，耳墜子突然掉在地上，發出「叮」的一聲輕響。

溫如傾尚未說話，其中一名宮女已經機靈地彎腰撿起耳墜子，雙手奉上，恭謹地道：「溫貴人，您的墜子。」

溫如傾隨手接過，帶著一絲玩味的笑容打量她。容貌算不得出色，不過那雙眼很有神。「我記得妳叫彩燕是嗎？」

「奴婢彩燕見過主子，主子吉祥。」

彩燕的話大出溫如傾意料，不過也讓她嘴角的笑意更深了。「妳想在我身邊伺候？」

彩燕抬起頭，小心地瞅了溫如傾一眼道：「不論是伺候惠妃娘娘還是貴人，您二位對奴婢來說都是主子。」

溫如傾微一點頭道：「不錯，是個會說話的人。姊姊，不如就她吧，再隨便挑一個小太監就是了。」

溫如言搖搖頭，寵溺地笑道：「妳這個鬼靈精，挑個宮人而已，還故意弄掉耳墜子試人。好了，快戴上吧。」

「既是要挑人，自是得挑一個機靈的，否則蠢蠢傻傻的，看著都難受。」溫如傾嬌笑一聲，順手將耳墜戴上。

「真拿妳沒辦法。」這般說著，溫如言又挑了一個看著年長懂事些的小太監給溫如傾，餘下的則交由素雲帶下去安置。

錢莫多瞅了一眼，小聲道：「娘娘若沒旁的吩咐，那奴才先下去了，改日再來給娘娘跟貴人請安。」

見溫如言點頭，錢莫多躬身出了延禧宮，正要往內務府行去，忽的感覺肩上被人拍了一下，嚇得他脫口道：「誰？」

一個身影從錢莫多背後走出來。「是我，錢公公。」

錢莫多聽著耳熟，在將燈籠湊近了後，拍著胸口道：「是楊公公啊，剛才那一下可是嚇死咱家了，你在這裡做什麼？」

來者正是楊海，他笑道：「錢公公不是一向很有膽色的嗎？怎會被嚇到呢？我剛才想起還有幾句話沒交代那些宮人，怕他們來了惠妃娘娘這裡犯事，所以想來叮囑幾句。雖說惠妃現在疏遠我家主子，但主子對惠妃的事卻還是上心得很，否則也不會讓我催著公公將人送來了。哪知我趕到的時候，公公已經進去了，沒辦法之下，只有在這裡等公公了。」

錢莫多點點頭，邊走邊道：「要說熹妃娘娘對惠妃娘娘真是沒話說，什麼事情都想著、念著惠妃，還怕惠妃娘娘心裡介懷，一點兒也不讓她知道，唉，真是用心良苦啊！」

「主子的苦心有錢公公知道就行了。」楊海應承了一句，眼珠子在黑暗中閃了一下，不經意地道：「那十一個宮人都撥給惠妃了嗎？」

「惠妃留了九個，剩下的兩人給了溫貴人。」錢莫多思忖了一下道：「留下的宮女叫彩燕，至於小太監，咱家一下子想不起來。」

聽到彩燕二字，楊海眸中掠過一絲掩飾不住的喜色，極力平復了一下心情，道：「我也記得這個宮女，很是機靈的樣子。」

「是啊，剛才溫貴人掉了耳墜子，她是第一個撿起來的，答得又得體，溫貴人很是歡喜，就指了她在身邊伺候。雖說溫貴人如今位分不高，不過咱家看皇上對她頗為寵愛，這一次又受了委屈，少不得要多加撫慰，說不定就有機會晉位。」

見楊海不說話，他只道是在擔心那些宮人不懂規矩，安慰道：「放心吧，那些宮人都是受過訓的，知道怎麼伺候人，出不了事，除非你信不過咱家。」

一聽這話，楊海忙道：「瞧公公說的，我哪能信不過您啊。那行，我這就給主子覆命去，公公您慢走。」

辭別錢莫多，楊海一路疾走，到了承乾宮，只見凌若正在問弘曆這些日子的功課，不敢插嘴，只悄悄站在一旁。

他剛進來的時候，凌若便注意到了，待弘曆下去後方道：「如何，事情都辦妥了？」

楊海笑容滿面地道：「啟稟主子，不只辦妥，還比咱們想的更好呢。彩燕去了溫貴人身邊，還是溫貴人親自指的。」

第九百一十七章 防範

「哦？」凌若驚訝地挑了細眉，旋即又道：「彩燕這人可靠嗎？莫要到時候出什麼么蛾子。」

「主子放心吧，彩燕是一個機靈人，她知道怎麼做才是對自己最有利的。何況主子現在在宮中炙手可熱，多少人巴望著能來主子身邊伺候，眼下她有這個機會，又怎會不珍惜。」

凌若微微點頭。「本宮相信你看人的眼光，一切就按計畫進行吧，希望這一次可以順利。」見楊海要下去，她喚住道：「叫人準備肩輿，本宮想去看看謹嬪。」

咸福宮中，瓜爾佳氏剛用過晚膳，正在漱口，看到凌若進來，微微一笑，揮手示意宮人退下。「怎麼，熹妃娘娘今日終於有空過來了？」

凌若一陣搖頭。「我好心來看姊姊，姊姊卻存心取笑我，這是何道理。」

「我哪敢啊。」瓜爾佳氏笑意不減地道：「好了好了，不與妳玩笑，這個時辰來尋我，可是有事？」

凌若隨意在椅中坐下道：「沒事就不能來姊姊這裡坐坐嗎？」

「平日裡妳說這話我還信幾分，今日嘛……」瓜爾佳氏故意賣了個關子，等凌若催促後，方才不急不慢地道：「我今日雖沒出過咸福宮，但溫如傾的事鬧得這麼大，劉氏又是我宮裡的，怎麼著也聽聞了。」說到此處，神色一正道：「若兒，這裡沒有外人，妳與我說實話，麝香的事到底是不是溫如傾做的。」

凌若迎著她審視的目光，緩緩道：「姊姊不覺得，若就此定了她的罪，可以解決許多麻煩嗎？」

「話是不錯。」瓜爾佳氏待要再說，忽的眼皮一跳，目光牢牢攫住凌若，道：「妳答得這麼肯定，是否……」

見凌若端坐著不否認，瓜爾佳氏長出一口氣。「我明白了，所有的事情都與溫如傾無關，而飄香更是一個替死鬼。其實自從知道這件事後，我就覺得很奇怪，以溫如傾的性子怎麼會出這種昏招，那根本就是明擺著讓人發現。」

「昏不昏招的無關緊要，只要能治得了她就行，可惜皇后橫插一腳，找了飄香替死，讓她逃過一劫。」

「三福一事讓皇后在妳面前失了顏面，自然要設法扳回來，且留著溫如傾又能制約妳，何樂而不為呢？這向來是皇后慣用的伎倆。」瓜爾佳氏當時雖不在場，說的話卻一針見血，分毫不差。隨即她又有些奇怪地道：「不過，我倒是有些想不明白，妳如今來與我說這些的意思是什麼，可別說僅僅是為了告訴我一聲。」

凌若苦笑道：「每次與姊姊說話，都感覺被看透了一般，一點兒心思都藏不住。」

瓜爾佳氏沒好氣地睨了她一眼道：「行了，別給我戴高帽了，說吧，到底是什麼事？」

凌若終於說出來此的真正目的：「劉氏是姊姊宮裡的人，我想請姊姊多多照看劉氏，留意她這段時間的一舉一動。」

瓜爾佳氏猶豫了一下，心情略有些複雜地道：「妳還想動她與腹中的孩子？我知道妳是為了對付溫如傾，也知道劉氏不是個簡單的人，但孩子始終是皇上的。皇上子嗣單薄，能多一個也是好的，而且這種事太傷陰騭，還是少做為好。」

透過剛才凌若的隻言片語，她已經斷定玉觀音上的麝香與凌若有著莫大關係，是以一聽到凌若的話，便出言勸阻。

「姊姊放心吧，我並無這個打算，哪怕是玉觀音那次，我也沒想過要害皇上的孩子。」她若真要害，大可以用其他辦法，觀音像上抹麝香，太過明顯了，只要稍微留心便會被發現。

瓜爾佳氏頗是欣慰，旋即又奇怪地道：「既是如此，那妳要我看住她做什麼？」

凌若搖頭道：「我不動手，並不代表別人不會動手。我總有預感，溫氏一事起在劉氏與龍胎身上，也會結在他們身上，而現在，遠未結束。」

瓜爾佳氏思索半晌，撥著垂在胸前的粉晶珠鍊道：「妳是說溫如傾會報復？這個……她怕是沒那本事吧。」

「一個溫如傾自然沒有，但若再加上一個皇后，就另當別論了。要知道，宮裡每多一個孩子，對皇后撫養的二阿哥都是一種威脅。其實我也只是猜測，但小心一些總是沒錯的。」

瓜爾佳氏認真想了半晌，道：「是有這個可能，不過她們兩人相爭，對咱們來說正好可以隔山觀虎鬥，未嘗不是一件好事，又何必去插那個手呢？」

「真是這樣我自然不在乎，可姊姊別忘了，當中還有一個惠妃在。以溫如傾的性子，若真要對付劉氏腹中的龍胎，一定會找一個替死鬼，從而讓自己置身事外。而惠妃……」說到此處，凌若面現憂慮。

瓜爾佳氏甚是不解，啟脣道：「妳覺得她會害了劉氏之後，將事情栽在溫姊姊頭上？」不等凌若回答，她已經搖首道：「應該不至於吧，她對溫姊姊固然沒什麼真情，但也不至於這麼快便倒戈相向，她始終根基未穩。」

「以前也許不會，但現在卻難說了。」凌若將今日發生在承乾宮的事說了一遍，最後更是道：「以溫如傾的心胸，她怎可能忍受當時惠妃的袖手旁觀，必定會想方設法地報復回來。」

「妳說得有些道理，好吧，劉氏這裡我會注意；但是妳也要明白，很多時候是防不勝防的，除非妳可以洞燭機先，知道她接下來會出什麼招。」

「姊姊放心吧，溫如傾那裡我已經做了安排。」如此又說了幾句後，凌若方才起身離開。

瓜爾佳氏在她離開後，一直保持著原來的坐姿沒動過，神色更是若有所思。從祥等了半天不見她說話，忍不住道：「主子，您在想什麼？」

瓜爾佳氏從沉思中回過神來，搖頭道：「沒什麼，本宮只是覺得剛才熹妃說起承乾宮的事時，惠妃的態度很奇怪。」

「恕奴婢愚笨，不明白主子的意思。」剛才那些話從祥與從意也聽到了，卻聽不出哪裡奇怪。

瓜爾佳氏的手指慢慢自鍊珠間撥過，漫然道：「惠妃對溫如傾向來是百般維護，怎的這一次表現得如此冷淡，看著溫如傾被熹妃作踐也不求情，這實在不像她的性子。」

第九百一十八章　人參

從意想了片刻道：「也許是惠妃覺得此事人證、物證俱在，就算求情了也沒用，再加上熹妃又奉皇命暫攝後宮，所以才不插手。」

「本宮總覺得事情沒那麼簡單。」這樣說著，瓜爾佳氏又沉思半天，雖覺疑惑卻始終理不出個頭緒來，只得作罷。

另一邊，溫如傾的事幾經周折之後，傳到胤禛耳中，知悉她平白受了一頓驚嚇後，胤禛頗為垂憐，賜下明珠一斛、如意一對，用以定驚安神。

此事過後，後宮著實平靜了好一陣子，七月就在這難得的平靜中徹底過去。

八月，一年當中金桂飄香、大獲豐收之時，一時間新鮮的水果從全國各地往京城運來，梨、葡萄、柿子、橘等等，每天都有好幾大車，守城的軍士增加了近一倍人手，就是為了檢驗這些水果，分批往宮裡或各侯、王府中送去。

各式各樣新鮮的果子源源不絕送往內務府送，內務府忙得不可開交，錢莫多被派來主管這項事，忙得那叫一個堵心，一上午了連口水都沒喝，喉嚨都快冒煙了，偏還要扯著嘶啞的嗓子吩咐這個、交代那個。

他好不容易喘口氣，拿過冊子準備檢查一下，豈料剛翻開一頁便看到有問題，叫過其中一個忙得滿頭大汗的管事太監，道：「哎，你們怎麼回事，謙貴人那裡送去的怎麼是二等橘子，不要活了是不是？」

管事太監一驚，趕緊接過冊子細看了一眼，還真是這樣，連忙道：「錢公公息怒，應該是不小心記錯了，奴才這就叫人改過來。」

錢莫多冷哼一聲道：「仔細著些，要是粗心大意出了什麼岔子，咱家可不會保你們。」

「是，錢公公放心，奴才一定讓他們打起十二萬分精神來。」這般說著，管事又討好地道：「錢公公您忙了這麼久累了吧，趕緊歇歇，奴才給您沏盞洞庭碧螺春來解解乏。」

錢莫多頓時來了精神，提著眼道：「唷，你還有那好東西啊，哪來的？」

管事搓著手道：「不瞞公公說，這還是以前年氏賞下來的，奴才一直沒捨得喝，正好拿來孝敬公公，還望公公不要嫌棄。」

「行了行了，趕緊去沏吧，再這樣下去，咱家嗓子都要廢了。」錢莫多催促著管事下去，正拿袖子當扇子搧著，忽的看到遠遠有人過來，瞇眼仔細看了一陣子，終於認出來人，趕緊迎上去扯著嘶啞的聲音道：「奴才給溫貴人請安，溫貴人您怎麼過來了？」

來者正是溫如傾，只見她扶著彩燕的手道：「我是特意來謝謝錢公公的。」

「謝奴才？」錢莫多被她說得一頭霧水，連起身也忘了，還是溫如傾彎身扶了一把，他才如夢初醒地站起身來，但眼睛還是盯著溫如傾，等她解釋。

溫如傾滿面笑容地道：「上次錢公公不是送了兩個宮人給我嗎？做事都很認真仔細，尤其是彩燕，幫了我許多，所以我今日得空特意過來謝謝錢公公。」

「貴人實在太客氣了。」錢莫多受寵若驚地道：「那都是奴才該做的，哪裡敢當貴人的謝。」

「彩燕。」溫如傾輕喚一聲。

彩燕立刻會意地從身後宮女手中接過錦盒，遞到錢莫多面前。「錢公公，這是貴人一點心意，請您收下。」

「這……這怎麼好意思呢。」錢莫多一邊說著一邊接過彩燕遞來的錦盒，入手輕飄飄，不像是金銀之物。當著溫如傾的面，他不好打開，只能暗自揣測。

溫如傾像是看穿他的心思，笑道：「我聽聞錢公公喜歡前人字畫，正好我那裡有一幅祝枝山的字，雖不能與《六體書詩賦卷》等精品相比，卻也不失為一幅好字，便拿來送給公公。」

一聽說是祝枝山的字，錢莫多又驚又喜。「想不到貴人還知道奴才這些喜好，只是貴人送這樣厚重的禮，讓奴才如何敢受。」話雖如此，捧著錦盒的手卻遲遲沒有遞出去，顯然這禮既重又合他心意，讓他捨不得真拒絕。

「再貴重的東西，也要有人欣賞才好。我又不喜歡這些，留在我這裡不過是蒙塵罷了，還不如送給公公，物盡其用，除非公公瞧不上這份禮。」

見溫如傾露出不悅之色，錢莫多忙道：「貴人說的這是哪裡話，既是如此，那奴才就厚顏收下了。」說罷，將錦盒交給一個小太監，著他拿到自己屋中。

他回過頭來，見溫如傾正打量著成筐成籃的東西，赧然道：「讓貴人見笑了，這些日子各地新鮮果子都收上來了，一窩蜂地往京裡送，奴才正領著人清點呢。」彼時管事沏了茶上來，錢莫多接過後轉遞給溫如傾，恭敬地道：「貴人請喝茶。」說罷又對管事喝道：「還不去給溫貴人端把椅子來。」

「噓！」管事見錢莫多對溫如傾恭謹客氣的樣子頗為驚訝。這位錢公公雖是副總管，手裡卻有實權，往日裡就算見了那些娘娘也沒這麼客氣過，可真是奇了怪了。管事並不曉得溫如傾剛剛投錢莫多所好地送了一幅價值千金的字畫給他，錢莫多如今自是感激得很。

溫如傾在陰涼處坐下，彼時雖已入秋，但正午這段時間還是頗熱的，那些站在秋陽下清點東西的小太監已是汗流浹背。

「這麼多東西都要一一清點出來，錢公公可真是辛苦了。」

「奴才辛苦一些是應該的。」錢莫多笑著回了一句，溫如傾彈一彈指甲，漫然道：「惠妃娘娘喜歡吃柿子，你記得多挑一些好的送過去。」看到列在不遠處的錦盒，訝然道：「咦，這是哪裡送來的果子，怎麼用錦盒裝著？」

錢莫多循著她的目光望去，輕笑道：「貴人誤會了，那不是果子，是進貢來的白參與紅參，都是野生的呢。」一邊說著一邊讓小太監去取過來，打開一看，只見兩個錦盒當中各放著一支人參，一支白、一支紅，顏色迥異。

第九百一十九章　計上心頭

溫如傾一手拿著一支參，仔細打量著道：「錢公公，這便是白參跟紅參嗎？除了顏色外有何區別？我平常服用的參湯當中好像不曾見到過紅參。」

錢莫多咧了咧嘴道：「貴人應是服用過紅參的，燉煮出來的參湯味道都是一樣的，根本區分不出。至於這兩種參的區別，白參適用於氣虛兼有熱象的人，紅參則適用於氣虛兼有寒象的人。」

聽到此處，溫如傾心中一動，凝聲道：「那若是有孕的人呢？」

「這個奴才以前倒是聽收參上來的人說起過，孕婦一般體質躁熱，以服用白參為宜，若用了紅參容易躁上加躁，對孕婦與胎兒不利。」

溫如傾暗自將他說的每一個字都記在心中，面上卻是不在意地道：「原來還有這樣的區別，可是長見識了呢。」說罷她起身道：「好了，時辰不早，我就不打擾錢公公做事了。」

一聽她要走，錢莫多忙道：「奴才送溫貴人。」

待其走後，錢莫多取過她一口未動的茶潤一潤嗓子，接著點算秋果貢品，壓根不知道他剛才那一席話令得溫如傾計上心頭，想出一個妙點子來。

到了第二日，點算清楚的貢品陸續由內務府派人送到各宮、各院，因為溫如傾之前的話，錢莫多特意往延禧宮多送了一份柿子。

溫如言見了頗為驚訝，問過後，方知是溫如傾的關係，當下將她叫來道：「妳這丫頭，竟然跑到內務府去胡鬧了，還讓錢公公多送一份柿子來，萬一他因此惹了麻煩，妳要我怎麼過意得去。」

溫如傾不以為然地道：「若真會惹麻煩，錢公公才不會送來呢。所以啊，姊姊大可放心享用這些新鮮送來的柿子，妳向來是最喜歡的。」

溫如言沒好氣地瞪了她一眼道：「就算真喜歡，也吃不下這麼多啊，堆在那裡若是爛了豈非可惜。」

「這樣啊……」溫如傾想了半天，忽的拍手道：「那乾脆用來做點心吧，我以前在府裡時就曾吃過用柿子做的點心，糯軟香甜很好吃呢，做法我也記著，不如我做給姊姊吃啊。」

用柿子做點心的事，溫如言倒還是第一次聽說，頗感興趣地道：「也好，正好可以趁此機會嘗嘗妳的手藝。」

見她答應，溫如傾帶著宮人去了小廚房，過了大半個時辰方才端著一盤通體金黃、形如桃子的點心進來，笑逐顏開地道：「姊姊妳嘗嘗看味道如何。」

溫如言夾起一個輕咬了一口，頓時嘴裡瀰漫著柿子清甜的味道，至於點心本身則糯而不黏，確如溫如傾所說的那樣香甜可口，當下讚道：「嗯，確實很好吃呢，比單憑吃柿子更有滋味。」

溫如傾得意地揚一揚光潔的下巴，隨後又道：「對了，姊姊今日若無事的話，不如陪我去看劉姊姊，順道也將這些柿子做的點心帶給她嘗鮮。聽說劉姊姊現在胃口很差，常吃不下東西。」

溫如言面色微微一沉，旋即已是若無其事，放下筷子道：「柿子性寒，謙貴人懷孕不足三月，最忌諱吃寒性的東西，萬一若引得謙貴人小產，不說妳，連我也擔待不起。」

溫如傾眼中閃過一絲冷意，面上卻驚惶地道：「竟然有這種事嗎？我……我不知道呢，姊姊……」

溫如言忙安慰：「別擔心，沒事的，不過以後可得注意了。這宮裡頭不比外面，隨時都會有麻煩找上來，一言一行都得謹慎再謹慎。」

「嗯，我知道了。」溫如傾心有餘悸地應了一句，又頗為忐忑地道：「姊姊，那劉姊姊那裡還去嗎？」

「妳想去，我自然陪著妳去，省得妳心裡一直掛著。說起來謙貴人懷孕後，我還沒去看過她。」她想了一會兒道：「這樣吧，內務府還送了些野參來，我讓人選幾株上好的白參裝起來送過去。」

溫如傾攬著她的手臂，彎著眉眼道：「姊姊妳真好，入宮之後我最開心的事情便是能夠經常陪在姊姊身邊。」

溫如言撫著她的臉頰沒有說話，小指上的鎏金鑲琥珀護甲在透過窗紗照進屋內的陽光下閃爍著冰冷光芒。

到了長明軒，溫如言示意守門的宮人不必通報，慢步走了進去。在走到檐廊時，劉氏看到了她們，忙扶著金姑的手走出來，請過安後道：「惠妃娘娘與溫妹妹過來怎麼也不著人通報，可是宮人躲懶？」

「是本宮讓他們不要通報的。」溫如言執了她的手進屋落座，溫言道：「如何，這些天身子可爽利了一些？」

劉氏在椅中欠身道：「回娘娘的話，還是與以前一樣，每日要吐上好幾次，瞧著什麼都沒胃口。」

溫如言安慰道：「本宮懷涵煙的時候也是這樣的，等熬過頭幾個月便好了。妳記著，不管怎樣沒胃口，都得逼著自己吃些東西下去，否則不論是對自己還是對腹中胎兒都不好。」

劉氏柔柔一笑道：「謝娘娘關心，之前金姑也是這樣說的呢，還說孩子若在娘胎裡時便挨餓，那生下來後也會挨餓。」

溫如言失笑道：「哪有這回事，妳這孩子一生下來不是阿哥便是格格，何曾聽說過阿哥、格格挨餓的事。金姑那是哄著妳多吃些東西呢。對了，本宮這次帶了幾支白參來。」隨著她的話，宮人捧著錦盒走上來，打開後，只見每一個錦盒中都擺著粗如兒臂的野生白參。「本宮知道謙貴人宮裡不缺這些，不過這是本宮的一點心意，妳可一定要收下。另外……」她幽幽嘆了口氣，回頭看了一眼一直站著的溫如傾，道：「關於飄香的事，本宮甚是過意不去。」

溫如傾絞著手指緊張地道：「劉姊姊，飄香在玉觀音上抹麝香的事，我雖然不清楚，但她始終是我身邊的宮人，是我沒有管束好宮人，才讓她做出這種泯滅天良的事來，一切都是我不好，請劉姊姊恕罪！」

第九百二十章　御膳房

劉氏忙站起來，拉了溫如傾的手道：「妳既然叫我一聲姊姊，就別再說那麼見外的話；再說我之前也冤枉了妳，想到差點害妳進冷宮，我便坐立不安。虧得那飄香還有幾分人性，將實情說了出來，沒有坐視妳受冤。」

溫如傾抬起頭，睜著晶亮的眼睛道：「這麼說來，劉姊姊是不怪我了？」

「我本來就沒怪妳，再說……」她笑望著溫如言道：「我收了惠妃娘娘那麼厚重的禮，就算真有什麼，也都沒了。」

這一句話引得幾人笑了起來，無形中也化解了原本的尷尬氣氛。

這個時候，宮人端了茶上來，而奉到劉氏面前的卻是一碗黃褐色的藥。「主子，安胎藥煎好了，可以喝了呢。」

劉氏皺眉接過藥，頗為無奈地道：「天天喝這苦藥，再好的胃口都要倒了。」

話雖如此，但她還是將藥喝得乾乾淨淨，一滴不剩。宮裡煎好的藥，都是用細紗布濾過三次的，所以不會有任何殘渣存在。

坐著又說了一席話後，見劉氏有些犯睏，溫如言道：「好了，叨擾謙貴人這麼久，本宮也該回去了。謙貴人好好養胎，多加休息，太后可還等著抱小阿哥呢！」

劉氏面帶感激地道：「謝娘娘關心，臣妾一定會小心的。」

「劉姊姊，我改日再來看妳。」

溫如傾隨著溫如言離開了長明軒，在她們身後，是劉氏漸漸冷下來的目光。

金姑在劉氏身後小聲道：「主子，奴婢看她們過來不像是看您這麼簡單，倒像是有些在試您的態度，尤其是溫貴人。」

劉氏轉過身來，冷笑道：「她當然要試，不然怎麼睡得安穩呢。飄香？哼，區區一個宮人若無人指使，哪裡來那麼大的膽子，分明是受溫氏指使。臨到頭出了事，則一股腦兒將事情推到飄香身上，讓她做了替死鬼。」

金姑點點頭，又道：「那惠妃呢？您瞧她參與到這件事中了沒有？」

「這個我一下子倒是有些摸不準，不過她是溫氏的姊姊，始終脫不了關係。」這般說了一句，她鄭重地道：「總之妳讓底下人都打起十二分精神來，別疏忽了任何一處，只要熬過這十個月，我重重有賞。」

金姑斬釘截鐵地道：「主子放心吧，奴婢一定會讓他們盯牢，哪個要敢鬆懈了半分，奴婢打斷他的腿。」

劉氏默然許久，方沉沉道：「金姑，我現在身邊唯一能相信的便只有妳了，妳千萬要替我盯牢……」她抬手放在腹部，感覺著腹中那塊真實存在的肉，一字一句道：「這個孩子我一定要生下來！」

劉氏因為妊娠反應之故，經常整天都難以吃下什麼東西，為了補充元氣，確保腹中胎兒的營養，每日都會定時服用一盞燕窩與一盅參湯。

這夜，海棠與平日一樣，取了一株內務府剛送來的新鮮野白參與燉盅拿去御膳房。太醫說過，劉氏懷孕之後，身子略有些躁熱，而白參既可補身又可降火，最適合劉氏不過。之前新鮮白參沒上貢之時，胤禛命內務府將剩餘的庫存白參全送到長明軒來，供劉氏使用。

咸福宮雖有小廚房，但那是為瓜爾佳氏準備的，劉氏只是一個貴人，沒有資格使用，所以她平常的膳食都是御膳房送來的；要做什麼東西，也拿去御膳房，那邊專門替劉氏留了一個燉煮的爐火位置。

「海棠姑娘來了。」御膳房的幾個小太監對海棠很是熟悉，她剛一進來便笑著打招呼。

海棠點點頭，環視了一眼，見各爐子邊都有宮人守著，連她平日裡慣用的那個也被人占了，臉色頓時沉了下來，走到其中一個小太監身前道：「你們安總管呢？」話音剛落，便聽到身後傳來熟悉的嗓音。

「海棠姑娘找咱家啊？」

海棠回頭一看，正是御膳房的總管太監安祿，他一張圓臉上滿是笑容，不過海棠可沒什麼笑意，冷著臉道：「安公公，我家主子如今可是懷著龍胎，一日不服參湯，龍胎便會有所不安。」

安祿笑得兩隻眼睛成了一條縫。「這事咱家當然知道，謙貴人身子是眼下宮裡首要的要緊事。」

「既然都知道，為何要讓別人霸占爐子，你是存心想讓我家主子喝不上參湯，從而使得龍胎不穩嗎？」她沒有刻意壓低聲音，那一溜守在爐子前或煎藥或燉補品的人都聽到了她的話，各自臉色均有些不太好看。只是礙著她是謙貴人的人，而謙貴人如今又正當寵，敢怒不敢言。

見海棠扣了這麼大一頂帽子下來，安祿忙不迭地道：「海棠姑娘妳可真是冤枉死咱家了，咱家要是有這個心思，就讓天打雷劈。實在是一直沒見妳過來，以為謙貴人今日不服參湯，而慧貴人的宮人又……」他瞥了一眼站在不遠處的雨姍，小聲道：「慧貴人有些受寒，太醫開了兩種藥，得分開煎服，這才不得已把那個位置暫時讓她用用。」

海棠輕哼一聲道：「那現在你說怎麼辦吧。主子不能晚睡，頂多再一個時辰，若你騰不出位置來，我便只有如實去跟主子回稟了。主子會不會怪罪於你，我可就不知道了。」

「別，海棠姑娘別急，讓我再想想辦法。」這御膳房裡本來就熱，再一心急，安祿頓時滿頭大汗，他想了半天也沒想出什麼好法子來，而這裡最快能用的爐子也還得再過半個時辰才能空出來。

海棠等了半晌，不耐煩地道：「安公公，想好了沒有，若沒有，我可以給你一個建議。」

安祿一聽，頓時來了精神，眼巴巴地道：「海棠姑娘請說。」

第九百二十一章　芳巧

海棠眼皮子一抬，指了指雨姍道：「很簡單，讓她把位置還出來，那勞什子的藥等參湯燉好了再煎，左右晚一些喝又不會死人。」

雨姍本就對海棠剛才的話不滿，如今又聽得她這麼說，頓時忍不住有些生氣地道：「妳在說什麼？」

劉氏與舒穆祿氏同為貴人，是正當寵的兩位，看似相安無事，但那不過是表象罷了。恩寵面前，明爭暗鬥在所難免。

「是我說得不夠明白，還是妳耳朵有問題？我讓妳晚一些再煎藥。」海棠可不在乎她生氣與否。舒穆祿氏雖得寵，但能有自家主子身懷龍胎那麼要緊嗎？

雨姍憋著氣道：「可是這藥已經煎了一半，現在取下就等於前功盡棄，哪怕重新再煎也什麼效用都沒了。」說完又覺得自己說得太死了一些，怕海棠惱羞成怒，主動提議道：「頂多……我少煎一會兒，這總行了吧？」

「再少煎一會兒也得要小半個時辰，我等得起，我家主子可等不起。」扔下這句話，海棠瞅著安祿道：「安總管，你說怎麼辦吧，若是非要等，那我現在就去回了主子，到時候讓主子親自與你說。」

安祿忙道：「哎，海棠姑娘別生氣，先等等，待咱家去與她說說。」

安撫住海棠後，安祿頗為無奈地走到雨姍面前。「雨姍姑娘，要不妳晚些再重新煎藥，現在先把謙貴人的參湯燉了，畢竟這爐位本就是她的。」

見安祿幫著海棠說話，雨姍越發來氣，不肯相讓。

「這裡是御膳房，哪個來了都可以用，誰說這位置就是她的了。再說，凡事都有個先來後到，謙貴人身子就算再貴重，也不至於片刻工夫都等不起。」

「這麼說來就是不讓了？」海棠氣急反笑。「好，慧貴人的宮人可真是夠霸道的，我這就去告訴主子。」說罷扭頭就走，根本不理會身後的安祿。

就在她將要走出御膳房時，一個陌生的聲音響了起來：「海棠姑娘若不嫌棄，不如用我這個位置，爐子裡的火不大不小，用來燉參湯最是恰當不過。」

海棠轉過頭來，只見是一個面生的宮女，眉長眼細，身材高挑，不由得好奇地道：「妳是……」

安祿湊過來道：「海棠姑娘，這位是惠妃宮裡新來的宮女。惠妃那裡小廚房的爐子壞了，來這裡借用一下，燉的也是白參湯呢。」

溫如言宮中來了許多新宮人的事，宮裡都已經曉得了。

海棠微微點頭，走過去客氣地道：「這位姊姊，妳燉好了嗎？」

那宮女和善地笑笑道：「火候還差一些，不過也無大礙，再說什麼事都比不得謙貴人腹中的龍胎要緊，想來主子知道了也會體諒。」

海棠高興地道：「姊姊人真好，不像有些人自以為是，說不通道理。」掃了一眼雨姍後，又道：「姊姊回去後煩請代我謝謝惠妃娘娘。」

「好。」宮女一邊說著一邊取過裹手的布將燉盅自沸水中拿起來，口中道：「妳去將燉盅拿來吧，記得在裡面放兩塊冰糖，這樣更有滋陰補氣的效果。」

「哎。」海棠答應一聲，把白參與冰糖一塊放到燉盅裡面，隨後添水至七分滿，待要放到鍋中，哪知那宮女在轉身時，手肘不小心撞了海棠胳膊一下，海棠一時不穩，燉盅脫手摔在地上，只聽得「砰」的一聲，碎瓷片與裡面的水以及冰糖、人參濺得四處都是。

宮女第一個回過神來，驚慌地道：「哎呀，怎麼摔地上了？海棠姑娘對不起啊，我不是故意的，忘了妳站得這麼近，一抬手……」

海棠剛好轉了些許的心情頓時又變得極差，這燉盅摔壞了，東西也掉地上了，不能再用了。

想要再燉，就得重新回去拿，這一來一回不知要費多少工夫，讓金姑知道了，少不得又要挨一頓罵，真是想想都覺得鬱悶。

見海棠不說話，宮女越發內疚，看安祿命幾個小太監收拾地上的東西，她似想起什麼來，忙道：「安總管，我剛才拿來的新燉盅還在不在？」

安祿一愣，道：「就在櫃子裡收著呢。」

「海棠姑娘等著。」這般說了一句，她快步走到御膳房靠牆的一大排櫃子前，取出一個繪有黃鸝鳴柳的燉盅，隨即又走回到海棠面前。「惠妃娘娘用的燉盅邊上有了道裂痕，本想著等這一次燉好之後就換成這個新的，既然現在我打碎了海棠姑娘的燉盅，就將這個賠給妳吧。這可是上好的官窯貢品，邊壁比一般的燉盅要厚，不管燉什麼滋味都更好。不過人參就沒辦法賠了，要不然，妳先拿這盅參湯去應應急？」

海棠聞言忙婉拒：「這怎麼好意思呢，而且姊姊也不好交代。」開玩笑，主子現在懷著龍胎，千當心、萬當心，就怕一個小心著了別人的當，尤其是在溫貴人的事情之後。雖然惠妃不怎麼理會宮裡的事，但她同樣是宮裡的妃子，更是溫貴人的親姊姊，難保她不會動手腳，甚至於連這個宮女的出現都是故意安排的。

宮女會意地笑笑，沒有勉強，想來也是猜到海棠心裡的想法。她把燉盅往海棠手裡一塞道：「不過這東西妳可得收下，否則我心裡怎麼著也過意不去，妳若是不放心就仔細瞧瞧。」

宮女說起話來，聲音略微有些沙啞，聽在耳中有些不舒服，不過人倒是很熱情。

海棠留心看了一下宮女手裡的燉盅，果然在邊上發現一道細細的裂縫，笑道：

「姊姊說的這是哪裡話，我怎會不放心姊姊呢。」

話雖如此，但她還是將燉盅裡裡外外都看了一遍，確認沒問題，且罐子與蓋子顏色均瑩白如玉，沒受過任何藥水的浸染，方才道：「那我就謝謝姊姊了。對了，說了這麼許久，還不知道姊姊的名字呢。」

女子彷彿沒看到她檢查的動作，一味笑道：「叫我芳巧就是了。」

第九百二十二章　參湯

海棠見芳巧的領子豎起，將整個喉嚨都圍了起來，不禁奇道：「芳巧姊姊，妳很冷嗎？」

芳巧神色微微一變，旋即笑著扯了扯領子道：「是啊，我這人經常天還沒冷就已經穿上了厚衣裳，尤其是脖子這裡，一旦吹了冷風就不行。妳聽我現在這嗓子，可不是啞了嗎？好了，不與妳說那麼多了，我先走了，省得娘娘那邊等著急。」

海棠微微點頭，捧著燉盅道：「姊姊慢走，我也得回去拿參。」

芳巧待要離開，忽地道：「啊，我突然想起來，剛才我把主子賞的一支小白參送給了安公公，不如妳先問他要來應應急啊，安公公您說是嗎？」

被她這麼一說，安祿那張圓臉上露出些許肉痛之色，但還是取出一支比拇指略粗一些的白參，道：「咱家也想起來了，海棠姑娘若還看得上眼，就先用著吧，總好過來回耽擱時間。至於冰糖，咱家這裡要多少有多少，儘管取用就是。」

聽他們說著，海棠不由得躊躇起來，回去就必然要耽擱時間受罰，不回去……但事關主子安危，她還是多留了一個心眼。

她打量著安祿手裡的白參，色澤呈微白的黃色，參鬚自然，瞧著並沒有什麼問題，

她問安祿要過白參放在鼻下仔細聞了一下，確是白參慣有的味道，而掰開來之後，裡外如一，沒有動過手腳的樣子。她心裡頓時有了主意，道：「雖然這支人參比主子平常用的小一些，但勉強也可以，就這支吧。多謝安公公了，改日我再還你這個人情。」

安祿忙「哎」了一聲道：「海棠姑娘說的是哪裡話，妳要是能幫我在謙貴人面前美言幾句，我就已經是受寵若驚了。」

看著海棠將人參與冰糖加水放到燉盅裡，置於沸水中，芳巧眼裡飛快地閃過一絲精光，與海棠說了幾句後就離開御膳房。

海棠寸步不離地守在燉盅前，不時搧一下火勢，順道挖苦剛才頂撞她的雨姍幾句。雨姍又氣又惱，忍著沒跟她爭執，好不容易熬到藥煎好，連忙端了離去。

哪曉得在經過海棠身邊時，雨姍的腳被絆了一下，險些就跟海棠剛才一樣摔了手裡的東西。待站穩後，回頭看了一眼，恰好看到海棠收起腳，知道她是故意絆自己，不由得怒上心頭，憤言道：「妳為什麼要存心絆我？」

「我存心絆妳？」海棠好笑地道：「妳未免也太看得起自己了，無緣無故的，我絆妳做什麼？」

雨姍大聲道：「還不是因為我剛才不肯讓那個爐子給妳，所以妳懷恨在心，想要報復於我，讓我被主子責罰！」

海棠把扇子往爐臺邊一扔，指著雨姍的鼻子道：「我勸妳說話小心點，妳哪隻眼睛看到我懷恨在心，又哪隻眼睛看到我絆妳了？再敢胡言亂語，看我不搧妳耳刮子，讓妳醒醒神。」

雨姍沒想到她使了壞還強詞奪理、顛倒是非，氣得渾身發抖，端著的藥灑出不少在托盤上。

安祿見勢不對，忙過來打圓場。「好了好了，一人少說一句，又沒什麼大事。」說罷又對雨姍道：「既是煎好了藥就快走吧，別誤了慧貴人服藥的時辰。」

聽得他這麼說，雨姍強忍了怒氣，往外走去。海棠看到她這個動作，冷笑一聲，毫不避諱地道：「哼，什麼東西，也不找塊鏡子好好照照自己。」

雨姍停下腳步，用力咬著嘴唇，終還是忍不住，回過頭來道：「妳還想怎樣？」

「我想怎樣？」海棠冷笑著走上前，一字一句道：「我要妳弄清楚自己，別以為跟著慧貴人就多了不起了，慧貴人是得寵，可那又怎樣，她腹中有龍胎嗎？沒有啊，妳聽清楚，是——沒有！」

雨姍氣紅了眼，待要說話，海棠已經指著她的胸口再度道：「往後再來御膳房，記住了，那個位置不是妳和妳家主子能用的，別越了自己的本分。」

「妳……」雨姍氣得說不出話來。

安祿趁著這個機會對身後的小太監道：「雨姍姑娘一人拿著藥不方便，你幫著一道送過去，趕緊去。」

小太監會意地點頭，一手接過雨姍手裡的托盤，一手拉了她往外走，以免她再與海棠起爭執。

安祿回頭見海棠餘怒未消，陪笑道：「海棠姑娘別跟那不懂事的丫頭一般見識了，萬一要是把自己氣出病來，那可是不划算得緊。」

「說得好聽，無非是怕在這裡鬧出事，你不好收場。罷了，看在那支人參的分上，就給你這個面子吧。」海棠拍一拍手又道：「不過，安公公，安大總管，我可不希望下次來，那個位置又讓人家用了，尤其是那個叫什麼雨姍的，否則我就只能如實去告訴主子了。」

安祿趕緊保證道：「海棠姑娘放心，一定不會。」

海棠點點頭，重新回到爐子前，待燉足了時辰後，揭開來一聞，竟然真的比以前燉出來的參味更濃些許，顏色也更深。想來是燉盅邊壁厚了，所以參裡面的精華沒有半點浪費，全在湯裡。

海棠先嘗了一口，確定與平常燉得一般無二後，方才端去給劉氏。劉氏已經卸了裝束，倚在床上，就等著參湯端來。

海棠試過溫度後，小心地遞給劉氏。「主子，可以喝了。」

劉氏接過後，隨口問：「怎的這麼晚？」

金姑就在邊上，若說了實話，非得挨訓不可。這般想著，海棠道：「回主子的話，奴婢聽安公公說多燉一刻鐘，參湯能更入味，所以便多燉了一會兒，還在裡面放了兩塊冰糖，說是可以滋陰補氣。」

劉氏微一點頭，嘗了一口後，略有些驚訝地道：「嗯，確實比往日裡的更濃郁了一些，且喝著也沒那麼苦。安公公身為御膳房總管，果然對這些東西知之甚深，日後，妳就按著這個方法燉吧。」

「奴婢知道了。」等劉氏喝完參湯，海棠才端著空碗下去。

第九百二十三章　工具

雨姍由小太監陪著回到了水意軒，她剛一進去，如柳便發現她眼圈紅紅的，待小太監走後，忙道：「出什麼事了？」

雨姍將剛才在御膳房裡的事仔細說了一遍，臨了氣呼呼地道：「不就是懷了個龍胎嗎？有什麼了不起的，看海棠那眼睛，都快長到頭頂上去了，實在是氣人得很。哼，等以後咱們主子也懷上龍胎生一個小阿哥，看她還怎麼得意。」

「噓！」如柳忙做了個禁聲的手勢道：「這話可千萬不要在主子面前說，否則主子非得傷心死不可。」見雨姍沒會過意來，她又道：「妳忘了，主子每次侍完寢後，皇后娘娘都會派人送來的藥……」

雨姍這才醒過神來，忙捂著嘴巴道：「我還真把這事給忘了，虧得妳提醒我，否則……唉。」說到這裡，她傷心地道：「主子也真是命苦，以為皇后肯幫她得寵，是個好人，豈料也留著一手，不肯讓主子懷孕。」

如柳跟著嘆了口氣道：「後宮之中，恩寵終歸太過虛無，唯有子嗣才是後半生的倚靠；一旦讓主子誕下龍子，皇后想再將主子牢牢捏在手裡就沒那麼容易了。」頓了一會兒，她搖頭道：「好了，別說這些了，好好把藥端進去。記著，在主子面前一個字都不要提，省得她聽了心裡難過。自從謙貴人懷孕後，皇上來主子這裡的次數可比以前少了。」

「我知道了。」雨姍答應一聲，剛一轉身，便看到舒穆祿氏站在後面，頓時愣在那裡，不知該說什麼好。

如柳也是一陣詫異，見舒穆祿氏不豫的臉色，想來剛才的話已經一字不落地落入她耳中。

好一會兒，如柳才不自在地道：「主子，藥煎好了，奴婢服侍您喝藥。」

舒穆祿氏舉袖輕咳一聲，幽暗的眸光讓人猜不到她心底在想些什麼。她不說話，如柳與雨姍更加不自在，手腳也不知該往哪裡放。

「主子，藥要涼了。」雨姍這般說了一句，見舒穆祿氏還是不接話，小心地道：「主子，那些話您別往心裡去……奴婢都是亂說的，海棠什麼也沒說。」

在這句話之後，舒穆祿氏終於開口：「是不是亂說，我心裡清楚。往後，不管什麼話，也不管好聽、不好聽，凡是落入妳們耳的，都要一字不落地告訴我，不許隱瞞。有些話雖然刺耳難聽，卻句句都是實話，在這宮裡，光聽好話可是不行的。」

「是。」如柳兩人答應一聲，正要再次請舒穆祿氏服藥，卻見她端走藥走到窗邊，在兩人不解的目光中，將藥碗往外一潑。

雨姍驚呼一聲，快步走到窗邊，不敢置信地盯著她手裡的空碗。「主子您這是做什麼，那可是太醫開的藥，奴婢煎了許久才好的。」

舒穆祿氏一言不發，只是從托盤中端過另一碗藥，同樣潑在窗外，這下子連如柳也忍不住了。「主子，奴婢知道您心裡難過，可就算這樣也不能拿自己的身子出氣。藥都潑了，您身子怎麼會好。」說罷，她又急切地道：「雨姍，妳辛苦一些，再去御膳房煎兩帖藥。」

「不用去了，就算再煎來，我也不會喝的。」舒穆祿氏望著外頭沉沉的夜色，以及遠處在夜色中沉浮的燈光，逐字逐句道：「從入宮那一刻起，這具身子就是用來搏恩寵的工具，我付出這麼多才有今日，又怎可以輸給劉氏。就算沒有龍胎，我也要所有人不敢輕視我。」說完最後一個字，她再次咳了起來，而且比剛才更劇烈，直咳得彎了身子。

如柳忙撫著她的背，待得咳嗽聲小了一些後，方憂心忡忡地道：「可您的風寒……」

「放心，一點兒風寒要不了命。」舒穆祿氏眸光一轉。「往後照常去煎藥，端來後尋個無人的地方倒掉，別被發現了。」

「是。」如柳無奈地答應著。

之後幾日，舒穆祿氏一直未再服藥，但太醫每次來診脈問起時，都說有按時服藥，令太醫甚是奇怪。既在服藥，為何病情半點不見好，反而更加嚴重。

在重新開藥後，舒穆祿氏的病情還是沒有好轉，到後來更是臥病在床，下不了地。而胤禛不知是不知情，還是顧不上舒穆祿氏，一直沒來看過她。

這日，舒穆祿氏正躺在床上養神，如柳進來道：「主子，成嬪娘娘來了，還有……」

「還有什麼？」舒穆祿氏一邊費力地坐起身來，一邊問著如柳。

如柳上前扶著她坐好，遲疑著道：「跟成嬪來的是繪秋……」

繪秋自從去了成嬪身邊後，沒少來挖苦舒穆祿氏，後來見舒穆祿氏得寵被封為貴人才收斂了些；眼下她又巴巴地跟著成嬪過來，肯定是不安好心。

「知道了，扶我起來吧。」舒穆祿氏淡淡地應一聲，將有些凌亂的鬢角仔細撫平後道：「扶我起來吧。」

「主子，您身子……」沒有人比如柳更清楚現在舒穆祿氏虛弱到什麼程度，風寒侵體，內外皆虛，否則也不會弄到要臥床的地步。

「我沒事，扶我起來。」舒穆祿氏倔強地道。

她雖看著與以前一樣柔弱，但宮裡殘酷的現實，早已悄悄改變了她。如今的她不願輸給任何一個人，哪怕是現在牢牢控制住她的皇后也一樣。

第九百二十四章　成嬪

舒穆祿氏就著如柳的攙扶欠身施禮，虛弱地道：「臣妾給娘娘請安，娘娘萬福金安。」

看到她這個樣子，戴佳氏頗為驚訝地道：「看來慧貴人病得當真不輕，快起來吧。本宮聽說妳病了多日一直不見好，所以特來看看。」

舒穆祿氏坐下後，一臉感激地道：「多謝娘娘垂憐，都怪臣妾這身子不爭氣，明明有太醫照拂，又多番用藥，卻始終不見好轉，反而還越來越嚴重。」

戴佳氏微一點頭，又打量著她道：「瞧瞧妳這臉色，白得跟張紙一樣，一點兒血色都沒有，真是可憐，若是皇上見了，都該認不出慧貴人了，以前皇上可是常讚慧貴人一雙眼明亮如星晨；不過也虧得皇上一直沒來，否則可是該失望了，慧貴人妳說是嗎？」

聽到她這話，舒穆祿氏本就沒什麼血色的臉更是白了幾分，勉力一笑道：「娘娘說的是，臣妾病中陋顏，實不宜面見皇上。」

戴佳氏抿脣微笑，她自然不是真的憐惜舒穆祿氏。昔日舒穆祿氏投靠皇后，在夜宴上一舞得寵得封貴人，之後更常得胤禛召幸，這所有的一切都令她這個早在王府時就已經失寵的娘娘嫉妒；尤其是胤禛明明來了景仁宮，卻連看她一眼也不曾，更是讓她傷心不已。

還有繪秋，來了她身邊伺候後，說以前伺候舒穆祿氏時，常聽到舒穆祿氏在背後非議她，說她既無子嗣又無恩寵，憑甚居著嬪位。

她能在胤禛登基時得封嬪位，是因為二十幾年來一直戰戰兢兢、恪守本分，一個剛得寵幾天的小丫頭，居然不知天高地厚地妄議她的位分，簡直就是找死。

之前有胤禛寵著，她就算是再不高興也只能打落牙齒往肚裡嚥，可現在，呵，病了這麼久，皇上怎麼著也該知道了，可一直都沒來看過一眼，可見皇上如今心裡早沒了舒穆祿氏，不過是圖一時新鮮罷了。

繪秋在一旁道：「想當初慧貴人得寵的時候，這水意軒可是門庭若市，再看看現在，唉，不說門可羅雀，卻也差不多了，不過倒是適合慧貴人養病。」

如柳最討厭的人就是繪秋，如今聽得她這麼說，頓時忍不住道：「妳這是什麼意思，諷刺我家主子嗎？」

繪秋皮笑肉不笑地道：「奴婢怎敢，奴婢不過是說實話罷了，慧貴人您說是嗎？」

面對她的多嘴，戴佳氏並未阻止，由著她說下去。

如柳接過話道：「不管怎樣，也論不到妳來指指點點，別忘了妳自己的身分，不過是個奴才罷了。」

繪秋被她毫不留情的話說得臉上一臊，待要說話，戴佳氏已然盯著如柳道：「妳說繪秋是個奴才，那妳呢，妳就不是奴才嗎？」

面對戴佳氏，如柳不敢放肆，忙垂首道：「奴婢並非這個意思，請娘娘明鑑。」

戴佳氏冷哼一聲，並不準備就這麼放過她。「一個小小宮女竟然敢在本宮面前放肆，慧貴人，這便是妳教出來的宮人嗎？」

「娘娘息怒。」舒穆祿氏忙強撐著站起身來。「都怪臣妾不好，沒有教好如柳，讓她不知進退地冒犯了娘娘與您的宮人。」說罷，她朝如柳道：「還不趕緊向成嬪娘娘請罪。」

如柳還沒有說話，戴佳氏已經抬手阻止，神色冷淡地道：「免了，言不由衷的請罪，本宮受不起。」

繪秋眼珠子轉了一下，湊到戴佳氏耳邊道：「主子，您可是這景仁宮的主位娘娘，凡這宮裡的人犯了錯，不論貴人還是奴才，都該由您教訓一番才是。」

戴佳氏徐徐點頭。

舒穆祿氏看著不對，待要說話，眼角餘光忽的瞥見外頭一絲明黃，心裡頓時有了主意，就著如柳的手道：「娘娘，如柳雖有錯，但繪秋又何嘗沒有，您若只責她一人，請恕臣妾不服。」

戴佳氏的臉色一下子變得難看起來，聲音亦冷厲了幾分：「慧貴人這是什麼意思，是說本宮教人不善嗎？」

「娘娘既已經知道又何必臣妾再說。」

舒穆祿氏的強硬態度出乎戴佳氏的意料，就連如柳也一臉驚訝。主子不該這麼魯莽，如今形勢明顯是成嬪居上，與她硬碰硬，只能是自己吃虧。

戴佳氏氣極反笑，指了舒穆祿氏道：「好啊！慧貴人真是好本事，自己宮人犯了錯不說，還反過來指稱本宮的不是。看樣子，妳真是沒將本宮放在眼裡。」

繪秋巴不得戴佳氏好好責罰舒穆祿氏一頓，以報她以前在舒穆祿氏身上受的氣，湊上來道：「娘娘，奴婢早說過慧貴人清高自傲，除了皇后娘娘之外，其餘的人都不放在眼中，如今您可是看清她真面目了吧。」

「再沒有比這一刻看得更清了。」有繪秋在一旁火上添油，戴佳氏心頭的怒火越發旺盛。「本宮今日得好好教教慧貴人什麼叫上下尊卑，什麼叫分寸。來人！」

隨著她的話，兩個隨她一道過來的太監立時站出來，躬身等待戴佳氏吩咐。

戴佳氏指著如柳道：「這個小丫頭冒犯本宮，著掌嘴五十。至於慧貴人，她身為主子，卻不辨是非，只知一味包庇宮人，著去外頭跪著，將宮規從頭到尾唸一遍，不唸完不准起來。」

如柳一聽頓時急了，仰頭道：「娘娘，錯是奴婢犯的，與主子無關，她現在病體虛弱，如何受得了這樣的罰。若娘娘真的氣不過，就由奴婢代主子受罰吧！」

「本宮的話何時輪到妳來置疑。」

戴佳氏在宮裡一直是謹小慎微的，因為她既無子女也無恩寵，宮裡哪個娘娘都勝過她一籌，所以從未這樣訓過什麼人。今日也是看準舒穆祿氏失寵，又嫉恨多時才敢這樣做。

然真訓了人之後，才發現這種感覺真是很好，怪不得皇后、年氏她們一個個費盡心思爭權奪利，連她也動了一絲心思。

第九百二十五章　懲處

「請娘娘饒過我家主子，她身子弱，實在受不起罰啊！」如柳不住地磕頭哀求，至於舒穆祿氏跪在地上一言不發。

面對如柳的哀求，戴佳氏根本聽不進耳，不耐煩地對那兩個太監道：「把慧貴人帶下去，記著，不唸完宮規不許她起來，要是讓本宮知道你們兩個不遵命令，擅自讓她起來，休怪本宮不客氣。」

兩個小太監剛要答應，外頭突然傳來一個沉冷的聲音：「依朕看，該好好唸宮規的那個人是成嬪才是。」

皇上？戴佳氏悚然一驚，轉過頭來，只見身著明黃龍袍的胤禛正大步邁入屋中。瞥見他陰沉如水的臉色，戴佳氏手一顫，捧在手中的茶盞頓時灑了出來，落在手指上一陣灼燙，同時也令她自驚駭中回過神來，趕緊放下茶盞，陪笑道：「皇上何時過來的，可是將臣妾嚇了一跳呢。」

「朕過來沒多久，不過足以聽清成嬪說的每一個字了。呵，成嬪娘娘好大的威風。」胤禛在正當中坐下，將捻在手裡的佛珠往桌上一摜，嚇得戴佳氏整個人跳了起來。

她隨即趕緊道：「臣妾有罪，請皇上恕罪。」

胤禛不假辭色地道：「那妳倒是說說自己有些什麼罪？」

戴佳氏哪知道自己犯了什麼罪，支吾著說不出話來。胤禛瞥了她一眼，也不說話，只對還跪在地上的舒穆祿氏道：「妳身子不好，快起來吧。還有如柳也是，都莫跪著了。」

「謝皇上恩典。」舒穆祿氏艱難地站起來，倚著如柳，輕聲道：「皇上您別怪成嬪娘娘，都是臣妾沒有教好如柳，令她對成嬪娘娘不敬。」

「妳不用說了，個中緣由朕聽得很清楚。」胤禛阻止她繼續說下去。「成嬪，就算如柳真有什麼做不對的地方，妳說她幾句就是了，需要掌嘴五十嗎？」

這一句話說得戴佳氏啞口無言，不知該怎麼回答。

「還有佳慧，妳明知她病了許久，身子虛弱得很，還讓她去外頭跪著唸宮規，這應該嗎？」說到此處，他聲音倏然一厲，斥道：「朕看妳倒有點像是故意要佳慧的命！」

這句話可是嚴重了，戴佳氏慌得連忙跪下去，滿面惶恐地道：「皇上冤枉死臣妾了，臣妾哪有這麼惡毒的心思，實在是慧貴人剛才頂撞臣妾，臣妾一時氣不過，這才嚴厲了一些。」

「妳說佳慧頂撞妳，朕卻看到她一直在求情。哼，成嬪，妳是跟在朕身邊多年的老人了，何時竟也學著年氏一樣變得這麼惡毒，還滿嘴謊言。」

戴佳氏後悔不已，可是現在再後悔已經晚矣，只能使勁辯白：「皇上明鑑，臣妾當真沒有。」

這時，舒穆祿氏開口：「皇上，能否容臣妾說一句？」

面對她時，胤禛面色微微一緩道：「有什麼話妳儘管說就是。」

舒穆祿氏輕咳一聲，滿臉誠懇地道：「剛才的事錯在臣妾與如柳身上，成嬪娘娘教訓臣妾也是應該的，所以還請皇上莫要再說娘娘了。」

胤禛不言，轉而對戴佳氏道：「妳自己聽聽，到了這個時候，佳慧還在替妳求情。而妳呢？卻是變著法地罰她，虧妳虛長了這麼多歲。」

戴佳氏尚是第一次被他罵得這麼凶，眼淚都落了下來，哽咽道：「臣妾知錯了，請皇上恕罪。」

胤禛猶豫了一下，見舒穆祿氏一直在朝自己搖頭，揮手道：「罷了，念在妳跟隨朕多年的分上，就饒了妳這一次，但記住，絕對沒有下一次。」

「是，臣妾知道了。」戴佳氏連忙謝恩，在胤禛的示意下站起身來。

繪秋剛跟著站定，便聽得胤禛道：「朕有許妳也站起來嗎？」

繪秋嚇得一哆嗦，想也沒想便跪下去了，縮著身子不敢說話。

胤禛道：「朕剛才在外頭聽妳在成嬪耳邊說什麼慧貴人清高自傲，除了皇后，哪個都不放在眼中，是嗎？」

繪秋抖似篩糠，顫聲道：「奴婢該死！奴婢該死！」

「是，妳是該死！」胤禛說出令繪秋膽顫心驚的話來，想要再求情，胤禛已經不給她這個機會了，對垂首站在一旁的蘇培盛道：「帶下去，掌嘴，直到打掉她一嘴的牙為止。」

繪秋一聽，嚇得魂都沒了，連忙哀求道：「不要，皇上不要！奴婢知錯了，以後都不會了，求您給奴婢一次機會！」

「江山易改，本性難移。」這便是胤禛給她的答案。戴佳氏跟了他那麼多年，多少有些情分，再加上舒穆祿氏求情才得以免罪；可是繪秋又算是什麼東西？區區宮女竟敢在其中挑撥離間，不殺她已經是開恩了。

繪秋被強行拖了下去，戴佳氏沒有為她求情，甚至連說一句話也不敢。至於舒穆祿氏，一直低著頭，讓人看不清她臉上的神色。

在戴佳氏退下後，胤禛拂一拂袍子，餘怒未消地道：「這段時間宮裡本就事多，偏她還要鬧騰，真是越活越回去了。」

「事都已經過去了，皇上莫要生氣了。」剛說了一句，舒穆祿氏便忍不住咳起來，看得胤禛一陣皺眉。

他起身，親自撫著她的背道：「太醫也是，一個小小的風寒治了這麼久，不僅沒好，反而還更加嚴重。」

待咳嗽停下後，舒穆祿氏仰頭笑道：「皇上別怪太醫了，是臣妾自己身子不爭氣，不關太醫的事。」

「朕還沒說妳，妳倒先認起不是來。」望著那雙似曾相識的眼，胤禛神色越發緩和。「朕問妳，為何病了這麼久一直不告訴妳？若非朕無意中聽說，還不知道妳的風寒一直沒好。」

舒穆祿氏握著胤禛的手，柔聲道：「皇上日理萬機，再加上太后病重，劉姊姊又懷了孕，更加忙得不可開交，臣妾些許小病又怎忍煩擾皇上。」

聽得她這麼說，胤禛既動容又心疼。「妳瞧瞧自己，連站都站不好，還動不動就咳嗽，這也叫小病？」說罷，他對站在一旁的如柳道：「去，請太醫過來，讓他們重新為妳家主子診脈開藥。」

第九百二十六章　還報

舒穆祿氏忙勸阻：「不必這麼麻煩，臣妾再養幾日就好了。」

胤禛哪裡會依她，遣了如柳下去，口中道：「朕怕妳再養下去病情更重，等小病拖成大病，可就來不及了。」

舒穆祿氏低頭一笑，輕言道：「哪有皇上說得那麼嚴重。其實皇上來看臣妾，臣妾就覺得身上的病好了一大半。只是卻讓皇上生氣了，其實成嬪娘娘平常不是這樣的，想來這次是臣妾說錯了話，皇上別怪她。」

原本胤禛對於戴佳氏的事已經沒放在心上，現下聽得舒穆祿氏提及，頓時越想越覺得不高興。「誰對誰錯，朕心裡有數，妳不必再替她說好話。」正說著話，看到蘇培盛進來，道：「去，告訴成嬪，她既那麼喜歡用宮規懲戒人，就自己先去抄上十遍，不抄完不許踏出宮門。」

蘇培盛剛要下去，舒穆祿氏叫住他道：「蘇公公，繪秋怎麼樣了，真的打掉了所有牙嗎？」

蘇培盛收住腳步，恭謹地道：「回慧貴人的話，已經全部打落，一顆不剩。」

舒穆祿氏微微搖頭，臉上盡是不忍。胤禛見狀，握她的手腕道：「好了，她是罪有應得，否則由著她搬弄是非，還不知會鬧出什麼事，妳不必替她可惜。」

「是，臣妾知道了。」舒穆祿氏無奈地答應一聲。

片刻後，太醫到了，在替舒穆祿氏把脈後重新開了方子，一直到看著舒穆祿氏服完藥躺在床上睡著後，胤禛方才離去。

然就在他剛踏出水意軒，舒穆祿氏便陡然睜開眼睛，那雙眼眸清明一片，根本沒有絲毫睡意。她伸出手，對守在一旁的如柳道：「扶我起來。」

如柳一邊扶她下床一邊不解地道：「主子還要去哪裡？」

舒穆祿氏沒有說話，只是讓如柳扶著她往外走，一直到成嬪居住的正殿外頭，遠遠聽到裡面傳來尖利的喝罵聲，緊接著一個髮髻凌亂的人被毫不留情地攆了出來，狼狽地滾下臺階。

待那人艱難地站起來後，如柳方勉強認出來。「繪秋？她怎麼被攆出來了？」

舒穆祿氏面無表情地道：「成嬪之所以會被皇上罵又罰抄宮規，皆是因為繪秋的挑撥而起，如今再看到繪秋自然沒什麼好臉色，更不要說繪秋被打掉了滿嘴牙，往後連話都說不俐落。」

繪秋捂著滿是血的嘴，蹣跚走來，走到一半時看到站在院中的舒穆祿氏，神色陡然一變，混合著怨恨的恐懼出現在眼眸中，轉身想往別處走。

舒穆祿氏揚聲道：「怎麼，看見舊主子，連禮都不行嗎？」

見她出聲，繪秋只得心不甘、情不願地停下腳步，走過來屈膝，含糊不清地說了句什麼。

如柳費了老大勁才聽出她是在說「慧貴人吉祥」，至於舒穆祿氏根本沒去聽她在說什麼，只是一味盯著繪秋，將她盯得心裡發毛。

舒穆祿氏忽的揚手拉下繪秋捂嘴的手，看著她滿嘴滿手的猩紅鮮血，如柳一陣噁心，作勢欲嘔。舒穆祿氏卻跟沒事人一樣，冷聲道：「如何，痛嗎？」

「是。」繪秋含糊不清地吐出這個字。

舒穆祿氏點一點頭後道：「既是知道痛了，那麼想必妳以後會牢牢記清楚自己的身分。以前我由著妳去跟成嬪，不是因為我奈何不了妳，而是念在彼此主僕一場的情分。可惜，妳不領情，整日在成嬪耳邊挑撥離間，見我病著，又慫恿成嬪來尋我麻煩。這一嘴牙，是今日給妳的教訓，往後妳若再不安分，掉的就不是牙齒而是腦袋。」

繪秋初時尚不在意她的話，然到後面，卻是越聽越覺得身子發涼，舒穆祿氏言語間的冷意讓她心驚膽顫。難道舒穆祿氏早就知道皇上會出現，所以故意激怒成嬪，好讓皇上生氣？太可怕了，不動聲色間便給她與成嬪設下圈套。

在這樣的想法中，她不安到了極點，慌忙跪下，費力地道：「奴婢錯了！」

「知道錯了嗎？」舒穆祿氏仰頭看著天上刺目的秋陽，瞇眼道：「都說知錯能改，善莫大焉，我卻覺得錯就是錯，哪怕是以後改了，也不能抹殺曾經犯下的錯。」說罷，她不再理會跪在地上又痛又怕的繪秋，對如柳道：「走吧，咱們回去。」

繪秋著了急，朝舒穆祿氏大聲說著什麼，只是聲音太含糊了，根本聽不清。

在扶著舒穆祿氏走出好一段路後，如柳才拼湊出繪秋剛才說的話。「主子，她剛才似乎是在說知錯後悔了，想要再回您的身邊伺候呢。」

「妳信她嗎？」舒穆祿氏淡淡地說了一句，側目見如柳不說話，她又道：「像她這樣的人是不會輕易知錯的，之所以說那些話，不過是因為眼下不得成嬪待見，被趕出了內殿，就算還能繼續跟著成嬪，也不過是在外頭伺候，做些粗重的活計，這才想另尋出路罷了。」

隨後的幾日，胤禛都有抽空來水意軒，每次來都會問起舒穆祿氏的病情，有時更是看著她服完藥再走。在胤禛的關切下，舒穆祿氏的病情漸漸好轉，開始可以自己下地了。

第九百二十七章　風雨欲來

彼時承乾宮中，凌若正摩挲著光潔的茶碗，在她前面站著楊海與三福。經過這些日子的休養，三福背上的傷已經好得差不多了，只是一條腿落了殘疾，走起來一瘸一拐。

靜謐半晌後，終於有聲音從凌若姣好的菱脣間逸出：「你說皇上這幾日都去水意軒看慧貴人？」

楊海忙一躬身道：「是，慧貴人風寒侵體一直未曾好，皇上放心不下，每日都有去看望，聽說這段時間連長明軒都沒去過，謙貴人那邊頗有言語呢。」

莫兒輕哼一聲道：「連主子都未說話，她有什麼好言語的。」

「謙貴人身懷龍胎，自然比本宮更嬌貴一些。」這般說了一句後，凌若又問：「對了，延禧宮那邊有什麼消息嗎？」

一說起這個，眾人臉色都凝重了起來。楊海上前一步，小聲道：「回主子的話，因為彩燕要貼身伺候溫貴人，所以只傳出過一次消息，她說溫貴人前段時間說自己的燉盅壞了，去皇后那裡拿了一個來，但是燉盅拿來後去了哪裡，她並不知情；另外庫房裡的紅參明明沒用過，卻少了好幾支。她初以為是有人偷盜庫房裡的東西，可是告訴溫貴人後，她卻說是自己取用的。」

「燉盅……紅參……」凌若慢慢重複著這兩個字，一時難以將之聯繫起來，也看不出有什麼蹊蹺；可是彩燕既然特意告訴他們這件事，想必是覺得有所可疑。沉吟了一會兒，她看向三福道：「你有什麼想法？」

三福徐徐道：「區區一個燉盅，四處都有，沒必要專門問皇后去拿，而且溫貴人也不是這種不分輕重的人，奴才敢斷定，燉盅肯定另有玄機。」

莫兒好奇地問：「福公公，那紅參呢？紅參又有什麼古怪的？」

三福失笑道：「我又不是神仙，哪能事事皆知。紅參的事，還是要等彩燕那邊傳來更多的消息才能推斷出。不過有一事可以肯定，除了彩燕，還有一個人在幫溫貴人做事。能得到溫貴人信任的，很可能是與飄香一道伺候她的人。」

凌若微一點頭道：「溫如傾是個謹慎的人，彩燕雖然合她心意，畢竟時間太短，是不會太過信任的。不過紅參……」她輕叩著扶手，若有所思。

三福瞅了一眼，小聲問：「主子是不是想到了什麼？」

「你們說，若紅參給孕婦吃了會怎樣？」凌若沉眸問道。

楊海接過話道：「據奴才所知，紅參雖與白參一樣是大補之物，但一個性寒、一個性虛。孕婦原本體質就易躁熱，若再服用紅參便會熱上加熱，對孕婦及胎兒產生不好的影響。」

在他回答的時候，三福臉頰一直在微微抽搐，待他話音一落，陡然接上去道：「主子是不是覺得溫貴人庫房中少的紅參與謙貴人有關？」

凌若擰了眉道：「有這個可能，不過本宮暫時還沒想出溫如傾用什麼法子讓劉氏服用紅參，畢竟紅參不宜孕婦服用的事，許多人都知道。」

正說著話，小鄭子匆匆跑進來，打了個千兒後，將一張紙條遞給凌若道：「主子，這是奴才在延禧宮外的花盆底下找到的，應該是彩燕所留。」

凌若接過後，只見紙條上寫了幾句話，大意是溫如傾曾以月信不順為由，問御藥房要了一些紅花，而她明明看到溫如傾前一天剛剛來完月信。

凌若隨手將紙條遞出。「瞧瞧，現在連紅花都出來了，可是更熱鬧了。」

三福摩挲著下巴，沉吟道：「看樣子，溫貴人是真要對謙貴人的龍胎下手，否則要這紅花做什麼？」

楊海贊同地道：「彩燕沒提惠妃娘娘，就是說現在惠妃對這一切尚不知情。」

「等惠妃知道，一切都已晚矣。小鄭子，你告訴彩燕，設法查清溫如傾的底細，務求要快，遲則生變。」

儘管眼下看著還是風平浪靜，但凌若總有一種風雨隨時會來的感覺；尤其是溫如傾那邊做出那麼多事，保不準什麼時候，就將溫如言扯下去了，她絕不可以坐視這種事發生。

小鄭子剛出去了一會兒便又進來，手裡拿著一封信，說是神武門的侍衛讓人送來的。

凌若奇怪地接過信，打開一看，方知是容遠送來的。自從上次凌若寫信給他後，他便按著地址尋到靳明澤家中。靳明澤的弟弟叫靳明華，容遠在問了他一些醫藥上的知識後，覺得基本尚紮實，而且反應與領悟力都極快，所以依著凌若的意思，將他收在門下，教授醫術。

可是靳明華對哥哥的死一直很介懷，一直追問到底是誰害了他哥哥，最近更提及想要入宮為太醫，但在這樣的動機下入宮是很容易出事的；再加上靳明華的醫術尚未夠格，所以容遠一直未曾鬆口。這次寫信給凌若，便是想問問她的意見。

凌若思索片刻後，心下已有了計較，命人取來文房四寶，執筆在上好的薛濤箋上寫下一個個娟秀的小字，意思很明白——盡全力保其入宮。

凌若很清楚，這個決定對靳明華來說並不好，因為會讓他捲入宮闈的明爭暗鬥之中。他可能名揚天下，也可能與他哥哥一樣成為鬥爭中的犧牲品。

但凌若別無他法，想要在後宮中穩穩地走下去，身邊必然要有一個可信的太醫，容遠走後，靳明華無疑是最好的人選。

靳明澤的死，足以令他牢牢地與自己站在同一陣線，不背不棄！

第九百二十八章　躁熱

夜間，長明軒燈火通明，小腹微顯的劉氏赤腳在冰冷的金磚上來回走著，手裡拿著六稜團扇，不住地搧著風。除了她自己，還有宮人在旁邊搧著，可就算是這樣，她依然滿面通紅。

宮人忍著發痠的手小聲問：「主子，您走了很久了，要不要坐下歇歇？」

「我哪裡坐得住，這裡頭熱得就跟有火在燒一樣。」劉氏扯著領子說了一句，轉頭道：「金姑，妳有身子時也這麼熱嗎？」

「沒有，奴婢當時只覺得比平常不怕冷些。」金姑也是滿心奇怪。早晚漸涼，但主子卻熱得還要搧扇子，連鞋襪也穿不住。

「真是邪門了，太醫也說不出個所以然來。」劉氏連連搖頭。

彼時海棠走了進來，手裡拿著一盞安胎藥。「主子，喝藥了。」

看著那碗黑漆漆的藥，劉氏氣不打一處來，怒罵：「喝藥喝藥，喝了這麼多藥，一點兒用處也沒有，都是一群沒用的庸醫。」

海棠被她罵得不敢吭聲，端了藥不知該怎麼辦才好，還是金姑接了過去，走到正生悶氣的劉氏身邊道：「主子，不管什麼病症都得慢慢來，哪有一帖藥就管用的。再說了，若太醫院的太醫是庸醫的話，那天底下就沒有好的大夫了。」

見劉氏仍不說話，她又道：「好了，主子別拿自己身子賭氣，您現在可是兩個人，怎麼著也得顧著腹中的小阿哥。」

海棠亦趁機道：「是啊，只要主子按時服藥，這身上的躁熱很快就會退去的。這藥奴婢拿紗布濾了好幾遍，保證一點兒渣也不會有。」

金姑的話牢牢抓住了劉氏的弱點，再加上海棠從旁勸說，她無奈地拂一拂袖，伸手道：「行了，把藥拿來，我喝就是了。」

待將一碗藥喝下後，劉氏想起一事來。「最近皇上怎麼一直沒過來，可是國事繁忙，無暇來後宮？」

「才沒有呢，奴婢剛剛才看到皇上呢！」說話的是替劉氏搧風的宮女。她剛說完，金姑便狠狠瞪了她一眼，喝道：「胡說什麼，還不給我閉嘴！」

金姑異常的緊張讓劉氏察覺到什麼，盯著被金姑喝得抬不起頭的宮女道：「說！妳在哪裡看到皇上的？」

宮女被喝得渾身一顫，不敢再隱瞞，小聲道：「奴婢是在景仁宮外頭看到皇上的，當時皇上正從裡頭出來。」

景仁宮，難道是成嬪？這個念頭剛一出現就被劉氏否決了。既然不是成嬪，那就只有另一個人了。

「舒穆祿佳慧！」劉氏咬牙唸出這五個字，扇柄被她捏在手中咯咯作響。她目光驟然一轉，落在金姑身上。「妳還準備瞞我到什麼時候？」

金姑嘆了口氣道：「主子最近身子一直不爽利，奴婢怕主子知道後，心情不好，影響了龍胎。」

劉氏冷哼一聲，將扇子往桌上一摜，道：「那現在可以說了嗎？」

金姑不敢再隱瞞，如實道：「慧貴人前段時間染了風寒，雖太醫極力治療，但身子一直不見好轉，皇上知道此事後，去水意軒看了慧貴人，聽說正好看到成嬪要處置慧貴人，被皇上好一頓訓斥，罰她抄宮規不說，還懲治了一個宮人。隨後幾天，皇上一直抽空去看望慧貴人，慧貴人如今好了許多，已經能下地了。」

沒有了扇子搧風，劉氏更熱了，額頭甚至冒出細細的汗。「皇上天天看她，連我這裡也不來了，能不好嗎？哼，皇上心裡根本沒這個孩子。」

金姑忙道：「這是什麼話，皇上對慧貴人不過是一時寵愛罷了，如何能與皇嗣相提並論？指不定皇上明日就來了呢。主子莫要太生氣，對胎兒不好。」

「又或許皇上明天還去水意軒呢！」劉氏此刻哪裡聽得進去，自懷孕後，她向來是頭一份的專寵，如今卻被舒穆祿氏分了去，如何受得住。停了一會兒，她又道：「金姑，妳現在立刻去養心殿請皇上過來，就說我不舒服。」

金姑為難地道：「主子，您又何必與慧貴人置氣呢？等您生下小阿哥晉了娘娘後，慧貴人連給您提鞋都不配。」

劉氏瞥了她一眼，輕哼道：「就算是這樣，也輕視不得，誰曉得她還有多少狐媚惑主的手段。」

「可就算是這樣，主子這麼晚去請皇上，也只會令皇上不喜，還是等明日再說吧。」

金姑勸了好半日，總算令得劉氏勉強點頭。

海棠暗自鬆了一口氣。自從主子出現體質躁熱的情況後，脾氣越來越不好，經常一不高興便訓人，完全沒有了以前的沉靜淡定。

一個時辰後，海棠端了參湯進來，劉氏接過抿了一口，不知想到什麼，低頭盯著手裡的參湯，遲疑著道：「這幾日我喝參湯時，總覺得有些熱，不知是否因為體質虛熱的關係。」

金姑明白她所謂的熱是指熱性，但按理來說，白參是不會有這種感覺的，除非是……想到這裡，金姑忙道：「主子，能否讓奴婢嘗一口？」

第九百二十九章　漣漪

金姑接過後嘗了一口，仔細回味，發現果如劉氏所說，有一絲熱意在其中，若不仔細感受是察覺不到的。這可真是奇怪了，白參怎麼會有熱性，難道海棠燉的不是白參？若真是這樣，那事情就嚴重了。

「海棠，妳將燉盅拿來。」白參與紅參燉出來的參湯顏色是一樣的，無法分辨，只有透過參的顏色才能看出來。

海棠不敢怠慢，忙取來燉盅，半盅湯水中是一支微黃的參，並無一絲紅色。甚至於金姑將參自湯中撈出來仔細察看，也沒有發現任何異狀。

這下子連金姑也不明白了，思索著道：「海棠，我問妳，在燉參湯的過程中，妳可有離開過一步？」

海棠很肯定地道：「沒有，奴婢一步也沒有離開過。」

金姑又問了幾個問題，都沒發現什麼可疑，她想了一會兒，道：「主子，這段時間還是先不要服用參湯，看體內的躁熱是否可以退下去一些。」

「就依妳的話辦吧。」劉氏六神無主地點點頭，對於她來說，沒有什麼比祛除體內躁熱更重要的事了。

轉眼又到了天明之時，彩燕與往常一樣服侍溫如傾起身梳洗。

一切收拾停當後，溫如傾道：「彩燕，妳去一趟主殿找姊姊，就說我這裡用來敷臉的細紗布沒了，讓素雲去御藥房再拿一些來。」

彩燕聽完後道：「主子，不如奴婢直接去御藥房拿好了。」

溫如傾斜倚著身子，淡淡道：「有什麼好麻煩的，惠妃身邊那麼多宮人呢，就算素雲走不開，也大可以另派一個宮人，而我身邊可只有妳與小鄧子幾個。」

見溫如傾這麼說了，彩燕不敢再說，低頭出去。在其走後，溫如傾嘴角逸出一絲冷笑，她知道彩燕覺得自己這樣大費周章不合情理，也知道任何一個人聽了都會覺得不合情理，但那有什麼關係，只要溫如言肯派人去御藥房拿就行了。

且說彩燕去了延禧宮主殿後，恰好溫如言在用早膳，當即將來意說了一遍。

溫如言眉頭微不可見地皺了一下，旋即已是笑道：「行了，本宮知道了，回去告訴妳家主子，本宮晚些讓人給她送去。」

「是，奴婢告退。」

彩燕退下後，素雲盛了碗紅棗湯給溫如言，不以為然地道：「溫貴人也真是的，這麼一點小事都要來煩主子，她自己派人去一趟不就行了？真是不將自己當外人。」

「也許是有些事她不願自己的人出面。」沒等素雲明白過來是什麼意思，她已經再次道：「晚些妳去御藥房找趙公公拿細紗布，不過記得要說清楚，這些紗布是溫貴人要的，並不是本宮。」

「是。」素雲一頭霧水，不明白主子特意交代這一句是何意思。

在靜默中，似乎有什麼東西掉入溫如言的湯中，令平靜如鏡的湯泛起一絲漣漪，好一會兒才重歸平靜。

親眼看著漣漪蕩起又平靜，溫如言深吸一口氣，推開湯碗，輕聲道：「把這些都收下去吧，本宮飽了。」

素雲愕然看著她。「主子……」

「本宮讓妳端下去！」溫如言的語氣嚴厲了幾分。

素雲不敢再說下去，趕緊收拾桌子將東西端下去，匆忙之間，她並沒有看到溫如言濡溼的眼角。

細紗布很快送到溫如傾屋中，溫如傾沒有接過去，反而以手支額，打量著彩燕道：「妳是何時來我身邊的？」

彩燕不明白她這麼問的意思，但仍是答：「回主子的話，奴婢是前個月來的，如今已有大半個月。」

溫如傾微一點頭，繼續道：「那這些日子，我待妳好不好？」

彩燕心裡不安，唯恐溫如傾發現她心底最深處的祕密，不過面上仍一臉感激地道：「主子待奴婢恩重如山，此生此世就算是做牛做馬也還不清主子的恩典。」

溫如傾雖知道這些都是虛的，但聽在耳中還是很受用，微一點頭道：「那讓妳留在我身邊一輩子可好？」

彩燕連忙跪下道：「承蒙主子不棄，願意收留奴婢。」

「很好！」溫如傾親自扶起彩燕，和顏道：「昔日我身邊的飄香自作主張險些害了謙貴人，皇后娘娘賜她自盡，我心裡很難過，不過她既做錯了事，受處罰也是應該的。」在彩燕的忐忑中，她繼續道：「這樣的事我不想再看到第二次，所以彩燕，妳以後要好好聽我的話，時刻記著忠心二字，知道嗎？」

「是，奴婢一定聽主子的話，絕不敢有違。」聽到這裡，彩燕終於放下心。

「很好。」溫如傾微微一笑，神色越發親切。「小鄧子，你帶彩燕下去做事吧，好好教她。」

小鄧子答應一聲後，領著彩燕走到旁邊的耳房。耳房裡沒什麼東西，只是中間放著一個爐子，在上面還架了一口鍋。

彩燕手裡仍拿著細紗布，她四下打量了一眼，不解地道：「鄧公公，咱們要做什麼啊？」

第九百三十章　手腳

小鄧子沒有回答，只是俐落地生起爐火，然後往鍋裡倒了滿滿的水。待鍋子燒開後，他從懷裡取出一包東西倒在鍋中，鍋裡的水一下子變成了紅色。不過彩燕很快就發現，不是水變成了紅色，而是水裡有許多紅色的東西，使得水看起來像是被染紅了一樣。

在仔細辨認一番後，彩燕遲疑地道：「鄧公公，這彷彿是紅花？」

小鄧子一邊攪著鍋子一邊斜睨她一眼。「認出來了？」不等彩燕回答，又努努嘴道：「把細紗布扔下去吧？」

彩燕越發不明白，只得依言扔下紗布，任小鄧子將它與紅花一起煮著。

煮了小半個時辰後，小鄧子方才將紗布撈出來，拿到窗前陰乾。將這一切都做完後，他把紗布交給彩燕。「去，想法子用這個替換御膳房濾藥的紗布。」

彩燕被唬了一大跳，趕緊搖頭道：「可是這紗布被紅花煮過啊，可以說上面每一根紗都是紅花，如今謙貴人正懷著孕，萬一她用了——」

「她用不用與妳有何關係？」小鄧子冷冷打斷她的話，之後更是道：「彩燕，別忘了妳的主子是誰？」

彩燕終於明白了為何溫如傾明明來過月信，卻還要騙御藥房說月信未至，需要紅花調理的原因。一切都是為了這些紗布，為了謙貴人腹中的龍胎。

她來了這麼久，總算知道溫貴人所使的手段了，真是有夠陰狠的，想必一般人都想不到濾藥的紗布會有問題。

彩燕既興奮又害怕，興奮的是，她終於知道溫貴人準備怎麼害謙貴人；害怕的是，溫貴人這樣狠，萬一讓她知道自己是內應，必然不會有好果子吃。

見彩燕站在那裡不語，小鄧子不耐煩地道：「還愣在這裡做什麼，快去想辦法將紗布換了，誤了主子的事，我可不會幫妳求情。」

聽到他的話，彩燕驚醒過來，故作害怕地道：「可這樣做，咱們豈不是在害謙貴人？這萬萬不行！」

「不行妳與主子說去，與我說有什麼用。不過我可提醒妳，在宮裡，沒一個人是乾淨的，也沒有所謂的對錯，有的只是立場。咱們是溫貴人的奴才，就要幫著溫貴人做事。若妳連這一點都想不明白，只能說妳太蠢。」小鄧子毫不留情地指責彩燕，最後更是取過紗布要出去。

彩燕忙攔住他道：「公公教訓得是，我明白了。」

「要真明白了才好。」小鄧子意味深長地看了她一眼，將紗布往她手裡一塞道：「好好做著，做好了主子不會虧待妳。記著，只要還在宮裡，就收起妳不必要的同情心，否則早晚害了自己。」

彩燕唯唯應著，在小鄧子的注視下出了屋子，往御膳房走去。到了那邊，她藉故引開值事太監的視線，將原來的紗布跟紅花煮過的紗布互換。

一走出御膳房，彩燕強按住的心立時狠命跳了起來，劇烈得像是要跳出喉嚨。她還是頭一次做這樣的事，實在是緊張得不得了。

整整過了兩天，彩燕才尋到單獨外出的機會，將報信紙條壓在花盆下面，隨後被小鄭子取走，呈到凌若面前。

凌若沒有想到溫如傾竟然會在紗布中動手腳，雖然混在安胎藥裡的紅花分量極輕微，但持續地服用下去，必然會對胎兒產生不好的影響。

三福在看過紙上的內容後，道：「溫貴人讓惠妃娘娘身邊的人去取紗布，顯然已經做好了栽贓嫁禍的準備，只看她何時會動手。」

凌若沉沉地點頭。「紅花一事咱們已經知道答案了，可是燉盅的去向依然是個謎。」

楊海在一旁道：「會不會根本沒燉盅什麼事，一切都是湊巧而已？」

「不會的，不論是溫如傾還是皇后，都不是無的放矢的人，她們每做一件事都有理由，尤其是在現在這種情況下。」

楊海想想也是，轉而道：「那咱們現在該怎麼辦，去皇上面前揭發溫貴人嗎？」

「不，咱們既然要抓溫如傾的現行，就不能這麼貿貿然行動；而且現在動手，溫如傾大可以推個一乾二淨，只憑彩燕一人的證詞，根本不足以定她的罪，甚至可以像上次飄香那樣，隨便找個人來頂罪。」凌若扶著桌子站起身來，一字一句道：「要嘛不做，做了便一定要做絕，不可以再讓她像上次一樣喘息！」

凌若慢慢踱步到殿外。

秋季到了，豐收的同時也是萬木凋零的時節，所以說，秋……真是一個很矛盾的季節，希望、絕望，這兩個不該出現在一起的詞，卻異常地和諧。

看著黃葉，凌若對跟在身後的諸人道：「謙貴人腹中的龍胎，就看天意如何吧。若是那孩子因此夭折，本宮會在佛前為他誦往生咒一百遍，以贖罪孽。」

第九百三十一章　兩難

想到這裡，三福提醒：「龍胎並非主子所害，所以主子不需要內疚。」

凌若輕嘆一聲，撫著櫻花樹粗糙的樹幹道：「話雖如此，可始終與本宮有著難以撇清的關係。」

「就算是這樣，奴才還是要勸主子一句，莫要太過心善，否則只會困擾自己，讓自己不能做出最正確的選擇。」三福頓一頓又道：「這麼多年來，主子之所以一直處於皇后之下，便是這個道理，顧忌太多。」

凌若有些訝然地回頭盯了三福許久，才道：「你倒是對本宮的事很清楚。」

三福苦笑一聲道：「奴才在皇后身邊那麼多年，而皇后又一直想要對付主子，若知道的自然比別人多一些。」說到此處，他神色一正道：「如今皇后養傷失勢，若主子想一舉壓倒皇后，就一定要把握住這個機會，即便是不能借溫貴人的事將她拉下皇后寶座，至少可以將統攝六宮之權牢牢抓在手中。」

宮裡那麼多女人爭來爭去，為的無非就是恩寵與位分，而這兩樣東西可以統一成兩個字：權力。

凌若目不轉睛地看了三福許久，忽然一笑道：「你說的本宮都知道，本宮只是在此感嘆一下罷了，並不會因為同情而影響任何決定。」

玩笑過後，凌若拂下身上的落葉道：「好了，溫如傾那邊還是要緊盯，劉氏那頭也不能忽視了，總之咱們靜觀其變，來一個人贓俱獲。」

「是！」不論是三福還是水秀，聞言均是正色答應。他們做了那麼多、等了那麼多，為的不就是那一天嗎？

劉氏在連著幾日沒飲用參湯後，身子果然沒那麼躁熱，也能穿得進鞋襪了，但是太醫在診脈時卻發現胎氣不穩。得知她未按時服用參湯時，斟酌了一番後，懇切地道：「貴人，恕微臣說句實話，您身子躁熱應該並非參湯之故。」

金姑第一個說道：「不可能，我家主子在未服用參湯後，身子爽快了許多。」

「也許其中有參湯的原因在，但絕不是主因，微臣從醫至今還從未聽說過有服用白參湯以致身子躁熱的，所以微臣覺得，參湯頂多只能算是一個起因。」替劉氏請脈的是太醫院新提拔上來的副院正，姓何。

「何太醫，那現在到底該怎麼辦？繼續服嗎？奴婢只怕這樣下去，對主子龍胎不利。」金姑憂憂心忡忡地說著。

何太醫想了一會兒，鄭重地問：「貴人，恕微臣再問一句，您服用的確是白參嗎？沒有任何紅參的成分在其中？」

「沒有！」海棠肯定地回答。不論是材料還是燉煮，她都是親力親為，尤其是主子身子不對後，更是絲毫不假於他人之手。

「真是奇怪了，一般只有紅參或相對熱性的藥材才會造成躁熱的情況。」何太醫一邊說著一邊搖頭，顯然對這個情況百思不得其解。

劉氏神色無比鄭重地道：「何太醫，這個孩子是皇上的龍胎，我請你一定要保住他，只要能保住孩子，將來我一定有重謝；之後不論我身處何位，也都絕不會忘記何太醫今日的大恩。」

何太醫忙在椅中欠了欠身道：「貴人客氣了，這一切都是微臣應盡的本分。」

劉氏虛虛一扶，不改鄭重之色。「既然如此，那麼我與孩子都拜託何太醫了，同樣的，不論何太醫開什麼方子或者要我做什麼，我都會一一聽從。」

何太醫皺眉沉吟了許久，方緩慢地道：「既然參湯沒問題，還請貴人繼續服用。龍胎之所以不穩，應該是貴人體內營養不足，令龍胎無法汲取到需要的東西，當務之急是要穩住龍胎。至於躁熱……微臣回去後問問齊太醫。」

「那一切就有勞何太醫了，金姑，妳替我送送何太醫。」劉氏使了個眼色給金姑，後者在送何太醫離去時，往他手裡塞了一袋明珠。

金姑回來時，恰好聽到劉氏在吩咐海棠下去燉參湯，她心裡不禁好一陣嘆氣。

難得主子身體爽快了一陣子，如今又要……唉，希望可以早些解決，否則總是教人提心吊膽，難以安枕。

隨著參湯的服用，龍胎漸漸安穩下來，但始終恢復不到從前，何太醫每次來請脈時都叮囑劉氏要臥床靜養，不可勞累亦不可傷神。

雖然已是八月，可是對劉氏來說，臥床靜養實在是一種煎熬，因為她身子一日比一日躁熱，莫說被褥了，就是衣裳穿在身上都如受刑一般，至於扇子根本解不了熱。萬不得已之下，著命內務府取出夏時用剩的冰送至長明軒中，如此劉氏才覺得好過一些，但還是治標不治本。

胤禛聽聞此事後，來看劉氏，一踏進長明軒便覺得冷氣逼人，可躺在床上的劉氏卻一直在不停地搧風，臉紅得跟蘋果一樣，連呼出來的氣都是熱的。這個情況讓胤禛大為驚訝的同時也頗為憂慮，唯恐這個孩子會有什麼意外。

事後，胤禛在與凌若說起時，頗為傷懷地道：「難道真是上天罰朕，所以不願賜朕子嗣？」

凌若握著他的手道：「皇上千萬莫要說這樣的話，您勤政愛民，自登大位以來，事事皆以百姓為先，少有顧慮自己的時候。試問上天，若連這樣的皇帝都不是明君，都要處罰，那世上還有什麼明君、仁主。」

胤禛扯出一抹難看的笑容。「若兒不必安慰朕，朕或許愛民，但朕絕不是一個仁主，死在朕朱筆之下的不在少數。」

第九百三十二章 畫

凌若能夠感覺到胤禛內心的沉重，一個劉氏不足以讓胤禛時刻記在心中，但身懷龍胎的劉氏卻足以影響胤禛的喜怒哀樂。子嗣……對於皇家來說是最重要的，尤其是在弘晟死後。

而她明明知道個中緣由，卻什麼都不能說，這種感覺實在是難受得緊。她忍著眼底的酸澀，安慰道：「皇上殺的都是貪官汙吏、大奸大惡之人，百姓聞得死訊皆額手稱慶，又豈會有罪孽二字。若劉氏的孩子真生不下來，只能說他與皇上無緣為父子，與皇上無關。」

「朕也常拿這話安慰自己，可是，若兒……」胤禛定定地看著凌若，難掩眼中的悲傷。「若真是這樣，為何朕活在世上的只有三個阿哥？」

凌若知道他心中死結，只有設法解開，才可以令他展言，當下稍一思索道：「宋時的仁宗皇帝，是宋朝太祖、太宗之後難得的賢帝，可是他駕崩的時候卻連一個嫡親兒子都沒有，只能將皇位傳給宗族的兒子。所以說，上天有意，但上天之意卻未必公平。」她頓一頓又道：「臣妾會在佛前替謙貴人腹中的龍胎祈禱，盼她可以平安生下。」

胤禛沉沉點頭，說了這麼許多，心情倒是好一些。他起身走到院中，看葉落風起，嘆然道：「世事無常，朕雖為一國之君，卻也無法將之掌握其中，不過幸好……」他轉身，朝扶門而立的凌若伸出手。「幸好有妳一直在朕身邊。」

胤禛向來是不擅長柔情蜜語的，能說出這樣的話已經是彌足珍貴。凌若跨過門檻，一步接一步走到胤禛身前，執手與他相握，一字一句道：「只要皇上一日不厭棄臣妾，臣妾就一日陪在皇上身邊，永不離棄。」

胤禛收手將她攬在懷中，下巴蹭著凌若柔順的烏髮。人生在世，不如意事十之八九，哪怕是身在皇家亦不能免俗。所以，他看著心愛的女人嫁給自己兄弟；所以，他看著兒子一個接一個離自己而去；所以，他看著烏雅氏的生命漸漸流逝。也許，唯一值得慶幸的就是那麼多年來，他在意的女人可以在歷盡滄桑後一直陪在身邊。

在靜默了片刻後，胤禛放開手道：「皇額娘身子不好，這件事千萬不要告訴她，哪怕是最後劉氏的孩子沒保住，也絕對不可以說，知道嗎？」烏雅氏已是油盡燈枯之人，全憑一個念頭在支撐，若這個念頭沒了，離死也就不遠了。

凌若明白道理，答應道：「皇上放心，臣妾一定嚴令後宮，不許在太后面前提起……皇上一上午都沒處理朝事，可要回養心殿？」

胤禛撫一撫身後的辮子，搖頭道：「不了，朕此刻靜不下心來處理朝事，妳再陪朕一會兒。」

「是。」凌若靜靜陪在胤禛身邊看櫻花樹下滿地落葉，不知過了多久，他們身後突然傳來弘曆的聲音。

已如大人一般的弘曆正規規矩矩地請安，待起身後，他稍一歪頭，不知在想些什麼。直至凌若問起，方才有些猶豫又期許地道：「皇阿瑪這樣與額娘站在半綠半黃的櫻花樹下真是好看，且還滿地金黃。」

滿地金黃？胤禛低頭之後方才會意過來，敢情弘曆說的是落葉。因為宮人未及時掃去的緣故，地上鋪滿了昨夜被風吹落的樹葉，黃燦燦的，遠遠望去，就如金子一般。

弘曆大著膽子道：「皇阿瑪，兒臣最近畫技有所進步，不如讓兒臣幫您與額娘畫一幅？」

「哦？」胤禛沒反對，不過口中卻道：「你的畫技朕前些日子見過，就算進步了，想來也不會高到哪裡去，朕找宮裡那些專門的畫師畫不是更好？為什麼要找你畫呢？萬一你將朕與你額娘畫得慘不忍睹，豈非毀了朕一世英明。」

弘曆一聽頓時垮了臉，但仍不願放棄，遊說道：「請皇阿瑪相信兒臣，兒臣真的進步了許多，連教畫的師父都誇讚兒臣。」

凌若見狀，心有不忍，勸道：「皇上，不如就讓弘曆試一試吧，若真的不好，撕掉就是了。」

胤禛朝她使了個眼色，轉而對弘曆道：「你給朕一個理由，為何要讓你畫？」

弘曆飛快地轉著眼珠子，想了許久，終於讓他想出一個極好的理由來，忙道：「因為兒臣是皇阿瑪與額娘的兒子，以兒子之心來畫畫，這份孺慕之情是任何高明的畫師都畫不出來的。」

胤禛薄唇微彎，頷首道：「這個理由尚算不錯，好吧，就讓你畫一幅。」

有了胤禛的應允，楊海等人幫忙將弘曆的畫板抬出來，在胤禛攜凌若一道坐下後，弘曆仔細地畫了起來。

他畫得極仔細，而胤禛也出奇的有耐心，完全沒有凌若之前擔心的不耐煩。

櫻花樹下，兩人並肩而坐，地上盡是黃燦燦的落葉，流金明澈的秋陽漫天撒下，令一切似鍍上了金色，同樣的，也令一切美得驚心動魄。

弘曆想要將這一切美好都抓捕進畫中，所以他全身心投入，渾不覺時間在不知不覺中流逝。

待他畫好時，已是近黃昏時分。

水秀幾人等得百般無聊，好不容易見他停下筆，皆好奇地湊過去，待看到畫時，驚嘆不已，直說畫得好傳神。

胤禛接過畫後亦是一陣點頭，不論鋪色與結構，弘曆這一次都掌握得極好；而最重要的是，畫中的自己與淩若神色自然，沒有絲毫做作之色，且有一種脈脈溫情在其中。

「好，畫得很好！」這一次胤禛沒有吝嗇誇獎，令弘曆好生高興。待畫乾之後，他更是對四喜道：「去，將這畫放到朕的養心殿。」

此時的胤禛作夢也想不到，這幅畫將在很長一段時間內，成為他生命的全部與念想……

第九百三十三章　大事不妙

在陪凌若與弘曆一道用過晚膳後，胤禛才起駕回了養心殿。

胤禛剛離開，弘曆便小聲地問正在飲茶的凌若。「額娘，謙貴人的孩子是不是不好了？」

凌若微一皺眉，放下茶盞疑惑地道：「你從哪裡聽到這話？」劉氏孩子不穩的事，知道的人應該不多，弘曆每日勤於讀書，不是在上書房，便是在承乾宮中，從哪裡聽來這些閒言閒語？

弘曆如實道：「回額娘的話，兒臣是聽弘晝說的，他還說如今宮裡到處都在傳。」說到這裡，他瞅著凌若的神色道：「額娘，這是不是真的？」

糟糕，這樣豈非很有可能傳到慈寧宮去？太后那頭絕對受不得這樣的刺激。這般想著，她安慰弘曆：「沒這回事，謙貴人只是稍有些不適罷了，何太醫已經替她看過了，很快便會沒事的。明日你見了弘晝，記得告訴他，不要理會宮人間的閒話。你們是阿哥，什麼話該聽，什麼話不該聽，應當心裡有數，別隨著宮人一道胡鬧。」

見凌若說得嚴肅，弘曆不敢再問，點頭道：「是，兒臣知錯了。」

又說了幾句後，凌若站起身來道：「好了，你先回去溫書，額娘去看看你皇祖母，晚些回來。」

弘曆一愣，下意識地道：「現在嗎？可是天都已經黑了，萬一路上滑了可如何是好，額娘不如明日再去。」

「額娘會小心的，沒事。」凌若眼下憂心得緊，哪裡待得住。她之前剛答應了胤禛，若一轉眼烏雅氏就出事，她要如何向胤禛交代。

凌若急命楊海執燈，帶了他與水秀匆匆往慈寧宮趕去，還沒到慈寧宮，便聽得前方喧譁，連忙走過去，愕然地看到慈寧宮的宮人正拉著齊太醫慌不擇路地奔往慈寧宮。

連齊太醫都被驚動了，難道太后真的出事了？這般想著，凌若腳下又快了幾分，因天色漆黑，只有一盞宮燈照路，所以沒看到旁邊有人過來，與來人撞了個正著。

凌若正好撞到額頭，痛得好一會兒才出了聲，對方亦是差不多，繼而聽得一個小太監的聲音道：「誰那麼不長眼啊，撞了熙太嬪。」

「住嘴，不許無禮。」隨後響起的聲音，果然就是方憐兒。

凌若忍著痛欠身。「臣妾給熙太嬪請安。」

在看清凌若後，方憐兒身邊的小太監嚇白了臉，連忙跪地請罪。凌若顧不得理會他，盯著方憐兒道：「熙太嬪怎的這個時候過來了？」

方憐兒也看清了凌若，焦慮地道：「我在復月軒中聽宮人說太后突然發病，且來勢凶猛，很是危險，所以特意過來看看。」

真是怕什麼來什麼，聽著方憐兒的話，凌若的心情頓時沉到了底，喃喃道：「竟然真的出事了？」

凌若聲音極輕，方憐兒一時沒聽清，追問：「妳在說什麼？」

「沒什麼，咱們趕緊進去吧。」凌若此刻哪裡顧得上解釋，只想盡快知道烏雅氏如今的情況。

慈寧宮中燈火通明，宮人來回奔跑，所有人都帶著緊張之色。匆忙之間，凌若看到一個人跑出慈寧宮，因為速度太快，她沒看到那人的樣貌。

她們顧不得著人通報，一路進到內殿，齊太醫正坐在旁邊替烏雅氏診脈。那廂，晚月看到她們來，忙走過來，不等她見禮，凌若已經迫不及待地道：「免禮，太后這是怎麼了，本宮昨日來的時候不是還好端端的嗎？」

一聽這話，晚月雙眼頓時紅了，哽咽道：「回熹妃娘娘的話，其實一直到今日晚膳的時候，太后都很好，甚至還有精神與奴婢說話，可是……」說到這裡，晚月一臉恨意地道：「一個送晚膳來的小太監不知發的什麼瘋，竟然在太后面前胡說八道，說謙貴人的孩子快要不保了。太后一聽這話當時就急了，催著奴婢準備軟轎，說要去看謙貴人，奴婢阻攔不住只得答應。可就在這個時候，太后突然昏厥了過去，兩隻眼睛都翻白了，怎麼喊都喊不醒。奴婢當時被嚇壞了，趕緊讓人去請齊太醫過來。」

在聽完她敘說後，凌若道：「那個小太監現在在何處？」

晚月惱恨地道：「奴婢也不知道，剛才奴婢一直顧著太后，等回過神來時，那小太監已經溜走了。」

方憐兒聽著不對，她怎麼覺得那個小太監是故意在太后面前說這些的，趕緊問：「那個小太監的樣子妳可記得？」

「奴婢……」晚月使勁想要回憶起小太監的樣子，可越是著急就越是想不起來，想得頭都要爆炸了方才無奈地搖頭道：「他當時一直低著頭，奴婢看不真切。當時奴婢覺得沒什麼，現在想起來，奴婢覺得他好像是刻意不讓人看清一樣。」

「難道他是故意的？可這件事他一個小太監又怎麼知道？」劉氏孩子不穩的消息，方憐兒也是最近才曉得的。

凌若在旁邊冷冷道：「知曉的又何止他一個人，宮裡的奴才差不多都傳遍了。」

「這不可能！」方憐兒斷然否定：「這種事向來不許宮人亂傳，怎會有那麼多人曉得。」

「是弘曆告訴我的，宮人之間傳得沸沸揚揚，連他與弘晝都聽說了，只有咱們這些做主子的還被蒙在鼓裡。」到了這個時候，凌若幾乎可以肯定，這件事是有人在背後操縱，否則不可能傳得人盡皆知。

「這……這……」方憐兒同樣想到這個可能，駭得半天說不出話來。

此時，齊太醫收回手，凌若等人忙迎了過去。「齊太醫，太后她老人家怎麼樣了？」

齊太醫重重嘆了口氣，垂目道：「太后本就病體虛弱，全賴藥物還有心裡的一點兒希望拖著，如今驟然聽得這樣的消息，身子哪裡撐得住。」

第九百三十四章 噩耗

「你的意思是說太后……」後面的話，方憐兒不知該怎麼說下去，她迫切地想要從齊太醫口中聽到相反的答案，可顯然這只是一個奢望。

凌若突然道：「齊太醫，若現在再給太后希望，她還能撐下去嗎？」

齊太醫略一思索，明白她的意思，無奈地搖頭道：「沒用了，太后本就是油盡燈枯，根本受不了大悲大喜。」

露在袖外的十指顫抖起來，哪怕凌若用力握緊雙手，依然不能停下這份顫抖，她艱難地道：「照你這麼說，難道就一點兒辦法也沒有了嗎？」

「恕微臣無能。」隨著這句話，齊太醫屈膝跪在地上。太后是個慈悲之人，救不了她，齊太醫心裡很不好受。

凌若搖搖頭，強忍了難過道：「本宮知道齊太醫已經盡力了，此事不怪你，本宮只想問齊太醫一句，太后……還能撐多久？」

齊太醫謝恩之後，道：「依微臣推斷，太后只怕撐不到日升之時。」聽到這話，晚月終於忍不住哭了出來，伏在踏床上痛哭不已；而凌若與方憐兒亦忍不住落淚，一切都來得太快了，快到她們難以接受。

有一件事凌若始終想不明白，為什麼有人要故意在太后面前說出劉氏龍胎不穩的事，刺激太后讓她喪失希望，病體不支，這對其而言又有什麼好處呢？

這件事，令凌若百思不得其解，只得暫時放下，喚過楊海與水秀道：「你們兩個，趕緊去養心殿將這件事告訴皇上，另外，也去將謙貴人請來。」

兩人均知事情非同小可，答應一聲待要離去，又被凌若喚住，只見她猶豫了一下道：「除此之外，再將四阿哥、五阿哥帶來，至於二阿哥……算了吧，一來一回只怕宮門早就關了。」

凌若心中清楚，這將是最後一次見到烏雅氏的機會，過了今夜，慈寧宮將少了主人，而奉先殿中將多一座神龕。

「主子，那皇后那邊呢？」楊海小聲地問著。

出了這麼大的事，不通知那拉氏顯然不好，但凌若實在不想見她，遂以其傷勢為藉口道：「皇后傷勢未癒，還是先不要驚擾她了。」

「熹妃。」烏雅氏不知道什麼時候醒了，有氣無力地喚著。

凌若忙迎過去，輕聲道：「是，兒臣在這裡，皇額娘有何吩咐？」

「妳告訴哀家，謙貴人她的……孩子，是不是不好了？」烏雅氏艱難地問出這句話，渾濁無神的雙眼緊緊盯著凌若，想從她嘴裡得到確切的答案。

凌若強忍了難過，擠出一絲微笑道：「皇額娘聽哪個奴才胡說的，根本沒這回事，謙貴人的孩子好著，再有半年便可以出生了。」

烏雅氏的眼眸因為她這句話亮起一絲神彩。「真的嗎？妳不要騙哀家。」

凌若替她掖好錦被道：「兒臣什麼時候騙過皇額娘，而且兒臣已經命人去請謙貴人了，待她來了之後，皇額娘親自看看她的龍胎是否安好。」

聽到這裡，烏雅氏稍稍安心，目光一轉，落在正努力止住哭泣的晚月身上，只剩下一層皮包裹著骨頭的手費力抬起，放到她頭上。「晚月，為什麼哭得這麼傷心？」

「奴婢沒事。」晚月胡亂擦乾了眼淚，想要擠出一絲笑容來，可是到最後卻變成了哭臉。在場那麼多人中，她與烏雅氏感情最深，彼此陪伴了幾十年，她親眼看著烏雅氏從德嬪變成德妃，再變成世間最尊貴的皇太后。

烏雅氏緩緩搖頭，放在晚月頭上的手不曾鬆開。「妳騙哀家，是不是哀家不行了？」

晚月趕緊拉下她的手緊緊握在掌中，驚慌地道：「沒有這回事，齊太醫說太后只是一時激動，休息一下就沒事了。」

方憐兒亦含淚道：「是啊，太后，只要您好生歇著，很快就會好了。」

「妳們一個個都不要騙哀家，難道哀家會連自己的身子都不知道嗎？好了，莫要再哭了。」她這樣勸著，晚月卻哭得越發凶了，臉緊緊貼著烏雅氏不算溫熱的手。

「皇上呢，皇上來了沒有？」知道自己將不久於人世，烏雅氏並沒有太多的悲傷，只是覺得不捨。

凌若忙忍著淚道：「太后放心，臣妾已命人去請了，皇上很快就會到的。」

烏雅氏閉目沒有說話，她的力氣已經不多了，她想多留一點兒，等胤禛來。

如此過了一盞茶的工夫，明黃色的人影如風一般的衝進來，直奔烏雅氏榻前，同時急切的聲音響起：「皇額娘，您怎麼樣了？」

來人正是胤禛，他一得到報信就放下手裡一切事務急匆匆地趕來，一路之上，悲傷與恐慌都纏繞著他，讓他幾次險些跌倒，看得四喜與蘇培盛心驚肉跳。

烏雅氏睜開眼，展顏一笑道：「皇上來了。」

「是，兒臣來了，兒臣來了。」說著這樣的話，胤禛眼淚幾乎要掉下來。他不是不知道烏雅氏會離自己而去，卻沒有想到這一天來得這般急切與突然，讓他一點兒準備也沒有。

看著他發紅的眼圈，烏雅氏輕聲道：「皇上是九五之尊，怎可輕易落淚。」

「是，兒臣聽皇額娘的話，不落淚。」這般說著，胤禛強迫自己忍住悲傷到極處的眼淚。

看著這樣的胤禛，烏雅氏突然笑了起來。「哀家想起來了，以前皇上也是這樣聽哀家的話，哀家讓你做什麼就做什麼，很聽話，哪怕哀家與你根本不親。可是不知從什麼時候開始，哀家與皇上見了面總是爭吵，為了皇位，為了老十四，爭吵不休，幾乎沒有停止的時候。」

胤禛心裡越發難受，嘴上卻道：「都是兒臣不好，兒臣惹皇額娘生氣，只要皇額娘以後都好好的，兒臣保證絕不再惹皇額娘生氣。」

「不，不是你的錯，都是哀家被人蒙蔽了眼睛，居然連自己親生兒子都不信，不過好在哀家沒有一直糊塗下去。」烏雅氏瘦骨嶙峋的手撫上胤禛的臉頰，一遍又一遍，帶著深切的不捨。「只可惜，哀家以後都看不到皇上了。」

第九百三十五章　溘然長逝

「不會的，不會的！」胤禛痛苦地低吼，胸口痛得像是要裂開來。

「莫要難過了，人生百年，終有一死，能與皇上解開心結，哀家已經死而無憾了。」烏雅氏正說著話，劉氏與弘曆、弘晝前後腳到了，另外裕嬪也來了，她臉上盡是駭意與悲傷。

見到劉氏，凌若忙拭淚，湊到床邊道：「皇額娘，您看謙貴人來了，氣色可不是好得很嗎？哪裡有不對。」

「真的嗎？」烏雅氏努力想要撐起身來，胤禛趕緊扶著她後背，讓她可以清楚地看到劉氏。

一路上，楊海已與劉氏說了大概，劉氏也知道自己來此的目的就是讓烏雅氏走得安心些，所以一聽得凌若這般說，便走上去紅著眼道：「臣妾給太后請安。」

「妳真的沒事嗎？」看到劉氏微凸的腹部，烏雅氏稍稍安下心來。「為何妳的臉這般紅？」

劉氏趕緊摸一摸自己燙得驚人的臉頰，掩飾道：「回太后的話，想必是臣妾過來的時候太急才會這樣，過會兒就沒事了。太后，臣妾與龍胎都好好的，您千萬莫要聽那些喜歡亂嚼舌根子的宮人胡說。」

「妳與孩子沒事就好。」烏雅氏終於放下了一樁心事，雖然自己看不到這個孩子出生，但至少他安然無恙，這就足夠了。

她招手將難過不已的弘曆與弘晝喚到近前，仔細睇視著他們兩人道：「皇祖母要走了，如今你皇阿瑪膝下只有弘時與你們兩個，一定要好好聽話，將來孝順侍奉你們皇阿瑪與額娘，知道嗎？」

「孫兒知道，皇祖母，您別走好不好，孫兒想多侍奉您幾年！」弘晝畢竟年紀小，聽到烏雅氏的話，哭得越發傷心了，令聞者心酸。

「命數由天不由人，皇祖母也想多看你們幾年，可惜……」烏雅氏不斷地搖頭，渾濁的淚水從眼中落下。

弘曆沒有像弘晝那樣痛哭，甚至於一滴眼淚都沒掉，可這並不代表他不難過，他整個身子都在顫抖，難受得像是要爆開來一樣，恨不得痛哭一場，將心中的痛盡皆宣洩出來；可他依然在忍耐，退開幾步，跪在烏雅氏床前，一個字接一個字地道：「請皇祖母放心，孫兒一定會孝順皇阿瑪與額娘，並且照顧好五弟，尊敬二哥。」

弘曆的懂事令烏雅氏欣慰，對胤禛道：「皇帝，你生了個好兒子。」

「是，弘曆一直很懂事。」胤禛哽咽地應著。

烏雅氏環顧著身前眾人，既欣慰又傷懷地道：「可惜弘時與老十四不在，否則哀家就真的一點兒牽掛都沒有了。」

胤禛聞言忙道：「兒臣這就讓人去傳。」不等烏雅氏說話，他已回過頭來對蘇培盛與四喜道：「你們兩個速傳朕口諭開宮門，命二阿哥進宮，另外派人快馬加鞭去皇陵傳十四爺進宮。」

他們兩個剛要答應，烏雅氏病懨懨的聲音已經傳過來：「不必了，哀家只怕撐不到那個時候。」

「不會的，快馬加鞭來回很快，皇額娘一定可以看到十四弟的。」胤禛急切地說著，他現在能為烏雅氏做的，就只有這些了啊。

「皇陵偏遠，來回少不得要一日，哀家如何撐得到？」烏雅氏能夠清晰感覺到生命的流失，搖頭道：「再說哀家上次已經見過老十四了，並沒有太多的遺憾。不過皇上，哀家希望你答應哀家最後一件事。」

胤禛想也不想便道：「皇額娘請說，兒臣一定答應。」

烏雅氏就著晚月的手喝了口溫水，提一提神後道：「哀家前次見老十四的時候，他對皇上你還有許多不解與怨言，哀家亦勸過他，可是成見已深，他一時半會兒聽不進去。不過哀家相信，假以時日，他一定可以理解皇上的苦心。所以哀家想請求皇帝，不論將來老十四犯了什麼錯，又或許冒犯了天顏，都請看在哀家，還有親兄弟的分上，饒他一命，不要趕盡殺絕。」

胤禛點頭道：「兒臣知道，就算皇額娘不說，兒臣也一定會善待十四弟。」

他的話，令烏雅氏眼中浮起深深的慈愛之色。「其實哀家知道，就算哀家不說，你也會這樣做，可哀家還是忍不住。皇上，你會怪哀家嗎？」

「不會，兒臣永遠不會怪皇額娘！」胤禛再一次哽咽難忍。烏雅氏的精神此刻看著似乎好了許多，但每一個人都明白，這是迴光返照。

過了今夜，他將再也看不到生他的額娘了啊。養他的人在他九歲時走了，如今生他的人也要走了。從今往後，他將再也沒有可以奉養的親人，只能在腦海中回憶他們的音容笑貌。

「哀家此生做得最對的一件事，就是生了你這個好兒子。胤禛，哀家真想與你再多做幾年母子，真想看著弘曆他們長大，真想看著謙貴人的孩子出生啊。」在這樣的言語中，烏雅氏的聲音漸漸輕了下去，雙目中的光芒亦漸漸變得黯淡。

「皇額娘！皇額娘！」不論是胤禛還是凌若都驚慌地大呼起來，然他們根本無力阻止這一切的發生。

「哀家……終於可以去見先帝爺了。」這般說著，烏雅氏拚盡最後的力氣，轉頭看了胤禛一眼後，嘴角泛起一絲微弱的笑意，隨即溘然長逝。

這一年，烏雅氏六十五歲。

她的一生頗富傳奇，從一個卑微的官女子一步步成為康熙身邊的寵妃，先後誕下兩個兒子，並且最終她生的兒子胤禛在康熙晚年的九龍奪嫡中勝出，成為大位的繼承人；而她也成為康熙眾位妃嬪之中，笑到最後的那一個。

不過，眼下，這一切都結束了，她這一生經歷了太多太多，想必她自己也累了，如今終於到結束之時。

「皇額娘！」

這個時候，殿外傳來一聲悲呼，卻是皇后，她在惜春等人的攙扶下，跌跌撞撞地走進來。

看到烏雅氏生氣全無的樣子，她一下子愣住了，待回過神來時，淚水如雨一般落下，不顧自己有傷在身，撲到床榻前，大聲哭泣道：「皇額娘，兒臣在宮中聽說您出事了，緊趕著過來了，想不到還是來晚了，皇額娘！」

這一夜，慈寧宮中哭聲震天，久久未歇……

第九百三十六章　鐘聲

哭了許久，那拉氏抬起哭腫的雙眼，對悲傷萬分的胤禛道：「皇上，皇額娘已經走了，還請您節哀，莫要傷了龍體。」

胤禛此刻哪裡聽得進這些，猶自沉浸在悲傷中難以自拔，直至凌若上前，跪在胤禛身邊，含淚輕聲道：「皇上，皇額娘不會願見您這樣難過，而且她是帶著微笑走的，想來心中沒有太多遺憾。」

「朕何嘗不知，可是這件事來得太突然，朕……」胤禛不知該如何說下去，手指緊緊握著，指節泛起死灰般的白色。

「臣妾知道您心裡難過，可是事情已經發生了，您縱是再難過，皇額娘也不會活過來了，如今最要緊的是皇額娘的身後事。臣妾與皇后雖有心，但畢竟只是弱女子，有許多力不從心，還得您來主持大局。所以臣妾斗膽，請您節哀。」

「朕知道。」胤禛深吸一口氣，拍拍凌若的手，示意她放心。

這樣的情景，落在那拉氏眼裡可滿心不是滋味。她剛才勸了半天，胤禛連看都沒看一眼，鈕祜祿氏勸上幾句，胤禛便有反應了，實在是可惱。

不過再不高興，以那拉氏的城府，是不會露在臉上的，否則她也就不是那拉氏了。

八月十一日，百官如往常一般，宮門剛開便從午門東側門魚貫而入，在經過闕亭時，忽見數名小太監匆匆奔上去，繼而聽到裡面從不輕易敲響的鐘聲驟然響起，與此同時，紫禁城各處都傳來鳴鐘之聲。

一時間，百官面面相覷，不解是怎麼一回事。往日裡只有祭祀太廟、升殿，抑或者有人薨時才會響起，如今既不是祭祀又不是升殿，難道……

在這個念頭中，百官側耳默數著鐘聲響起的次數，一下一下，鐘聲一直未絕，當鐘聲超過五十下時，百官心中已經有數，一定是有人薨了，因為只有喪鐘才會敲這麼多下。

鐘聲在敲完一百零八下時悠悠停住，而這樣規格的喪鐘，唯有皇太后仙遊時才會敲起。

果然，不等百官起步，大內總管四喜已經執拂塵匆匆奔來，在他身後還跟著數個手捧白衣的小太監。

四喜朝百官行了一禮後，聲音有些哽咽地道：「啟稟諸位大人，今日凌晨，太后仙遊，皇上悲傷萬分，無心上朝，再加上要操辦太后喪事，所以輟朝三日，另外請諸位大臣換上喪衣，為太后守靈。」

百官雖然心裡大致有數，但親耳聽到時，還是有些駭然，隨即拍袖下跪，朝慈寧宮的方向哀哀痛哭，好一會兒方才止了哭聲，從小太監手中接過白衣換上，隨後去慈寧宮守靈。

彼時，烏雅氏的梓棺已經停在慈寧宮正殿，那拉氏與凌若領著眾嬪妃身著孝衣，在梓棺前落淚不止。

胤禛雙目通紅地站在旁邊，看到百官進來，他回頭朝蘇培盛道：「派人通知十四爺了嗎？」

蘇培盛忙回道：「皇上放心吧，宮門剛開，奴才已經派人快馬加鞭去皇陵傳十四爺了，還有其他幾位爺也都派人通知了。」說罷，他小心地覷了胤禛一眼，道：「皇上，您一夜未闔眼了，要不要先回去歇會兒？」

「不必了，朕撐得住。」胤禛此刻哪裡歇得了，一閉眼就是烏雅氏生時的音容笑貌，讓他悲痛難忍，更憶起這些年來自己未盡的孝道，悔之晚矣。

百官之後，允祥、允禩等人先後到來，不論真情假意皆在靈前好一頓痛哭，然後又跪請胤禛節哀，保重龍體。

當夜，一直急趕的允禵終於趕到宮中，見了烏雅氏最後一面，他在靈前哭得泣不成聲，口口聲聲稱自己不孝。

胤禛雖恨允禵欲謀奪自己皇位，可始終是兄弟，而他又答應了烏雅氏會一輩子善待他，遂上前勸道：「十四弟，莫要難過了，皇額娘在天有靈看到你來見她最後一面，想必不會再有什麼遺憾了。」

允禵一把揮開胤禛的手，回過頭來，紅著雙眼大聲道：「不要與我說這些，我只想問你一句，為什麼皇額娘走得這般突然，太醫不是說她至少可以再活數月的嗎？為什麼！」

聽得他的質問，胤禛心裡越發難過，艱難地吐出三個字來：「對不起。」

允禵大聲嚷道：「我不要聽對不起，我只想知道為什麼皇額娘突然就死了，是不是你虐待皇額娘！」

此話一出，跪在靈前的所有人都以一種驚駭的目光看著他。胤禛臉色一沉，喝道：「老十四，朕知道你難過，所以這些話朕不會與你計較，但朕不想再聽到。」

「呵，那我是不是該謝謝皇上，謝謝我的好四哥！」這般說著，允禵臉上卻沒有絲毫感激之意，反而滿臉諷刺，之後更厲聲道：「你不必否認，皇額娘之所以早逝，一切都是你之故，若不是你一直為難皇額娘，讓她心情鬱結，皇額娘怎會惡疾纏身？若不是你不盡為人子之孝，皇額娘怎會突然仙遊，根本就是你逼死了皇額娘！」

胤禛從不是個好性子的人，剛才他已經極力耐著性子才忍下的，偏允禵不知進退，越說越過分，他陰沉著臉，盯著允禵一字一句道：「這是在皇額娘靈前，朕不想與你爭執，但並不代表朕可以一直忍你！」

「不忍我又怎樣，再一次將我關起來嗎，還是直接殺了我？」允禵一邊說一邊搖頭。「你堵得了我的嘴，卻堵不了天下人的嘴，你就是一個逼死親生額娘的不孝子！」

「真正的不孝子是你！」胤禛神色驟然狠厲起來，用力揪著允禵的衣領道：「若非你不懂事，朕與皇額娘怎會有芥蒂，皇額娘又怎會鬱鬱寡歡，更不會在臨終前還擔心你的安危，讓朕務必要善待於你。允禵，你以為自己什麼都做得很對嗎？你錯了，而且大錯特錯。你剛才在皇額娘跟前說得沒錯，你不孝，而且是大大的不孝！」不等允禵回神，他已經用力將允禵推到棺木前，一字一句道：「給朕好好待在這裡為皇額娘守靈，待皇額娘下葬後，朕再處置你！」

第九百三十七章　釘棺

八月十二日，胤禛追封烏雅氏為孝恭仁皇后。

八月十三日，守靈三日後，釘棺後準備移至景陵中下葬，然在釘棺之時，之前吩咐好的幾個太監居然昨夜齊齊腹瀉得下不了床，不得已之下，那拉氏命小寧子等幾個太監前去釘棺。

可小寧子卻說長釘一直下不去，連試了數次後，甚至砸傷了手，讓眾人面面相覷，不知是怎麼一回事。

見屢次未能釘棺，胤禛不耐地道：「沒用的東西，滾開，朕自己來釘。」

「皇上不可。」那拉氏連忙勸阻道：「您先別急，待臣妾看看。」

在勸阻了胤禛後，那拉氏親自上前查看棺木與釘子，發現其中並無問題。

她正不解之時，小寧子撫著砸傷的手，小聲道：「主子，您看是否這殿中有什麼與太后相沖的人，所以這棺木才一直釘不下去。」

那拉氏驚疑不定地看了小寧子一眼，道：「你是說有人沖了太后？」

「奴才未入宮前，曾聽人說，一旦有犯沖之人在場，這棺木就絕對釘不下去。您看太后這回，先是釘棺木的人腹瀉不止，接著奴才等人又這個樣子，實在是不得不令人疑心啊。」

小寧子的聲音雖輕，但還是被近在咫尺的胤禛聽到了，瞥了不明所以的劉氏一眼不說話。至於允禩等人則一副看戲之態，甚至巴不得事情鬧大一些，讓胤禛收不了場才好。

那拉氏環顧眾人一眼，遲疑地道：「就算你說的是真的，可這裡這麼多人，又如何知曉哪個與太后犯沖呢？」

小寧子骨碌碌地轉著眼珠子，一副欲言又止的樣子。那拉氏見狀，有些不悅地道：「有什麼話就說。」

小寧子躬著身子道：「是，奴才在想，會不會是謙貴人？太后之所以會這麼快走了，與謙貴人有著莫大的關係，而今棺木又釘不上，這……」

那拉氏怎會不明白小寧子話中的意思，略一思索後對劉氏道：「謙貴人懷著龍胎還長守靈前，實在辛苦了，如今左右沒事，謙貴人先行下去休息吧。」

「臣妾並無大礙，還是等太后移棺之後，臣妾再下去吧。」劉氏隱約覺得那拉氏這話有些不對。哪有說太后梓棺未移，自己便離開的道理，而且剛才那拉氏與小寧子交頭接耳的樣子，實在是令人可疑。

不等那拉氏說話，將小寧子的話一字不差聽在耳中的胤禛已然道：「潤玉，妳先回去。」

既是胤禛開口，劉氏只得聽從，委屈地欠身離去。在她走後，不等胤禛吩咐，小寧子便再次帶人釘起棺來，這一次釘得非常順利，沒有任何意外。

看到此處，凌若對身側的瓜爾佳氏道：「姊姊覺得這是怎麼一回事，劉氏一離開便可以釘棺，難道之前是劉氏沖著了太后嗎？」她雖沒有聽到那拉氏與小寧子的對話，但也猜出了些許。

瓜爾佳氏沉思片刻道：「我覺得事情沒那麼簡單，可能是真的沖撞，也可能……」她目光一抬，緩緩道：「是有人故意安排。」

凌若看著那拉氏指揮人將梓棺移出去。「姊姊是說皇后？」

瓜爾佳氏壓低了聲音道：「這個世上也許真的有鬼，但我相信，更多時候，是人在背後裝神弄鬼，就像年氏那次。還有，妳別忘了，說釘不下去的那個人，可是皇后的親信，從那張嘴裡說出來的話，我半個字都不信。」

凌若點點頭，她心中同樣不信，所以才問瓜爾佳氏這些。

一直到烏雅氏的梓棺移好後，眾人方才各自回宮。那拉氏在經過溫如傾身側時，朝她使了個眼色，後者會意地點點頭。

在隨溫如言回宮途中，溫如傾忽地道：「姊姊，我想去走走，晚些再回去。」

溫如言點頭答應了她的要求，在溫如言轉過牆角不見人影後，溫如傾扶著小鄧子的手，冷冷道：「走，去坤寧宮。」
她並不曉得，其實溫如言一直站在牆角後，將她的話聽得一清二楚，直至溫如傾的腳步聲遠去後，她方搖一搖頭，對身旁的素雲道：「走吧。」
素雲走了幾步，忍不住道：「主子，溫貴人這樣騙您，您不在意嗎？」
溫如言一頓，繼而淡淡地道：「在意什麼，她要去坤寧宮自然有她的理由。」
聽著這話，素雲急切地道：「主子，恕奴婢說句實話，溫貴人她真的有問題啊，您不可以再這樣相信她了。」
「本宮知道。」這便是溫如言給素雲的答案，至於為何知道還要縱容便不得而知了，任憑素雲怎麼問，她都不再說一字。
溫如傾進了坤寧宮後，正好看到那拉氏坐在椅中喝茶，忙上去行禮，隨後又問：「娘娘，您的傷都好了嗎？」
那拉氏放下茶盞，微微一笑道：「難得溫貴人還記得。已經好得差不多了，就是總有些隱隱作痛，特別是颳風下雨的時候。」
溫如傾諂媚地笑道：「臣妾一直都記著，只是之前在太后靈前，不便相問。」
那拉氏眸中流光飛掠，輕言道：「對了，劉氏的事，進行得怎麼樣了，可還順利？」
溫如傾眼角一揚，帶著難掩的喜色。「託皇后娘娘的洪福，一切都依計畫進行得很順利。燉盅的祕密，她始終沒有發現；而臣妾更用煮過紅花的紗布換了她平常濾安胎藥的紗布，令安胎藥成了催命的毒藥。而且所有後手都已經安排妥當，一旦事情被揭發出來，惠妃便會成為那隻替罪羔羊。只是熹妃那邊……」她皺了皺眉道：「臣妾一時還沒想到該怎麼將她扯進來。」

「不急，慢慢想就是了。」那拉氏欣然點頭，隨即又帶著一絲神祕的笑容道：「不過光憑這些，還不能徹底扼殺劉氏。」

後面這句話令溫如傾頗為奇怪，搖頭道：「臣妾不明白娘娘的意思。」

那拉氏半側了身子道：「就算沒了這個孩子，劉氏依然可以在皇上面前得盡寵愛，難道這是妳想看到的嗎？」

第九百三十八章　股掌

溫如傾沉默了一會兒道：「臣妾會想到辦法對付她的。」

「妳記著，想要對付一個人，一定要殺他一個措手不及，一旦讓他緩過勁來，那麼任憑妳什麼樣的精巧算計，都有可能被他化解。」

「娘娘說得是，可是臣妾……」

不等溫如傾說下去，那拉氏已然接過話：「想不到是嗎？沒關係，本宮已經幫妳想了。」

見溫如傾滿臉奇怪，她詭異地笑道：「妳以為太后為何會突然過世？」

溫如傾一時沒會過意來，如實道：「臣妾聽說太后是從一個御膳房小太監口中得知了劉氏龍胎不穩的消息，所以才……」說到此處，她倏然抬頭盯著那拉氏，不敢置信地道：「難道這一切都是娘娘安排的？」

那拉氏嫣然一笑，皺紋漫開如魚尾，道：「總算妳還不笨。不錯，那個小太監是本宮安排的，也是本宮讓他將這件事告訴太后的。」

過度的震驚令溫如傾失了該有的恭敬，脫口道：「為什麼要這麼做？」

溫如傾忍不住再次問：「娘娘，恕臣妾愚鈍，不明白太后與劉氏得寵與否有何關係，能否請您明示。」

那拉氏輕嘆一聲道：「溫貴人雖然足智多謀，但始終年紀尚輕，不懂得利用一些看似不相關的東西，其實這些東西用好了，事情便會好辦許多。」

「請娘娘指教。」溫如傾擺出一副虛心受教的樣。

那拉氏撥弄著溫熱的茶盞蓋，發出叮叮的輕響。「本宮且問妳，太后因何會突然發病離世？」

「是因為……」溫如傾本想說是那拉氏安排人告訴太后劉氏龍胎不穩的事，但又覺得這麼說不妥，避重就輕地道：「是因為太后知道了劉氏龍胎——」

「錯！」那拉氏驟然打斷她的話，一字一句道：「是因為劉氏沖了太后鳳體，這才令太后含恨而終。」不等溫如傾說話，她又道：「本宮再問，為何之前太后梓棺上的釘子一直釘不下去？」

溫如傾好一會兒才回過神來，低頭思索片刻，試探著道：「可是劉氏沖了太后，所以釘子才釘不下去？」

那拉氏讚許地道：「溫貴人真是聰慧。其實很多時候，事實的真相如何並不重要，重要的是別人怎麼想、怎麼看。」

溫如傾許久都說不出話來，到了這個時候，她如何還會不明白，太后根本就是那拉氏害死的，為的就是讓劉氏與孩子背上不祥與沖撞太后的罪名。而那些太監的腹瀉，以及釘不下棺釘之事，可想而知，都是那拉氏一手安排的。

如此固然可以令劉氏就此失寵，可未免也太過心狠與膽大了，那可是太后啊，是皇上的親額娘，怎可說害便害了。這一刻，溫如傾突然生起一絲不安，自己一直以來是否將皇后想得太簡單了，至少自己便做不出這些。

正當溫如傾為那拉氏的手段心驚膽顫的時候，那拉氏已然道：「怎麼，溫貴人一直不說話，可是覺得本宮做得不對？」

溫如傾趕緊垂頭道：「臣妾不敢。」

那拉氏嘆著氣道：「唉，其實本宮也不願這樣做，可若不如此，只怕溫貴人要一輩子屈居於劉氏之下。」

見溫如傾不解其意，那拉氏耐著性子道：「劉氏承寵次數比妳與佟佳氏她們都少，卻能在妳們之中脫穎而出，成為第一個懷著龍胎之人，要說她沒本事，純粹只靠運氣，本宮可不信。這種人，要嘛不對付，既然對付了，就要讓她永遠翻不了身，再說妳與她本就已經有嫌隙了。」

溫如傾微微點頭。「所以娘娘想用太后一事，讓她在皇上心中成為不祥之人。」

「不錯，只有用這個辦法，才可以牢牢扼制她。」說到此處，那拉氏微微搖頭，神色哀切地道：「其實若不是為了溫貴人，本宮也不願這麼做，畢竟那可是太后呢，至今想起來，本宮仍覺得難過不已。」

溫如傾連忙起身拜倒，感激涕零地道：「娘娘厚愛，臣妾不知該如何報答。」

「妳與本宮之間，還說什麼報答不報答的話，快起來。」待她起身後，那拉氏道：「不過只憑本宮之前在慈寧宮做的那些，可還不足以讓劉氏失寵，還需要一劑狠藥。而這件事，本宮不方便去做，否則便太過明顯了。」

所謂的狠藥，便是命宮人將劉氏沖撞太后的話傳出去，流傳於整個紫禁城。在這樣的流言下，足以讓很多不是事實的事變成事實。

若可以除了溫如言與劉氏，再將熹妃亦拖下水，那就是一舉數得。

在權衡利弊之後，溫如傾終於下了決心。「娘娘放心，臣妾一定將這件事辦好，不讓娘娘一番苦心白費。」

那拉氏露出欣慰之色。「很好，本宮等著溫貴人的好消息。時候不早了，妳早些回去吧，免得惠妃起疑。」

溫如傾亦曉得自己不能久待，一欠身道：「是，臣妾告退。」

待其走得不見人影後，那拉氏口中緩緩吐出兩個字來：「蠢貨！」

小寧子露出一絲詭異的笑容。「她若不蠢，又怎麼能被主子利用呢？」

第九百三十九章　跟蹤

那拉氏笑而不語，由始至終，她都不是想幫溫如傾除掉劉氏，恰恰相反，她是要借這件事除掉溫如傾！等到龍胎一失，這個蠢貨便沒有了利用價值；而以流言中傷嬪妃與龍胎的罪名，足以令溫如傾失盡如今擁有的一切。

那拉氏從一開始就清楚溫如傾接近自己的動機，根本不是投靠，而是利用，利用她達到自己往上爬的目的。有野心是好，可若是沒有足夠的能力，那麼野心就會成為害死人的東西。

小寧子諂媚地笑道：「主子神機妙算，實在是令奴才佩服不已。」

那拉氏笑一笑又道：「你給那幾個太監下藥的時候，沒人發現吧？」

「主子放心吧，奴才很小心，並未讓人發現行蹤。」

那拉氏點頭，示意小寧子扶自己進去歇息，三天的守靈令傷勢不曾痊癒的她筋疲力盡。不過總算這件事如了意，眼下只等著看結果，到時候一定會很精采。

流言在後宮裡悄悄地流傳開，說是劉氏與她腹中的孩子都是不祥之人，正是劉氏沖撞了太后，才令太后早逝；更是由於她，棺釘才會一直釘不下去。

這日，凌若正在院中看書，忽的感覺有一片陰影投下，訝然抬眸，才發現瓜爾佳氏不知何時站在身前，當下笑道：「姊姊來了。」

瓜爾佳氏輕笑一聲，移步在她對面坐下，抬手抽走凌若手裡的書，目光一掃，就著書中的字句唸道：「殆有甚焉。緣木求魚，雖不得魚，無後災。以若所為，求若所欲，盡心力而為之，後必有災。」

唸完後，她翻開書卷前封，微一頷首道：「果然是《孟子》，不過妹妹又不去考狀元，看這些做什麼？」

凌若接過水秀端來的白瓷茶盞放到瓜爾佳氏面前，道：「是弘曆在學，我閒著無事便一道跟著他看看，權當解乏。」

瓜爾佳氏搖搖頭。「恐怕也就妳覺得無事了，我看這宮裡的事可是一日比一日多。對了，最近那個流言妳可曾聽到？」

凌若眼也不抬地道：「姊姊是說傳劉氏與龍胎為不祥之人的流言嗎？宮裡傳得沸沸揚揚，我又怎會沒聽過。」

瓜爾佳氏敲著手裡的書卷，似笑非笑地道：「妳可覺得這流言似曾相識？」

凌若眸中精光一閃，緩緩抬起頭道：「我懷弘曆的時候，也有過同樣的流言，而始作俑者，正是皇后。」

瓜爾佳氏睇視著她沐浴在秋陽下的臉龐道：「那妳覺得，這一次，是皇后所為嗎？」

「同一個招數，皇后不會用第二次，否則就不是皇后了，卻不知……」凌若側一側頭道：「是誰那麼自作聰明地用了皇后曾經用過的招數。這件事我已經命楊海他們在暗中追查了，應該很快會有消息。」

瓜爾佳氏點點頭，凌若想的與她不謀而合。她抿了口茶後道：「劉氏那邊因為傳言很是動氣，我上次去看她的時候，發現她心緒很差，身子也不行。」

「被人用煮過紅花的紗布濾安胎藥，身子又怎麼會好。我問過何太醫了，他說雖然有參湯壓著，但劉氏胎動不安的次數一日比一日多，若再找不出原因來，只怕這個孩子早晚保不住。」

瓜爾佳氏搖一搖頭，帶著幾許憐憫道：「唉，可憐了這個孩子，不過也是沒辦法的事，誰教他生在帝王家呢。」

凌若默然不語，這些天她一直逼著自己狠心，不去想這件事，可是越不想，心下便越難受，如今聽得瓜爾佳氏提起，更是五味雜陳。

瓜爾佳氏向來擅長觀人於微，見她這副模樣，哪有不知之理，撫著凌若的肩膀道：「一切皆是命數。再說，劉氏也不是什麼善人，她若生下孩子，只怕又是另一個年氏。」

「我曉得，可終歸……罷了，不說這些了。」凌若吸氣平復了一下內心的酸澀道：「姊姊難得過來，多坐一會兒，我讓小廚房午膳的時候多備些好菜。」

瓜爾佳氏亦順著她話道：「也好，我常聽皇上說妳小廚房裡做的菜比御膳房還好吃，正好藉此機會嘗嘗。」

彼時，彩燕因為一直查不到庫房日漸減少的紅參去向而煩悶不已，其他宮女叫她一道去踢毽子亦推脫了不去，站在角落裡絞盡腦汁地想著紅參的事。

她正想著，眼角餘光湊巧瞥見小鄧子從庫房裡閃出來，一隻手還往袖子裡塞著什麼。

彩燕心中一動，快步走過去，裝著無意道：「咦，鄧公公，您這會兒來庫房做什麼？」

小鄧子嚇了一跳，不自在地道：「沒什麼，主子說想看看庫房裡還有多少燕窩在，讓我來清點一下。」

彩燕奇怪地道：「主子不是前兩天剛讓我點過嗎？怎麼又來點算了？」

「許是主子忘了吧。行了，我還有事，先走了。」小鄧子搪塞一句，匆匆離開。

彩燕越發生疑，待小鄧子走了一段路後，她左右瞥了一眼，見宮人們都只顧著踢毽子沒人注意到她，忙輕手輕腳地跟上去。然彩燕作夢也想不到，自己這番舉動竟落入正準備走出來的溫如傾眼裡。

且說彩燕跟著小鄧子一路，發現他最後竟是進了御膳房，為免被發現，她沒跟進去，只是在門口張望。

小鄧子進了御膳房之後，熟門熟路地與安祿打了聲招呼，安祿那張圓臉上還是掛著親切的笑容。「又來給溫貴人煮紅棗湯啊？」

「是啊，天氣漸涼，貴人要多喝一些紅棗湯，身子才不會覺得寒冷。」這般說著，小鄧子熟門熟路地從櫃子裡拿出東西，見安祿還在旁邊，他笑道：「行了，安公公你去忙吧，我自己煮就行了。」

第九百四十章 玄機

「得了，那有事叫我。」如今正是快要用午膳的時辰，御膳房裡忙得不可開交，安祿也確實沒時間多待，就這麼幾句話工夫，已經有好幾人來問事了。

剛走一半，安祿忽的又回過頭來，若有所思地道：「對了，小鄧子，你認不認識惠妃身邊的宮女，叫芳巧？」

小鄧子手一抖，險些將捧在手裡的燉盅掉地上，穩住後，他有些勉強地笑道：「奴才沒注意這個，不知安公公為何突然這麼問？」

「哦，沒什麼，咱家只是覺得你與惠妃娘娘身邊的芳巧好像有幾分相像，若是站在一起，保準有人將你們兩個認作姊弟。呵，你是不知道那天晚上在這裡發生的事，那叫一個熱鬧啊。」正說著，又有人來催，安祿只得道：「罷了，咱家先忙去了，晚些與你說。」

見安祿走開，小鄧子暗自鬆了一口氣，在將加了紅棗和水的燉盅放到鍋上後，趁著沒人注意，再次打開櫃子，在一排燉盅最裡面，有一個繪著黃鸝鳴柳的燉盅。藉著櫃子的遮擋，小鄧子熟練地在底部一抽，薄薄的瓷片頓時被他抽下來，隨即幾片煮得有些發白的紅參亦掉了出來，隨著小鄧子將燉盅翻轉，可以看到燉盅邊壁竟然有夾層，夾層裡塞滿了紅參。

小鄧子將紅參一一取出，然後袖子一抖，將藏在袖中剛切下來的紅參片放入燉盅中，再重新將瓷片扣起來，一點兒痕跡也沒有留下。任誰都想不到，看似簡單的燉盅，竟然另有玄機。

這件事小鄧子想必是做多了，動作非常快，從取下瓷片到重新扣起，不過是眨眼的工夫，若非彩燕一直不眨眼地盯著，很容易漏過去。

看到這裡，彩燕終於明白庫房中少去的紅參去了哪裡，竟然全是在這個燉盅裡。若她沒猜錯，這燉盅應該就是之前溫貴人從皇后那裡拿來的，不過她相信現在用燉盅的是謙貴人，只是不曉得用什麼辦法讓謙貴人用了這個有問題的燉盅。

難怪最近一直聽聞謙貴人身子躁熱不安，敢情問題出在這裡，連她都知道紅參對孕婦是大害之物。

在想明白這些事後，彩燕，悄悄返回延禧宮。一回宮，她立刻回到自己屋中，將所見所聞寫在紙上，心裡是忍不住的興奮。只要將這封信送出去，熹妃娘娘交代她做的事便完成大半，相信溫貴人一倒，熹妃娘娘便會將她調過去伺候，就不知道到時候會怎麼重賞自己。

原本這個時候是不宜送信的，畢竟白日有那麼多雙眼睛盯著，但彩燕將信貼身藏好後出了房門，發現原本在院裡踢毽子的宮人不知去了何處，連溫如傾屋裡都靜悄悄的，一個人影也沒有，看樣子，似乎是隨溫如傾去了外頭。

太好了，連老天爺都幫她！彩燕難掩興奮之意，快步奔出延禧宮，將猶帶著體溫的信壓在延禧宮門口左起第三個花盆下面，隨後才輕手輕腳地走回去。

待回到院中時，令她意想不到的事發生了，之前不見的宮人竟然一下子冒出來，而溫如傾更是坐在屋裡施施然地飲著茶。

彩燕一愣，隱約覺得有些不對，但仍是打起精神走過去，笑道：「主子，您去哪裡了，讓奴婢好找呢。」

溫如傾微微一笑，嫵媚之意在脣角流轉，只聽她道：「我哪裡都沒去，就在這裡待著呢，倒是妳去了哪裡，我四處不見妳人影呢。」

「奴婢……」彩燕趕緊思索著答案，好一會兒才想出一個去處。「奴婢剛才去庫房了，想再將裡面的東西點算清楚，然後做一本冊子，以便於主子翻閱。」

溫如傾香舌輕舔，將嘴角的一滴茶水舔進嘴裡。「哦？真是細心，也不枉我對妳那麼看重。彩燕，妳可知為何當初那麼多宮人，我獨獨選中了妳？」

彩燕心中的不安越發強烈，低著頭道：「想是因為奴婢正好投了主子的眼緣。」

溫如傾微一點頭，道：「也許吧。當初我掉了耳墜，妳是第一個反應過來，幫我撿起來的。彩燕，我真的很喜歡妳這份機靈，所以妳來我身邊後，我對妳一日比一日倚重，但我怎麼也想不到，妳居然敢在我眼皮子底下耍花招。」

彩燕心慌地道：「奴婢不明白主子的意思，奴婢剛才是真的去庫房了，要不然奴婢此刻將庫房裡的存物背給主子聽。」

溫如傾抬手道：「不必了，我知道妳記性好，我前幾日才讓妳點算過庫房，而妳見過的東西，向來可以背個七七八八。」

正當彩燕不知該說什麼的時候，溫如傾撐著扶手站起身來，一對玉兔拜月的鏤金耳墜隨著她的腳步在頰邊輕動不止。

溫如傾一步步走到彩燕身前，伸手勾起她的下巴，一字一句道：「妳說妳去了庫房，為何我卻是看到妳偷偷摸摸地跟蹤小鄧子出去？若不是妳撒謊，就是我的眼睛出了問題。」說到這裡，語氣驟然一厲，喝道：「說，妳都看到了些什麼！」

彩燕慌得六神無主，怎麼也想不到，竟然會被溫如傾發現，這下可真是麻煩了。「奴婢什麼都沒看到，奴婢只是……」

「還在撒謊！」溫如傾姣好的臉龐剎那間變得猙獰可怕，就如一隻窮凶極惡的惡狼，她一把抓在彩燕頭髮上，用力一扯，強迫彩燕抬起頭來看著自己。「吃裡扒外的小賤蹄子，居然敢背叛我，看我怎麼收拾妳！」

第九百四十一章　螞蟻

彩燕感覺頭皮像是要被扯下來一般，痛得她直冒冷汗，同時嘴裡虛弱地否認：「奴婢跟蹤鄧公公只是一時好奇罷了，並沒有別的意思，請主子明鑑。」

「是嗎？」

隨著這兩個字，溫如傾驟然鬆開手，還沒等彩燕喘口氣，一個小太監匆匆奔進來，手裡拿著一張疊好的信紙。彩燕瞧著一陣眼熟，待聽到小太監的話後，她險些當場暈過去。

「主子，這是奴才在延禧宮外的花盆底下找到的信，應該就是彩燕剛才跑出去塞的。」

溫如傾一言不發地接過來，越看信上的內容，臉色就越難看，待看到後面，已是怒火中燒，惡狠狠地盯著彩燕，獰聲道：「妳居然真的背叛我！」

「奴婢……」彩燕剛說了兩個字，便被迎面而來的茶盞砸得眼冒金星，滾燙的茶水同時潑在她臉上。

溫如傾猶不解氣，再次抓了彩燕的頭髮，厲聲道：「賤人！說，這封信是給誰的？」

彩燕痛得說不出話來，然溫如傾卻覺得她是故意維護背後的人不肯說，氣得臉色發綠，扯著她的頭狠狠撞在旁邊的圓柱上，一下又一下，直至彩燕頭破血流，迭聲求饒方才停下來。

溫如傾一臉猙獰地瞪著彩燕。「賤人，那人給了妳什麼好處，居然敢背叛我，若不是我今日湊巧發現，事情就要壞在妳手上了！賤人！」

「主子饒命！」彩燕無力地叫著，但她心中卻是清楚，被溫如傾抓了個正著，再想活命是千難萬難了。

果然，溫如傾更加揪緊她的頭髮，怒罵道：「賤人，妳還有膽子求饒？若說出是誰讓妳這麼做的，我尚可賜妳一個全屍，否則，我要妳去了陰曹地府都拼不全自己的身體。說還是不說？」

正在這個時候，小鄧子端著煮好的紅棗湯進來，一踏進屋中便看到這副場景，不由得嚇了一大跳。

「主子，出什麼事了？彩燕她……」

小鄧子話還沒說完，臉上就重重挨了一下，打得他暈頭轉向，愣愣地看著溫如傾，不明白好端端的為何要打自己。

看著他那副樣子，溫如傾氣不打一處來，怒罵道：「你個蠢貨！被人跟蹤了都不知道，若不是我發現及時，如今咱們的事已經全被這死丫頭洩漏出去了！」

小鄧子知道自己犯了一個大錯，居然沒發現有人跟蹤，為了掩飾自己的過錯，他一轉身來到彩燕跟前，對著她臉頰就是兩巴掌。

「好妳個吃裡扒外的狗東西，主子待妳那麼好，妳居然敢背叛主子，真是找死！趁著現在趕緊說出那個指使妳的人，否則看我怎麼收拾妳。」

彩燕咬著牙沒有說話，看著她這個樣子，溫如傾低頭瞧著纏繞在指尖的頭髮，那是從彩燕頭上扯下來的。

「妳以為不說話，我就拿妳沒辦法了嗎？」

彩燕雖然被撞傷了頭，但心裡依然清楚明白，只要一說出熹妃的名字，溫貴人就會毫不猶豫地殺了自己。

溫如傾突然笑了起來，輕輕一吹，將指尖上的頭髮吹在彩燕滿是血汙的臉上。她彎下腰，點著彩燕光潔如玉的下巴道：「以前我在府裡時，有一個姨娘房中的丫鬟，為了擺脫奴僕的身分出人頭地，就去勾引我父親，結果被姨娘發現了。妳猜猜，姨娘是怎麼治她的？我可是一直想在別人身上試試呢，很新奇也很好玩。」這般說著，她忽的直起身道：「小鄧子，你說這個時節，螞蟻還有嗎？」

小鄧子好一會兒才反應過來，忙點頭道：「回主子的話，有的呢，前幾日奴才還在草叢裡見到一大群。」

溫如傾點點頭，吩咐人將彩燕的雙手雙腳綁起來，然後命小鄧子將此處所有的蜂蜜都拿出來，用刷子將彩燕全身塗滿蜂蜜，連頭上亦不放過，隨後將蜂蜜沿著彩燕一路倒至草叢中。

「你們到底想幹麼？」彩燕心裡泛起一股前所未有的恐懼，尤其是嘗到蜂蜜混著鮮血流到嘴裡的味道後，有一種大難將至的感覺。

「沒做什麼，不過是讓妳開開眼。」溫如傾回身至椅中坐下，命宮人重新沏了一盞茶來，慢慢地抿著，而她的目光一直不離彩燕。

「啊！螞蟻！」不知道誰喊了一句，緊接著就有人看到黑壓壓的螞蟻正沿著蜂蜜快速爬過來，而牠們的方向正是全身塗滿蜂蜜的彩燕。

彩燕終於明白溫如傾的意思，是想讓螞蟻爬滿她全身！

一想到自己渾身爬滿那些東西，彩燕就直起雞皮疙瘩，不住地向溫如傾求饒，而後者只是饒有興趣地看著那些螞蟻越來越近，直至牠們開始爬上彩燕的身子、臉，原本白淨的一張臉，頓時變得斑斑點點，若不細看，還道她長了許多麻子，而更多的螞蟻從領口、袖口爬了進去。

溫如傾眼中閃爍著冰冷的光芒，她當日在府中所看到的就是這樣，那個丫鬟被螞蟻爬滿全身，連私處都有，不論她在地上怎麼打滾都驅不散那些螞蟻。

螞蟻爬過身體時又麻又癢，而這還不是最可怕的，可怕的是有些螞蟻極是凶狠還帶著毒，當牠們狠狠咬在皮肉上時，會感覺很痛，緊接著被咬的地方就會腫起一個紅包，若不及時處理，紅包就會慢慢腐爛流膿。

那個丫鬟被姨娘整整折磨了三天方才死去。其實那些螞蟻並不足以要她的命，她是被那份恐懼活活嚇死的。

溫如傾看到那一幕時才十一歲，但是印象卻很深，直至現在仍歷歷在目。

第九百四十二章　逼問

「主子饒命啊！奴婢不敢了！」彩燕能感覺到螞蟻在咬自己，還有那爬過皮膚的驚慄感覺，她忍著不住哭著大叫起來，怎麼也想不到溫如傾竟然會想出這麼惡毒的法子來折騰自己，她快要瘋了。

而這種刑罰，也讓小鄧子等人起了一身雞皮疙瘩，有膽小的甚至不敢再看。他們寧願被打上一頓也不願讓螞蟻在自己身上肆無忌憚地爬，實在是太可怕。

溫如傾施施然放下茶盞，抬眼道：「彩燕，我再給妳最後一次機會，說出主使妳的那個人，否則這些螞蟻一輩子都會跟著妳。」

「貴人，求您饒過奴婢，奴婢知錯了！」彩燕的聲音驚惶而無助，在地上不住地掙扎著，想要阻止螞蟻繼續爬上來，渾身的瘙癢與痛意已讓她瀕臨崩潰。

溫如傾微微點頭，漫然道：「看樣子，妳是準備維護妳身後那個人到底了，也罷，妳既那麼忠心，我就給妳一個盡忠的機會。」目光一轉，起身對小鄧子道：

「走，扶我去御花園走走，讓她一個人在這裡慢慢待著，待個幾天幾夜。」

見溫如傾要走，彩燕更慌了，若非手腳動彈不得，她早已去拉溫如傾的衣裳。

「不要，貴人不要走，奴婢說！」

「哦？現在又想說了？」溫如傾收回腳步，冰冷無情地盯著被螞蟻爬遍全身的彩燕。「好，我再給妳一個機會，妳若還敢耍花招，我就將妳關在庫房中，到時就算妳喊啞了喉嚨也沒有人來救妳。」

「我說！我說！」彩燕怕了，是真的怕了，她從未想過竟有這麼噁心可怕的刑罰，簡直比杖責、鞭刑可怕百倍。

「是……是熹妃！」在溫如傾的威逼下，彩燕終於說出這個名字。

下一刻，溫如傾狠狠一掌擊在桌上，厲喝道：「果然是她！」

鈕祜祿氏簡直陰魂不散，之前險些在溫如言面前揭穿了她，還害得她差點入了冷宮，現在又派彩燕在她身邊做內應，監視著她的一舉一動。這般想著，溫如傾眼中的戾氣更盛，花盆底鞋狠狠踩在彩燕手背上，用力地碾著。「說，妳什麼時候趁著我不注意與熹妃見的面？」

「沒有，奴婢從來沒有見過熹妃。」不等溫如傾發怒，彩燕忍著手指上的劇痛，急急道：「奴婢之前在內務府等著分配，後來楊公公來了，說是要送人到惠妃與貴人這裡，然後奴婢便與其他人一道被挑中了。楊公公問了奴婢們好些個問題，之後更一個個單獨說了許多，輪到奴婢時，他先問了一些無關緊要的話，後來突然問奴婢，說願不願意去熹妃娘娘身邊伺候。」

「奴婢說願意，楊公公便告訴奴婢，只要奴婢來了惠妃娘娘身邊後，幫著注意貴人一舉一動，然後將事情悄悄告訴他，待事情了了之後，便會與內務府商量，將奴婢要去承乾宮。哪知道後來奴婢被貴人看中……」

溫如傾咬牙切齒地道：「然後妳就幫著熹妃監視我，再透過那樣的花招給他們通風報信是嗎？」

彩燕不敢答話，不過已經不要緊了，溫如傾已經想通所有事，花盆底鞋再次用力碾著彩燕的手，甚至能聽到指骨咯咯作響的聲音，許久才移開腳。

她煩躁地在屋中來回踱著，「蹬蹬」的聲音彷彿敲在每一個人心中，令他們一個個都不敢抬頭。

聲音倏地一停，溫如傾停下腳步，盯著彩燕道：「這麼說來，紗布上紅花的事，熹妃也已經知道了？」

「是……」

彩燕剛說了一個字，便見溫如傾揮手將小几上的茶盞拂落在地，發出一聲重響，而她更是怒容滿面地道：「該死！該死！想不到我竟然引狼入室，信了妳這隻白眼狼！」

彩燕被滿身的螞蟻折磨得難受不已，再加上指骨傳來的劇痛，冷汗涔涔地哀求道：「貴人，奴婢已經將知道的事都說出來了，求您饒了奴婢吧！」

聽到她的話，溫如傾一下子從盛怒中冷靜下來，可是這樣的她卻更加讓人害怕，眉眼間瞧不見一絲嫵媚笑意，唯有無窮無盡的陰冷與嗜血。「饒妳？妳這樣出賣我，還想讓我饒妳，簡直就是痴人說夢！」

「可是貴人剛才明明說了，只要奴婢說出主使者，您就會饒了奴婢。」彩燕慌得不知怎麼是好。

溫如傾冷笑著道：「我有說過嗎？我只是說妳若不說，這些螞蟻就會一輩子跟著妳，卻沒有說過，妳說了，螞蟻就不會跟著妳。」

「妳……妳騙我！」彩燕用力大叫，眼裡盡是無盡的恐懼與絕望。

「這一切皆是妳該受的懲罰，懲罰妳對我的背叛！」這句話，溫如傾喊得歇斯底里。

進宮這麼久，她還從未吃過這樣的大虧，若非事有湊巧，讓她發現彩燕行蹤詭異，她所有的事都要壞在彩燕身上，這一切讓她如何不恨、如何不怒。

爬到彩燕身上的螞蟻越來越多，而且還有更多的螞蟻從外頭爬進來，遠遠看去，猶如一條黑而粗的線將彩燕層層纏繞，任她怎麼掙扎都於事無補。

正當溫如傾冷眼看著彩燕哀號時，外頭響起急促的腳步聲，抬頭看去，只見溫如言正快步走過來。

溫如傾心中一驚，眼下尚不到與溫如言撕破臉，萬一讓她看到自己這麼待彩燕，豈非難以解釋，要是讓她起了疑心，那就得不償失了。

這個念頭剛轉完，溫如傾還來不及讓人收拾，溫如言便走了進來，當她看到躺在地上的彩燕以及滿身的螞蟻時，不禁被嚇了一大跳，倒退一步，險些摔倒。

「主子小心。」溫如言的貼身內監在旁邊扶了一把。

溫如言撫著胸口，定一定神，對正走過來的溫如傾厲聲道：「如傾，妳這是在做什麼？」

第九百四十三章　一宮之主

「姊姊。」這會兒工夫，溫如傾心裡已經有了主意，撇著嘴道：「妳是沒見到彩燕剛才無禮的樣子，摔了茶盞不認錯，還與我頂嘴，我一時氣憤，所以便想出這個法子懲罰她。姊姊放心，不過是無傷大雅的玩笑罷了，要不了命的。」

「這也叫無傷大雅？」溫如傾指著哀叫不止的彩燕，滿面震驚地道：「若是換了妳被弄成這個樣子，我倒想看看，妳是否還能跟我說出無傷大雅這四個字。」

「姊姊那麼凶做什麼，她做錯了事就該受罰。再說了，好端端的扯到我身上做什麼。」她一噘嘴，委屈地道：「姊姊可別忘了，我才是妳的親妹妹，而彩燕不過是一個奴才罷了。」

「這麼說來，妳倒還有理了？」溫如言不假辭色地看著她，令後者無端一陣心慌，總覺得此刻的溫如言好像與平日裡有些不一樣。

「我只是實話實說罷了。姊姊既然不喜歡，那就別看了，我陪姊姊去御花園裡走走吧，正好摘一些金桂來放在屋裡。」

她急切地想要轉移溫如言的注意力，無奈溫如言這次壓根不吃她那套，冷淡地道：「我沒興趣。」

溫如傾眼珠子一轉，又道：「對了，姊姊怎麼會突然來我這裡，可是有事？」

「有事？」溫如言瞥了她一眼，眸中是無盡的痛心。「我聽宮人說妳這裡有些古怪，所以過來看看，沒想到竟看到這一幕，而妳竟然還跟我說，不過是一個玩笑。」

溫如傾面色一沉。

她這裡的動靜並不大，此處與主殿也有一段不算近的距離，不管彩燕怎麼叫都不可能傳到主殿，怎的就將溫如言驚動了？一個念頭突然從心裡蹦出來，令她目光連連閃爍，驚疑地道：「難道姊姊一直在派人監視我？」

此話一出，莫說溫如傾那邊的人，就是素雲幾個隨溫如言一道過來的人都滿面驚訝，唯有溫如言與扶著她的內監周海神色淡然。

看到她毫不吃驚的樣子，溫如傾的懷疑瞬間變成了肯定，厲聲尖叫著：「姊姊妳竟然真的在監視我！妳為什麼要這麼做？」

溫如言沒有理會狀若發瘋的她，只是對周海道：「去，解了彩燕身上的繩索。」

不等周海答應，溫如傾已經驚慌地道：「不行，不可以解！」

溫如言轉頭看著她，只說了一句：「為什麼不可以？」

「因為……因為……」溫如傾目光一閃，有些勉強地道：「因為她冒犯了我，怎可這麼簡單就恕了她，少不得也要關她幾天才行。」彩燕知道她這麼多祕密，她對彩燕早已存了必殺之心，豈肯就此放過。

溫如言纖長濃密的睫毛輕輕一顫，微抬了下巴道：「只是冒犯而已，又不是什麼大錯，且妳也已經懲罰她了，一切到此為止。周海，去解開彩燕的繩子，放她離開。」

「不行！」溫如傾再一次出言阻止，甚至直接擋在彩燕身前，狠厲在眸底若隱若現。「彩燕是我的人，該如何處置由我決定，我知道姊姊心善，但有些人妳若是待她太客氣了，她不只不會感恩，還會得寸進尺。彩燕這人，看著老實，實際上根本沒安好心。」

彩燕顧不得爬在嘴邊的螞蟻，大聲求救道：「娘娘救奴婢！奴婢根本沒有頂撞溫貴人，她之所以這麼待奴婢，是因為奴婢知道了她暗中做下的事，她怕奴婢去告訴熹妃娘娘！」

「熹妃……」

溫如言喃喃唸著這兩個字，不知在想些什麼。

溫如傾怕彩燕再說下去，會將自己做過的事都抖出來，趕緊道：「姊姊，妳莫聽她胡說，她被我懲罰，懷恨在心，所以故意編了一些話來唬姊姊。」

溫如言低下頭，沒有追問什麼，只是淡淡道：「既然如此，妳為何不肯讓本宮解開她的繩子？如傾，究竟是彩燕在騙本宮，還是妳在騙本宮？」

溫如傾有些陌生地看著溫如言，以前溫如言從不在她面前擺惠妃娘娘的架子，在她面前也從不自稱本宮，如今怎麼……

見溫如言一直盯著自己不放，溫如傾顧不得細想，忙道：「姊姊說的哪裡話，我是妳親妹妹，怎麼會騙妳呢？實在是這個彩燕太過分，讓我嚥不下這口氣。」不等溫如言說話，她就攬著溫如言的手臂撒嬌道：「好了，姊姊，不說這個奴婢了，要不我陪妳回正殿？正好我也有些話想與妳說呢。」

「不必了。」溫如言將手從她懷裡抽出來，冷聲道：「先將彩燕解開，餘下的慢慢再說。」

見溫如言執意要解彩燕的繩子，溫如傾不禁有些怒上心頭，強壓了怒氣，僵硬地道：「姊姊，彩燕是我的奴才，我會處置她，不勞姊姊費心。」

「這麼說來，妳是不肯了？」溫如言不置可否地點點頭，下一刻語氣嚴厲了起來：「妳別忘了，這裡是延禧宮，而本宮是延禧宮的一宮之主，宮裡的任何一個奴才本宮都有權力處置，包括彩燕！」

溫如言異於尋常的態度，令溫如傾感覺到不對，然此時已經顧不得想這些了，趕緊攔住周海，同時道：「姊姊，妳別逼我！」

「逼妳？」聽到這兩個字，溫如言只覺得無比諷刺，她搖頭，緩緩吐出一句話：「如傾，相逼的那個人，從來都是妳。」說罷，聲音一厲，對猶豫不決的周海道：「沒聽到本宮的話嗎？立刻去解了彩燕的繩子。」不等溫如傾再說，她又以一種狠厲無情的語氣道：「本宮就在這裡站著，哪個若敢違抗本宮的命令，就拖出去亂棍打死！」

溫如傾從未見過這樣疾言厲色的溫如言，狠狠地被震懾了一下，等她回過神來時，周海已經解了彩燕腳上的繩子，此刻正在解她手上的繩子。

第九百四十四章　撕破臉

若讓彩燕跑出去……一想到這個，溫如傾便渾身發涼，顧不得偽裝，朝小鄧子等人厲喝道：「愣著幹什麼，還不給我攔下！」

小鄧子腳剛動了一下，溫如言便冷眼掃過來。「本宮就在這裡，哪個敢動一下試試看！」

她這一句帶著狠意的話，讓小鄧子幾人頓時蔫了，不敢再上前，把溫如傾氣得直罵：「一群沒用的東西！」

這一會兒工夫，彩燕身上的繩子已經全部解開，周海雖然已經很小心，但手上還是被爬上許多螞蟻，看著手上黑黑的一點一點，他直起雞皮疙瘩，可想而知彩燕是何感受。

手腳剛一得自由，彩燕便跳起來，什麼也顧不及，便往外衝，不曉得是去找水洗身上那些螞蟻還是去承乾宮了。

因為有溫如言的震懾，任憑溫如傾怎麼叫罵都沒一個人敢動，溫如傾氣急之下追了上去，可是她踩著三寸高的花盆底鞋如何追得到，還沒走兩步便扭了腳，痛得她邁不開步，小鄧子趕緊上前扶她坐下。

「好了，姊姊現在高興了？」到了這個時候，溫如傾若還看不出問題，那就是天下第一大蠢人了。

溫如言看了她一眼，道：「你們都退下吧，本宮有話要單獨與溫貴人說。」

周海等人無聲地退下去，小鄧子看了溫如傾一眼後亦退了下去，並將門帶上。門一關，外頭晴好的秋陽便被隔絕在外，令裡面一下子變得陰森起來。

溫如傾第一個開口：「妳是從什麼時候開始懷疑我的？」

溫如言繞過地上狼藉的碎片在椅中坐下，漠然道：「從妳想去給皇后報信，被若兒與雲悅抓了個正著開始。」

溫如傾臉頰狠狠抽搐了幾下，難以置信地道：「那妳當初為何還與熹妃、謹嬪她們據理力爭，說相信我是去皇后身邊做內應，甚至為此與她們翻了臉？」

在微不可聞的嘆息聲中，溫如言道：「若不如此，又怎能讓妳對本宮毫無戒心，覺得本宮愚不可及，可以任妳利用。」靜默片刻，她再一次道：「曾經本宮真的很相信妳，被親情蒙蔽了雙眼，看不清真相，更曾為妳與若兒爭執過。可是那一回，她們確確實實在延禧宮外抓到了妳，容不得本宮不信。從那時起，本宮就知道，溫家上上下下沒有一個是好人，妳同樣不是。什麼為了陪伴本宮而情願入宮，那都是欺世欺人之言。妳真正的目的是榮華富貴，是貴妃、皇貴妃乃至皇后之位！」

溫如言越說越激動，蒼白的臉上帶了一絲難堪的潮紅，緩一緩氣道：「而本宮，於妳而言，不過是妳手裡的棋子，是妳腳下的踏板。什麼姊姊，什麼親情，妳根本不屑一顧，妳與爹一樣，唯利是圖，不擇手段！」

溫如傾感覺自己好像被人扒光了衣裳一般，什麼祕密都沒有了。她怎麼也想不到，溫如言不僅早就看清自己，更將自己看得這麼透澈；而自己還一直以為她被姊妹親情蒙蔽了雙眼，任由自己玩弄於股掌。

話說到這分上，已經沒有轉圜的餘地，溫如傾明白，今日之後，她與溫如言之間，必將是一個你死我活的結局。

溫如傾忽的笑了起來，彈著粉紅色的指甲道：「姊姊不要說得這麼冠冕堂皇，妳能坐上今日的位置又能比我好得了多少？」

溫如言看著她那張不知悔改的臉，憤然道：「可至少本宮不會像妳那麼不擇手段，連自己姊妹也出賣！」

溫如傾往前傾了傾身子，詭異地笑道：「是啊，妳是沒出賣過姊妹，可是妳女兒呢，涵煙呢？」

溫如言神色一震，脫口道：「妳什麼意思？」

溫如傾臉上的笑意越發濃了。「什麼意思，我的好姊姊，妳是真不明白還是假不明白。妳為什麼能坐上惠妃的位置，還擁有協理六宮的權力，個中緣由，妳不是應該比我更明白嗎？一切皆是因為涵煙。因為她的遠嫁，讓皇上心裡對妳充滿了內疚，所以借這些不斷地補償妳。真要論起來，妳比我不知心狠百倍，為了地位、權勢，連自己女兒也可以出賣。」

「妳不要在那裡顛倒是非！」溫如言氣得渾身發抖，倏然站起身來，指著溫如傾道：「本宮從來沒有出賣過涵煙，是皇上非逼著她遠嫁，為此本宮與熹妃皆去求過皇上！」

「是啊，可惜皇上不肯收回成命。」溫如傾漫然站起身來，與她面對面站著。

看著那張臉，溫如言忽的浮起一個念頭，沙啞地道：「妳當時與本宮說曾求過皇上，是否騙本宮的？妳根本不曾求皇上，甚至……」

溫如傾低頭吹著指上的碧璽戒面，淡淡道：「其實說起這件事來，姊姊還要謝謝我呢。當時皇上猶豫不決，是我幫著勸了一把，這才讓妳坐上惠妃娘娘的位置。」既然已經到了這分上，這些事也沒必要隱瞞了。何況她一直都盼著溫如言知道真相時那悲痛欲絕的樣子，眼下終於有機會見了。

果然，就像溫如傾預料的那樣，溫如言猶如被人點了穴一樣，站在那裡，半天說不出一個字來。

溫如傾也不催促，只是饒有興趣地看著她那張青白交錯的臉，這樣的臉色真是賞心悅目，百看不厭。

不知過了多久，溫如言終於從嗓子裡擠出一句完整的話來，然那聲音嘶啞得厲害，根本就不像她自己：「真的是妳？」

溫如傾笑而不答，不過這已經足夠了，下一刻，溫如言用盡力氣一巴掌搧在她臉上，同時怒罵：「溫如傾，妳還是不是人！妳為了權勢、地位對付我不要緊，可涵煙與妳根本沒有絲毫牽連，也威脅不到妳的地位，妳竟然故意送她入虎口！」

溫如傾挨了一巴掌，氣得要發狂，回罵：「要怪就怪妳生了她，卻沒辦法保護她！她落得遠嫁和親的下場，都是妳害的！」

第九百四十五章　一起死

「我害的？」溫如言一邊哭一邊笑。「是，是我害的，是我沒有阻止妳入宮禍害我們母女，才讓妳有機會害了涵煙，我該死！」

聽著這樣的話，溫如傾又笑了起來，捂著臉道：「是，妳是該死，涵煙這麼久沒消息，肯定是已經死了！妳既然那麼疼女兒，就早些下去陪她，別在這裡礙手礙腳，左右皇上對妳已經沒什麼情分了。」

「我該死，不過就算要死，我也要先殺了妳為涵煙報仇！」話音未落，溫如言已是驟然發難，雙手左右開弓，狠狠摑打著溫如傾，打得她直發懵，好不容易想起要躲閃時，臉上已經挨了十幾下。

「溫如言，妳打我！妳敢打我！我要去告訴皇上、皇后！」她氣得快要發瘋了，怎麼也想不到溫如言反應會這麼大，還敢動手打自己。雖然自己只是一個貴人，但也不能任她這般打罵，鬧到皇上、皇后跟前，溫如言絕對討不得好。

「我不只要打妳，還要打死妳！」溫如言手上動作不停，又在溫如傾臉上搧了好幾下，一邊打一邊哭。「溫如傾妳喪心病狂，害死了涵煙，今日我若不殺妳，就算死了也無臉去見涵煙。」

「妳滾開！」溫如傾用盡力氣，終於推開了發瘋一般的溫如言，咆哮道：「我是皇上親封的貴人，妳敢殺我？」

溫如言看著自己通紅的雙手，十指在不停地顫抖，她喃喃道：「我的愚蠢害死了我唯一的女兒，這樣的我活著又有什麼意思，死……呵！」她驟然抬眼，死死瞪著溫如傾，令後者下意識地後退，不敢與之對視。

只聽溫如言一字一句道：「我說過，就算要死，我也要先殺了妳為涵煙報仇！」

溫如傾連忙大聲喊：「來人！」

門剛動了一下，還沒有開啟，溫如言便厲喝道：「誰許你們進來！沒見本宮正與溫貴人議事嗎？哪個敢擅自闖入，一律處死！」

外頭的人影聽到這番話，在猶豫了一下後，沒有再繼續推門，退了開去。

溫如傾害怕不已，迭聲叫：「不許走，進來！都給我進來，這瘋女人要殺我啊！」

溫如言冷然道：「沒有用的，這裡是延禧宮，哪怕本宮再不得寵，都是一宮之主，他們不敢那麼大膽地違抗本宮命令。溫如傾，妳死心吧，今日沒有人能救妳！」

「妳這個瘋子！」溫如傾害怕不已，捧起茶几上的花瓶，用力往溫如言砸去，可惜沒砸著，被後者側身避了過去，然後一步步朝她逼近過來。

溫如傾避無可避，眼珠子轉了好幾圈，擺出一副可憐的樣子。「姊姊，我知道自己這一回錯得太厲害，求妳再原諒我一次好不好？以後我一定洗心革面、痛改前非。姊姊，妳再給我一次機會吧，我始終是妳親妹妹！」

她不說這話還好，一說此話，溫如言眼中的瘋狂之色越發濃烈，整個人猶如發瘋的獅子，尖聲道：「妳還好意思與我說親妹妹三個字，妳若顧念一點兒姊妹之情，就不會百般利用我，更不會送涵煙去死！溫如傾，今日不論妳說什麼花言巧語，我都必殺妳！」

溫如傾見這個法子不奏效，便想開門逃出去，可是溫如言識破她的心思，根本不讓她接近，她只能在屋裡兜著圈子。

幾番追逐下來，溫如傾已是大汗淋漓，體力大為透支，哀求道：「姊姊，只要妳饒過我，一切都好說，妳我都是父親的女兒，難道妳真要手足相殘嗎？」

溫如言同樣不好受，但意志逼著她咬牙撐下去。「父親？呵，他從來只視我為可以利用的工具，當發現我不能將好處帶給溫家時，便如敝屣一樣隨意扔棄，根本沒有一點兒父女親情。從今日起，我與溫家恩斷義絕，至於妳，我必殺無疑！」

溫如傾快要瘋了，在被逼到角落時，看著一步步接近的溫如言，惶恐地大叫：「妳……妳不要逼我！」

溫如言什麼也沒有說，因為她已經說得足夠多了。溫家雖然給了她生命，但那家人唯利是圖，根本不念任何親情，是她愚蠢，竟然相信溫如傾與其他溫家人不同，從而給涵煙帶來災難。今日，拚卻這條命不要，她也要替涵煙報仇，親手消滅自己引來的禍患！

她上前，一把抓住溫如傾的頭髮，發狂一樣地將她的頭用力撞向後面堅硬的牆壁，眼裡充滿無盡的恨意。她的力道像是要把溫如傾頭皮扯下來一般，痛得溫如傾大叫不止。很快的，有殷紅的鮮血自髮間流了下來，從眼睛一直流到下巴。

眼前被自己的血染成一片紅色，溫如傾害怕得哭了出來。她從沒想到溫如言瘋起來會變得這麼可怕，簡直跟野獸一樣，再這樣下去，自己真的會被打死的。不行，她不要死，她才只是一個貴人，連一宮娘娘都不是，更不要說是皇妃乃至皇貴妃，怎可以就這樣死去。

想到此處，溫如傾不知哪裡來的力氣，用力將溫如言推開，顧不得頭髮被抓下來的疼痛，發足往門奔去；可是她奔了沒幾步，便被溫如言抓住衣裳，嚇得使勁掙扎，兩邊同時用衣，衣裳受不住力，生生被撕裂了下來，露出裡面月白色的中衣。

溫如傾感覺身子一輕，趕緊往前跑，然下一刻卻覺得腳上一沉，邁不開步，而身子則收勢不住地往前摔倒。疼痛中她回頭看了一眼，只見溫如言趴在屋裡扯著她的腳，臉上露出猙獰瘆人的笑意。

「溫如傾，今日妳逃不走的。」

第九百四十六章　不甘心

這句話刺激到了溫如傾，她喃喃著道：「不，我不會讓妳殺了我的，我好不容易才走到這一步，我要活著，一定要活著！」

這樣說著，她的神色亦變得猙獰，手指摸到剛才花瓶摔破時的碎片，趕緊撿起來，朝溫如言揮舞道：「放開我！不然我就在妳身上開幾道……」

不等她說完，溫如言已經撲過來，雙手用力往她脖子掐，全然沒在意溫如傾手上的瓷片是否會傷到自己。

脖子一被掐住，溫如傾立時感覺呼吸困難，臉漲得通紅，手上的瓷片在溫如言手臂上劃了好幾道口子，可流出的鮮血並不能讓溫如言鬆開手，反而掐得更緊，讓她眼睛漸漸開始翻白。

「呃！妳……咳……」溫如傾扔掉手裡的瓷片，用力去掰溫如言的手，可那雙平常看起來纖細的手此刻卻像是鐵鉗子一樣，怎麼掰都掰不開。

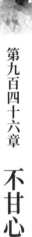

危急之中，溫如傾用盡最後力氣抬腳夾住溫如言的身子，然後往旁邊一翻，將溫如言帶倒在滿是碎片的地上。劇痛下，溫如言手裡的勁道不由得一鬆，溫如傾趕緊趁著這個機會把她的手掰開，然後半跪在地上大口大口地喘氣。

溫如言背部被許多尖銳的碎瓷片刺破了皮膚，然她彷彿未覺，依然爬起來追上溫如傾，鐵了心要殺死對方。

在她快要抓到溫如傾的時候，後者眼裡閃過一絲狠意，眼角餘光掠過地上一塊最大最尖利且朝著上方的碎瓷片。機會就在眼前，只有先殺了溫如言，她才可以活命！

這般想著，她忽的上前，一把抱住溫如言，將溫如言往地上摔去，倒下去的方向正是碎瓷片，等溫如言意識到不對的時候，已經來不及了。

「噗！」尖銳如匕首的瓷片毫無意外地破開衣裳與皮膚，直插入體內，溫如言只感覺後背一涼，緊接著力氣伴著溫熱從身體裡慢慢流失。

溫如傾慢慢站起來，整理好錦衣上的皺褶與滿是鮮血的頭髮，雖然身子搖搖欲墜，卻可以居高臨下地俯視著站不起來的溫如言，眼裡再一次充滿笑意。「姊姊，看來這次妳沒機會殺我了，不對，應該說妳以後都沒機會殺我了！」

「妳！」溫如言眼裡充滿不甘，可是刺入後背的冰涼，讓她什麼也做不了，只能眼睜睜看著溫如傾在自己面前耀武揚威。

恨，好恨！明明只差一點便可以殺了她，竟然功虧一簣！

溫如傾得意地俯下身，輕言道：「不甘心是嗎？呵呵，那妳就帶著這份不甘心下地獄吧。」說到這裡，虛偽的笑意驟然消失，取而代之的是憤怒、仇恨。她箝著溫如言的下巴，一字一句道：「我不會死的，我會踩著妳，踩著所有人，一步步成為後宮裡最有權勢的女人！」

溫如言突然笑了起來，那樣的笑容落在溫如傾眼中是說不出的刺眼，她惡狠狠道：「妳笑什麼？」

溫如言咳了一聲，虛弱地道：「我笑妳太天真，就算我殺不了妳，可是妳別忘了，彩燕逃出去了，她會將妳的惡行公諸於天下。謀害皇嗣還有謀害嬪妃的罪名，足以讓妳死上一百次。溫如傾，就算我死了，也一定會在黃泉路上等妳相隨。」

溫如傾剛剛恢復了幾分血色的臉色再次變得難看無比，好一會兒方才吸氣緩了下來。「可惜妳註定要失望了，我絕不會讓妳等到那一天的。」

溫如言還要再說話，但背後的劇痛令得她喘不過氣來，同時意識亦開始模糊，最終陷入無邊的黑暗中。

看到溫如言暈過去，溫如傾冷冷一笑，將自己剛剛整理好的衣裳再次弄亂，然後快步跑去打開門，對候在外頭的一干宮人驚慌失措地道：「快去傳太醫，惠妃摔倒時不甚刺破了背，流了許多血！」

「主子！」素雲與周海剛才一直聽到裡面有動靜，卻沒想到竟然出了這麼嚴重的事，驚呼一聲趕緊奔進去，果然見溫如言昏迷不醒地倒在血泊中。

周海趕緊快步跑去請太醫，而素雲則手足無措地守在溫如言身邊。傷口在背部，她連動都不敢動，唯恐觸動了溫如言會讓傷勢更嚴重。

彩燕跌跌撞撞地跑出延禧宮後，恨不能立刻跑到水裡將身上還在爬行的螞蟻都沖走，所幸她還有幾分理智，知道自己不懂水性，要是真跳下去，那就爬不上來了。她咬牙忍著身上的不適，在沿路宮人驚異害怕的目光中往承乾宮奔去，此時此刻，唯有熹妃才救得了自己。

巧的是，這一日瓜爾佳氏也在，她原是聽說弘曆學了西洋的畫技，連胤禛都讓他幫著畫了，很是好奇，便也想過來畫一幅，左右她在宮裡也沒什麼事。哪知畫到一半，便看到一個渾身爬滿螞蟻的人跑進來，將她與弘曆嚇得不輕。

彩燕一奔進來便大聲叫：「熹妃娘娘在哪裡，我要見她，我要見熹妃娘娘！」

「妳、妳是什麼人？」水秀等人都被彩燕可怕的樣子嚇了一跳，尤其是那些螞蟻還在她臉上爬動，有幾隻甚至順著嘴巴爬進去。

「妳……妳是彩燕？」楊海也在，從其輪廓中認了出來，卻是不敢肯定。

彩燕也認出他來，用力點頭道：「是，是我！熹妃娘娘在哪裡，我有重要的事與她說！」

楊海看到她這副樣子，心知必是出了大事，趕緊道：「妳在這裡等一會兒，我這就去請主子。」

凌若被太陽晒得有些眼暈，所以去裡面歇了一會兒，聽得楊海的稟報，趕緊扶著他快步出來。當她看到彩燕滿身螞蟻的樣子，被狠狠嚇了一跳，定一定神後對楊海道：「你趕緊去準備水，好讓彩燕淨身。」

待楊海下去後，她問：「彩燕，出什麼事了？」

第九百四十七章 計畫開始

彩燕感激地看了凌若一眼，隨後急急道：「奴婢今日發現溫貴人身邊的鄧公公很可疑地從庫房出來，便跟他一路到了御膳房，發現原來謙貴人用的那個燉盅邊壁有夾層，而庫房裡少去的紅參，就是被放在夾層中。對了，謙貴人用的是一隻繪有黃鸝鳴柳的燉盅。奴婢原本想將這件事寫信告訴娘娘，卻被溫貴人發現了，信也被她截了，她逼奴婢說出娘娘的名字，甚至在奴婢身上塗蜜，引螞蟻爬身，奴婢受不住只能說了出來，請娘娘恕罪！」

看到彩燕這個樣子，凌若又怎忍再苛責，這樣噁心而恐怖的刑罰，只怕換了任何一個人都熬不住。「這件事不怪妳。」

瓜爾佳氏將彩燕的話一一聽在耳中，有些奇怪地道：「妳說出來之後，溫貴人便放了妳嗎？這有些不像是她的為人。」

「沒有，溫貴人沒有放我，後來惠妃來了，是她命人放奴婢走的。」

彩燕的話讓凌若大吃一驚，急急問：「惠妃怎麼會來的？還有，妳離開的時候，惠妃與妳一道離開了嗎？」

彩燕搖頭道：「沒有，奴婢走的時候，惠妃還留在溫貴人那裡。奴婢知道的便只有這些了。」

凌若轉頭看到楊海領著兩個小太監提水過去，遂道：「行了，妳先下去淨身，多洗幾次。」

打發了彩燕下去後，凌若抬腳欲往外走，被瓜爾佳氏一把拉住道：「妳要去哪裡？」

凌若沉目道：「我要去延禧宮，我覺得惠妃這次不是湊巧救下彩燕，有可能她……」她心思亂得很，深吸了幾口氣道：「總之如今她與溫如傾在一起讓我感覺很不好，我擔心她會有危險。」

瓜爾佳氏攔著不放道：「我知道妳在想什麼，但惠妃不會有事的，溫如傾就算膽子再大，也不敢明目張膽地對她做什麼，妳別自亂陣腳。眼下當務之急是要將溫如傾的惡行揭發出來，萬一讓她毀了證據，那一切就成了無用功，下一次想再治溫如傾，真比登天還要難。」

在她的勸說下，凌若漸漸冷靜下來。瓜爾佳氏說得沒錯，必須要在溫如傾還來不及反應之前，將她惡行公布出來，不可再像上次一樣，給她喘息的機會。

這般想著，她喚過小鄭子道：「你速去御膳房，尋個藉口將謙貴人的燉盅打破，記著，一定要讓御膳房總管安祿看到燉盅裡散落的紅參！」

「奴才遵命！」小鄭子也知道事態緊急，飛快地答應一聲便跑了出去。

小鄭子一路來到御膳房，看清裡面的形勢，定一定神走進去。小太監看到他，忙推了推那些玩骰子的同伴，然後走過來道：「鄭公公，您怎麼過來了？」

小鄭子假裝沒看到他們急匆匆將銅銀與銀子塞到懷裡的情景，微笑道：「主子突然想吃燕窩，我這不就巴巴地過來了嗎？誰教咱們是奴才呢，主子有命，咱們就得遵從。」

小太監奉迎道：「話是這樣，不過鄭公公您可是在熹妃娘娘身邊當差，不知讓多少人羨慕呢。」

小鄭子笑笑，目光掠過放著燉盅的櫃子，心裡急得不得了，卻又不敢表現出來，捺了心思，走到猶在抿茶的安祿跟前，微一彎身道：「小鄭子給安公公請安。」

安祿眼睛一睜，趕緊放下手裡的紫砂小茶壺道：「唷，這是做什麼，沒得折殺咱家，快起來。」不管怎樣，小鄭子的知趣都讓他很滿意。「既是熹妃娘娘吩咐你過來的，就趕緊去忙吧。這時候沒什麼人用爐子，你看哪個合用就選哪個，若是覺得爐火不夠，就跟咱家說，咱家讓那幾個閒得孵蛋的小崽子去幫你。」

「多謝安公公。」做完表面工夫，小鄭子沒有再與安祿廢話，來到櫃子前，果然在裡面發現一只繪著黃鸝鳴柳圖案的燉盅。趁著無人注意，他裝作不小心碰到，令那只燉盅摔在地上。

東西打碎的聲音驚動了安祿與一干小太監，連忙走過來一看，待發現是劉氏平日裡用的那只後，臉色不禁有些難看。這要是晚些海棠過來燉參湯，他們該怎麼解釋啊。

小鄭子故作驚慌地道：「哎呀，安公公，我也不知道怎麼一回事這盅就摔了，可能是這只燉盅放得太外頭了，一時沒注意就給撞下來了。」

「不對啊，我明明記得這只燉盅放在很裡頭的。」旁邊一個小太監撓著頭，有些不確定地嘀咕。

安祿沒注意他的話，只是不住搖頭道：「小鄭子，不是咱家說你，你砸誰的東西不好，偏要砸謙貴人的，你讓咱家可怎麼跟謙貴人交代啊。」

小鄭子唯唯應著，腳不經意地踢了踢那些碎片，將掩在碎瓷片下的紅參踢出來，然後驚訝地道：「咦？這是什麼？」

安祿隨意瞄了一眼道：「不就是紅參嗎？有什麼好奇怪的。」話音剛落，他自己便覺得不對了，這空空如也的燉盅，怎麼砸碎了卻出現紅參呢？

越想越不對，他忙蹲下身來，細細檢查那些紅參與碎片，臉色越來越凝重，到後面甚至額頭開始滴下汗來。

小鄭子故作不知地道：「安公公，您看出是怎麼一回事了嗎？」

安祿心情複雜地點點頭，起身對圍過來的一眾太監道：「你們先退下，咱家有些話要與鄭公公說。」

待眾太監退下後，安祿握了小鄭子的手道：「鄭公公……」

一聽這稱呼，小鄭子忙推辭：「您還是叫我小鄭子吧，這聲鄭公公我可擔待不起。」

安祿抹了把額頭的汗道：「好，小鄭子，這次你可一定要幫幫咱家，否則在御膳房裡出了這麼大的事，若追究起來，咱家就死定了。」

第九百四十八章 齊集

小鄭子裝著糊塗道：「我怎麼聽不懂安公公在說什麼，怎麼就死定了？」

安祿指著一地的碎片與紅參道：「忘了咱家剛才與你說這燉盅是誰的了嗎？謙貴人啊！懷著龍胎的謙貴人。在她燉盅裡發現了紅參，咱家這個御膳房總管絕對逃不了關係。所以你一定要幫咱家在熹妃娘娘面前多說幾句好話，讓她放咱家一條生路，若咱家這次可以化險為夷，你就是咱家的再生父母。」

小鄭子忙推辭道：「安公公您別說這樣的話，只要是我能幫的就一定幫，那您看現在該怎麼辦？」

安祿咬牙道：「這樣吧，咱家在這裡守著，你趕緊去通知熹妃娘娘，如今是她奉命掌管後宮，理該由她處理。另外，這件事越少人知道越好，萬不可張揚。」

「行，那我先去了，安公公千萬不要走開。」見他上鉤，小鄭子答應一聲，大步往承乾宮走去。

在他走後，安祿不住地合掌，嘴裡唸道：「佛祖，觀音大士，您一定要保佑弟子逢凶化吉，遇難呈祥，只要脫離此難，弟子一定去廟中上香還願。」

小鄭子剛離開了一會兒，安祿便已覺得度日如年，不住地往門口張望，至於燉盅摔碎的地方更是嚴禁小太監們靠近。

有好奇心重的小太監伸長了脖子張望，被他一巴掌拍在後腦杓上。「看什麼看，晚上要用的菜都摘乾淨了嗎？還有鴨毛都褪了嗎？趕緊做事去！」

其實這些事情哪用得著這麼早做，但安祿開了口，那些小太監們不敢怠慢，忍著心裡的好奇去做事。

打發了他們下去，安祿坐立不安，乾脆站到門口，又等了約莫一炷香的工夫，總算讓他看到人影了。

安祿整個人都要跳起來了，唸了一聲「阿彌陀佛」匆匆奔過去，在離著熹妃等人還有一段路的時候，他看到謹嬪也在，趕緊跪下打千。「奴才給熹妃娘娘請安，給謹嬪娘娘請安，二位娘娘萬福金安。」

「起來吧。」凌若神色嚴肅地道：「本宮已經聽小鄭子說了剛才發生的事，東西還在嗎？有沒有人動過？」

安祿趕緊道：「沒有，奴才一直看著那裡，沒讓一個人靠近過。」

凌若微一點頭，道：「好，趕緊領本宮與謹嬪進去。」

「嗻！」安祿恨不能趕緊將這個燙手山芋扔出去，一聽凌若的話立馬爬起來，帶著她們來到打碎燉盅的地方。

看到那一地的紅參，瓜爾佳氏神色一凜，從地上撿起一片稍大些的碎瓷片仔細看了一眼後遞給凌若。「妳瞧瞧，這塊碎片應該是燉盅的內壁，看似光滑，實際上卻有許多比針眼還小的洞。」說到這裡，她將瓷片舉高並且對著外面的秋陽，果然看到絲絲縷縷的陽光從無數個小孔中照進來。在安祿等人震驚的目光中，她徐徐道：「若沒猜錯，這個燉盅應該是雙層的，紅參就被夾在當中，每次燉煮的時候，水就會從細孔中滲進去將紅參浸透，然後紅參的精華再從細孔中滲出來。也就是說，不論煮什麼東西，都會沾上紅參。」

這個結論雖在意料之中，但還是有不少人被嚇得臉色煞白，尤其是安祿，手足無措地道：「那、那現在該怎麼辦？」

瓜爾佳氏沒有說話，只是看著凌若，始終她才是掌管六宮的那個人。凌若凝眸道：「你確定這個燉盅是謙貴人的嗎？」

「是，奴才敢用性命擔保。」安祿苦著一張臉，若這東西不是謙貴人用的，他也不用這樣害怕了。紅參對孕婦而言是大害之物，在燉盅裡夾紅參，除了謀害皇嗣不會再有第二個可能。

凌若微一點頭，喚過隨行的楊海等人。「你們幾個分別去將皇后娘娘與謙貴人請來，就說本宮有關乎皇嗣的大事相商。」

瓜爾佳氏神色一怔，不明白她為何要主動將那拉氏找來。萬一那拉氏從中作梗，那對她們豈非不利？

不過很快瓜爾佳氏便明白了凌若心裡的打算，出了這麼大的事，那拉氏早晚會知道，與其跟上次那樣，讓她事後出陰招，倒不若現在正面迎擊，這樣即便那拉氏想出招也可以隨機化解。但是不得不說，凌若這樣做是冒了很大的險。

想到這裡，瓜爾佳氏猶豫一下，趁著安祿不注意，將凌若拉到一邊，輕聲道：「妹妹，妳想好對付皇后的辦法了嗎？」

「沒有。」凌若的回答出乎瓜爾佳氏的意料，待要說話，凌若已經再次道：「咱們想什麼不重要，重要的是皇后在想什麼。始終繞不過她，既如此，倒不如乾脆些。」

瓜爾佳氏微微點頭，握著凌若有些發涼的手道：「妹妹，不論妳做什麼，我都會幫妳！」

凌若反握了她的手，笑道：「我一直都知道。」說到此處，她神色一沉，有些擔憂地道：「就不知惠妃那邊怎麼樣了？」

雖然凌若聽了瓜爾佳氏的話，先處理這邊的事，但還是很擔心溫如言。

瓜爾佳氏道：「不用太過擔心，我已經讓從意去打聽了，相信很快會有消息傳回來。」

如此等了一會兒，那拉氏先到了，一進來便神色凝重地問：「熹妃，妳派人匆忙將本宮請到這裡來，又說關乎皇嗣，到底是何事？」

凌若與瓜爾佳氏一道見過禮後，徐徐道：「回皇后娘娘的話，臣妾無意中發現有人一直在謀害謙貴人腹中的龍胎，因此事關係重大，臣妾與謹嬪不敢擅自處置，所以特請娘娘過來；另外謙貴人那邊，臣妾也已經派人去請」

那拉氏側目瞥了一眼凌若身後的碎瓷片與夾雜其中的紅參，眼皮微微一跳，異光在眼底掠過。「看樣子確實很嚴重，也罷，就等謙貴人來了再一道說吧。」

凌若不動聲色地將那縷異光收入眼底。

如此等了一會兒，劉氏乘著軟轎到了，待轎子停下後，她扶著金姑與海棠的手下轎，進來後看到那拉氏等人都在，不由得愣了一下，待回過神來後，連忙垂身見禮。「臣妾給皇后娘娘、熹妃娘娘、謹嬪娘娘請安。」

第九百四十九章　牽扯

不等劉氏詢問，凌若已經盯著她潮紅的臉頰，道：「謙貴人如今還是覺得渾身躁熱難安嗎？」

一說到這個，劉氏便心煩意亂，勉強一笑道：「是，臣妾也不曉得是怎麼一回事，總之一日比一日熱，有時候覺得渾身都像要燒起來一樣，何太醫至今也說不出個所以然來，只讓臣妾飲食清淡一些。」

那拉氏在旁邊聽了，露出憐惜之色。「唉，真是可憐了謙貴人。」

「何太醫解釋不了的事，本宮或許可以為謙貴人解釋一二。」

劉氏精神一振，趕緊道：「還請娘娘指點迷津。」

她已經被此事困擾了許久，每一日、每一刻都在受煎熬，而龍胎又漸現不穩之象，若非她本身是意志堅定之人，早已六神無主了。

凌若點點頭，對劉氏道：「不知謙貴人平常服用的參湯是何人在經手？」

劉氏目光一轉，落在海棠身上，後者連忙上前道：「回熹妃娘娘的話，是奴婢。」

就在海棠回話的時候，凌若已經讓開身子，令那一地混著紅參的碎瓷片暴露在眾人目光之下。

海棠初時不明白這是何意，但在看到其中一片瓷片上有黃鸝鳴柳的圖案時，頓時省悟了過來，驚聲道：「啊，這是貴人用的燉盅，怎麼碎了？而且……而且為何有這許多的紅參？」

「紅參是從燉盅裡掉出來的，這一點，本宮的奴才還有安公公都可以作證。」

凌若話音剛落，安祿忙不迭地接上去道：「皇后娘娘與貴人明鑑，這燉盅本是空的、放在櫃子裡，後來熹妃娘娘身邊的小鄭子不小心摔破了燉盅，發現裡面竟然有許多紅參。」

那拉氏聞言，驚呼一聲，愕然道：「這話讓本宮好生不明白，既然燉盅是空的，那紅參又是從何而來？」

瓜爾佳氏在一旁道：「因為燉盅是中空的，紅參被放在夾層中，若非這次湊巧打破，只怕謙貴人腹中的龍胎就危險了。」

劉氏臉色難看不已。何太醫當時一度懷疑她服用了紅參，但在檢查所有東西後，並未發現問題，想不到問題竟然是出在燉盅中。

未等她說什麼，凌若已經冷然道：「海棠，妳可知罪？」

海棠驚恐地看著凌若，「撲通」一聲跪下，使勁擺手道：「不關奴婢的事，奴婢什麼都不知道。」

「本宮已經聽安公公說了，謙貴人的參湯一直是妳在燉煮，燉盅也向來由妳保管，除了妳還有誰？」事情到了這一步，凌若還有一點沒想明白，溫如傾是如何讓海棠心甘情願地用這只有問題的燉盅。想要解開這個疑惑，只有從海棠身上著手了，逼她將實情說出來。

「奴婢真的沒有！」海棠急得直掉淚，她也是剛剛才知道燉盅有問題。那廂，劉氏已是氣得臉色發白，說不出話來。長明軒中，除了金姑，她最相信的人便是海棠，萬萬沒想到，最後竟然是海棠在背後搗鬼，要害她的孩子。

凌若搖頭道：「海棠，事實俱在，妳再抵賴也無用，還是從實招來吧。」

「奴婢……」六神無主的海棠一把握住劉氏衣角，哀聲道：「主子，您相信奴婢，您待奴婢恩重如山，奴婢怎麼可能會背叛您！」

劉氏本就氣極，再看到她那張臉，更是氣不打一處來，狠狠一巴掌甩在海棠臉上，怒罵道：「若不是妳，還能是誰？海棠，妳將我害得好苦啊！」

金姑同樣是氣憤不已，喝道：「海棠，若妳還有一絲良知，就趕緊將主使妳的人說出來。」

海棠心裡是說不出的委屈，她一邊哭一邊道：「沒有人主使奴婢，奴婢也不曾害過主子。燉盅的事……」她剛要說燉盅不關她的事，忽的想起一件事來，急急道：「奴婢記起來了，這個燉盅是惠妃娘娘身邊的宮女給的，奴婢還記得她的名字，叫芳巧。」

這般說著，她趕緊將那天發生的事和盤托出，而安祿也證實了她說的都是事實，並無虛假。

說到最後，海棠更是激動地道：「奴婢知道了，芳巧根本就是故意打碎主子的燉盅，然後將這個有問題的燉盅賠給奴婢！」

凌若瞳孔微縮，與瓜爾佳氏飛快地交換了一個眼色，彼此皆想不到事情竟扯到溫如言身上。若沒料錯，這應該是溫如傾事先設下的圈套，好將禍水東引，讓溫如言背下這個黑鍋，而她自己則坐收漁翁之利。

劉氏被這一連串的事情弄得有些頭暈，扶著有些發瘦的腰對海棠道：「出了這麼大的事，妳為何不告訴我？」

海棠縮著脖子，聲如蚊蚋地道：「奴婢怕主子責怪，所以沒敢與主子說。」不等劉氏說話，她趕緊抱了劉氏的腿道：「若奴婢知道會害主子，就算給奴婢十個膽子，也不敢隱瞞啊。」

那廂，那拉氏撫著裙間栩栩如生的繡花，漫然道：「這件事越扯越廣了，看樣子得請惠妃過來了。」

她話音剛落，從意便急急從外頭奔進來，顧不得那拉氏在場，跑到瓜爾佳氏耳邊一陣低語。瓜爾佳氏臉色瞬間變得難看至極，低聲道：「真的嗎？」

從意肯定地點點頭。「千真萬確，太醫都已經過去了，聽說情況很不好。」

凌若注意到她們之間的低語，覺著有些不對，道：「謹嬪，出什麼事了？」

瓜爾佳氏沉聲道：「不必去請惠妃了，剛才從意來報說，惠妃受了很嚴重的傷，太醫正在設法搶救。」

凌若駭然失色，脫口道：「姊姊受傷了？好端端的怎麼會受傷？」

雖然凌若與溫如言有了嫌隙，但心裡依然將其當成姊姊一般看待，盼她平安、盼她喜樂，是以一聽說她出事，那聲「姊姊」頓時脫口而出。

瓜爾佳氏搖頭道：「我也不知道，只知是在溫如傾屋裡出的事。」

聽到這裡，凌若哪裡還忍得住，顧不得向那拉氏行禮，快步走了出去。瓜爾佳氏在向那拉氏屈一屈膝後，也跟了出去。

第九百五十章　驚悉

目送凌若與瓜爾佳氏出去，小寧子低了聲道：「主子，咱們要去嗎？」

「出這麼大的事，本宮怎能不去，走吧。」待要邁步，那拉氏忽的回過頭道：「謙貴人可要一起去？」

「臣妾願隨。」劉氏忙答應一句，旋即又有些為難地道：「只是這裡的事……」

那拉氏知道她想說什麼，目光一轉，漫然道：「這裡的事既與惠妃有關，那麼去惠妃那裡問，不是更清楚嗎？」

聽到這裡，劉氏再沒有猶豫，與那拉氏一道前往延禧宮。

且說凌若與瓜爾佳氏一路疾行到延禧宮，看到許多宮人猶如沒頭蒼蠅一般，亂哄哄的，凌若的心一下子慌了起來，雙腳猶如灌了鉛一樣邁不開。

「若兒？若兒？」瓜爾佳氏見凌若突然停住，連忙喚了她幾聲：「愣著做什麼，還不趕緊進去。」

凌若忽的拉住她的手，不安地道：「姊姊，我怕，我怕像太后那時一樣……」

瓜爾佳氏心中一沉，但仍是安慰道：「不會的，妳別自己嚇自己，姊姊一定會沒事的，一定會！」

這些話與其說是在安慰凌若，倒不如說是在安慰她自己。進了正殿後，只見素雲正在那裡垂淚，周海也在。看到她們來，兩人一道迎上來，素雲只喊了一句「娘娘」便哭得說不出話來。

瓜爾佳氏忙道：「妳先別哭，把事情從頭到尾仔細說一遍，為何惠妃會在溫貴人那裡出事，是溫貴人害她的嗎？」

素雲抹了把淚，哽咽地道：「這個奴婢不清楚，今兒個中午，主子正在用膳，周海突然進來跟主子說溫貴人將許多蜂蜜倒在草叢裡，主子覺得奇怪，便擱了筷去溫貴人屋裡。」

周海在一旁補充：「這幾日主子命奴才暗中監視溫貴人，至於什麼原因，奴才也曾問過，但主子只說等時候到了就知道了。」

凌若心中一動，想起彩燕，追問：「你們去溫貴人屋裡的時候，是不是正好看到彩燕被螞蟻爬滿了全身？」

素雲似有些吃驚凌若是怎麼知道的，但仍點頭道：「是，主子見了很生氣，問溫貴人為什麼要這麼做，溫貴人說是因為彩燕冒犯了她，所以用這個法子懲罰彩燕。後來主子就讓溫貴人放了彩燕，溫貴人不答應，與主子爭執了起來，主子壓住了那些奴才，讓他們不敢放肆，這才放了彩燕。溫貴人當時還追了幾步，不小心扭了腳。再後來，主子便與溫貴人單獨在裡頭了，等溫貴人過來開門時，奴婢看到一地都是碎瓷片，然後主子就那麼倒在地上，身下有許多血。」

說到此處，素雲整個人都顫抖了起來，帶著哭腔道：「不論奴婢怎麼喚主子，她都不醒，奴婢又不敢動，一直到太醫來了，將主子抬起來，才發現她身後插了好大的一片瓷片，只剩下被鮮血染紅的一小截還露在外面。太醫已經進去很久了，一直都沒有出來，奴婢真怕……真怕……」

後面的話，她怎麼也說不下去。周海紅著雙眼，拍了她的肩道：「放心吧，主子吉人自有天相，一定會沒事的。」

在素雲心情平復一些後，周海道：「奴才們當時在外面，隱約聽到裡面有爭執與摔東西的聲音，而後曾聽到溫貴人讓奴才們進去的聲音，但被主子阻止了，事後奴才們發現溫貴人身上有許多傷。」

溫如言怎麼會與溫如傾爭執起來，她不是一直厚待那個同父異母的妹妹嗎？在沉默了一會兒，凌若問：「那溫貴人現在在哪裡？」

周海答：「溫貴人身上有傷，太醫正在暖閣裡替她治傷。」

正說著話，那拉氏與劉氏也先後到了，得知溫如言的情況均是憂心不已。那拉氏更是道：「出了這麼大的事，熹妃可曾通知皇上了？」

「還沒有，臣妾想等太醫出來後再去告知皇上。」凌若剛說完，便看到以齊太醫為首的眾位太醫從裡面走出來，一個個神色沉重。

凌若忙迎上去，張嘴想要說話，卻沒有聲音出來。瓜爾佳氏知她是心裡太過緊張，代為道：「齊太醫，惠妃娘娘怎麼樣了，可要緊？」

不論是齊太醫，還是其他太醫，均是臉色灰敗，遲遲未語；而他們越不說話，凌若心中的害怕就越盛。瓜爾佳氏同樣如此，臉色連變，澀聲道：「齊太醫，到底怎麼樣了？」

齊太醫長嘆一聲，終是道：「惠妃娘娘被尖銳之物直插後背，刺破了心肺緊要處，微臣等人縱使盡所有手段亦回天乏術。」

這句話落在凌若與瓜爾佳氏耳中，簡直如驚雷一般，震得她們耳鳴目眩，無法相信這是事實，彼此心中只有一個念頭：怎麼會這樣……怎麼會這樣……

那拉氏聽了亦是大吃一驚，失聲道：「齊太醫，真的沒有辦法了嗎？」

齊太醫苦著臉道：「微臣等人已盡力了，但惠妃娘娘的血一直止不住，諸位娘娘若想見惠妃娘娘最後一面，就請快些進去吧，只怕惠妃娘娘撐不了多久了。」

「姊姊！」凌若悲呼一聲，推開齊太醫，疾步奔去內殿，在奔到一半時生生止了腳步，卻未曾回頭，只有悲冷的聲音傳來：「楊海，速去養心殿請皇上過來見惠妃最後一面！」

「奴才遵命！」楊海能夠察覺到她心裡無盡的痛楚，答應一聲，用最快的速度往養心殿奔。他曉得，自己每慢一分，皇上見惠妃最後一面的希望就會小一分。

另一邊，那拉氏在斟酌了一下後，對同樣準備進去的劉氏道：「謙貴人身懷龍胎，不宜見血光，否則對龍胎不利，還是在這裡等著吧。」見劉氏欲言又止，她又道：「若有機會，本宮自會幫妳問紅參的事。」

「多謝娘娘。」劉氏對溫如言害自己的事有疑慮，因為溫如言無子無女，就算害得自己小產，對她來說並無任何好處，而自己入宮後又不曾與她來往。

凡事皆有原因，只有瘋子才會沒有任何原因地害人。

第九百五十一章 悔之晚矣

當凌若進到內殿的時候，溫如言尚閉著眼睛，一襲秋時用的錦被覆在面色蒼白的她身上。錦被原是湖藍色的，然此刻卻被染成了暗紅，且還在往下滴著黏稠的血珠。

凌若僵硬地邁著雙腳走到床邊，低低喚著：「姊姊。」

溫如言眼皮動了一下，繼而慢慢睜開眼，看到床邊的凌若與瓜爾佳氏，蒼白如紙的臉上露出一絲笑容，伸出同樣蒼白的手，輕聲道：「妳們來了……」

聽到這句話，凌若再也忍不住，抓著溫如言的手伏在床邊泣道：「是，我們來了，為什麼會變成這樣？姊姊！」

聽到這聲「姊姊」，溫如言的眼眸再度睜大了些，欣慰地道：「我終於……又聽到妳叫我姊姊了。若兒，妳可知聽著這兩個字，我……我心裡有多快活。」

凌若聞言更是傷心難過，一邊哭一邊道：「是我對不起姊姊，姊姊妳原諒我，嗚……我知道自己錯了。」

溫如言搖搖頭，望著掩嘴低泣的瓜爾佳氏道：「妳沒錯，妳與雲悅都沒錯。」

瓜爾佳氏強忍著酸澀道：「姊姊，妳告訴我們，為什麼會弄成這樣？是不是溫如傾害妳的？」一說到最後，她聲音裡充滿了戾氣。

那拉氏進來時，正好聽到這句話，以她的城府亦不禁微微色變，悄然止下腳步，在一旁細聽。

「是我想要殺她，卻反被她所害。」溫如言閉一閉目，滿面痛苦地道：「我怎麼也沒有想到，原來涵煙遠嫁，皆是因為她在背後慫恿皇上，是她害了涵煙！」淚，淒然而下。從那一夜起，她就知道溫如傾不是自己想的那麼簡單，卻怎麼也想不到溫如傾竟連涵煙也不放過。

凌若緊緊握著手，眸中冷意閃爍，從牙縫中迸出三個字來：「她該死！」

瓜爾佳氏亦咬著銀牙道：「姊姊放心，她害得妳跟涵煙這樣，我與若兒這一次必要她以性命償還！」

溫如言露出一絲虛弱的笑意。「能與妳們兩人成為姊妹，是我此生做得最對的一件事。溫家生了我，卻從沒有讓我感覺到一絲親情，連曾經我以為不一樣的妹妹，最終也拿著刀使勁往我身上捅。溫家……溫家……我真恨自己為什麼要是溫家人，為什麼要姓溫！」

她一激動，錦被上滴落的血越發急了，凌若忙安慰道：「姊姊妳至少還有我們，我們就像妳的親人一樣。」

溫如言的情緒漸漸平復下來，喃喃道：「是啊，至少我還有妳們，失之東隅，收之桑榆。我此生雖姓溫，卻有了妳們兩人。」她停下來喘了幾口氣後，眸中升起一絲亮光，微微抬起頭，盯著凌若兩人道：「若兒，雲悅，其實我一直都相信妳們，從未疑過。」

凌若泣不成聲地點頭，在溫如言準備繼續說下去的時候，瓜爾佳氏忽的走到那拉氏身邊，拭了拭淚道：「娘娘，能否讓我們姊妹幾人單獨說幾句話？」

那拉氏雖很想聽溫如言臨死前會說些什麼，但瓜爾佳氏都這般說了，只好點一點頭，離開內殿。

在其走後，瓜爾佳氏走回到床邊含淚道：「姊姊，妳有什麼話就說吧，我與若兒都聽著呢。」

溫如言點一點頭，痛苦地道：「其實那夜妳們將準備去向皇后告密的溫如傾抓到後，我就知道溫如傾並不是我心裡以為的單純妹妹。她是真的想要去向皇后告密，而非做什麼內應。」

她的話令凌若與瓜爾佳氏吃驚不已，凌若更是道：「姊姊既然知道她不是什麼好人，為什麼還要相信她？」

溫如言搖搖頭。「妳錯了，我不是相信她，而是騙她相信我。只有這樣，我才可以知道，她到底想做什麼。她是一個很有心計的人，當初若兒妳用玉觀音上的麝香置她於那麼不利的地步，她都可以透過皇后脫身，就可想而知了。」

凌若吸一吸鼻子，哽咽道：「姊姊都看出來了？」

「是，所以我當時才讓妳小心。」溫如言看著凌若，目光一軟道：「妳啊，這個計策真說不上高明，也不像妳平日的作風，我知道，妳一定是急著要除掉她。」

「是，我怕她害姊姊。」到了這個地步，凌若再沒有什麼好隱瞞的了。

溫如言的目光越發溫柔。「妳怕她害了我，我也怕她害了妳們。那夜，就算相信了妳們，也拿溫如傾沒有辦法，反而會逼得她狗急跳牆，所以……」

瓜爾佳氏心酸地道：「所以姊姊就寧肯被我們誤會？」

溫如言笑笑，撫著凌若的臉頰道：「我用了二十年的時間與妳們一路走到今日，又怎會相信一個剛認了不到一年的妹妹，而不相信妳們？更不要說她還做了那麼多讓人疑心的事，就算我再蠢，也該有所察覺了啊。」

聽到這裡，凌若再也忍不住大哭起來，緊緊握住溫如言的手，後悔不已地道：「姊姊對不起，是我不相信妳，是我誤會了妳！對不起！」

「還有我，對不起，姊姊，妳我姊妹二十年，我與若兒卻都懷疑了妳，讓妳受了那麼多的委屈。」瓜爾佳氏同樣泣淚不止，心中盡是悔意。

「不，不怪妳們，那樣的情況下，任誰都會誤會。不過幸好，幸好我還有機會與妳們說清，沒有一輩子誤會下去，這便足夠了。哪怕立刻去到陰曹地府，我也沒有什麼遺憾了。」溫如言露出一抹釋然的微笑，壓在心頭的許多大石在這一刻終於徹底消失，然她眼中的亮光也正在慢慢消失。

凌若帶著泣意，聲嘶力竭地大叫：「不會的，姊姊妳不會死的！」

「傻瓜，是人都會死的，不過是早與晚罷了。」說到這裡，她忽的反握了凌若的手，吃力地道：「若兒，妳可還記得以前在王府裡時，我曾與妳說過，妳的命格貴不可言，但又帶著大凶之兆。」

「是，我記得。」在無盡的悲意中，凌若點頭道：「姊姊算得很準，我確實曾遇到過大凶。」

「不，那不是，妳的大凶還在，以後一定要小心，千萬不要應了凶兆！」這句話似乎費盡了溫如言所有的力氣，眸光迅速黯淡下去。

第九百五十二章 傷別離

瓜爾佳氏見狀，心知不好，溫如言已經快支撐不住了，趕緊道：「姊姊妳撐著些，皇上就快來了。」

溫如言看著她，吃力地吐出兩個字：「皇上……」

瓜爾佳氏含淚點頭。「是啊，妳與皇上相伴多年，難道不想見皇上最後一面嗎？」

溫如言疲憊地搖一搖頭。「我與皇上並沒有太多的情分，以前好歹還有一個涵煙，可現在什麼都沒了。再說涵煙的遠嫁雖有溫如傾挑撥，可終歸也是他下的決定，這一面，無謂見與不見……」

看到溫如言漸漸閉眼，凌若駭然心慌，用力搖著溫如言的身子，道：「不要，姊姊不要閉眼，不要啊！」

沒有用，任憑她怎麼呼喚都不能阻止溫如言閉上眼睛，就像她不能阻止溫如言的手垂下來一樣……

「不要啊！」凌若不住地搖頭，想要將溫如言的手放上去，想要掰開她的眼，可是沒有用。

溫如言走了，那個雖無血緣卻不離不棄陪了她二十餘載的溫如言走了，哪怕她傾盡所有，哪怕她甘願以性命相換，都喚不回了……

「妹妹，不要這樣，姊姊已經走了！」瓜爾佳氏流著淚將凌若從溫如言床邊拉開，不讓她再做那些徒勞的事。

凌若驟然甩開她的手，捂著耳朵尖銳地叫：「沒有，姊姊不會走的，她答應過，每一年的除夕都會陪我過，她不會食言的！」

瓜爾佳氏的淚落得更凶了，手卻再一次拉住凌若，強迫她露出耳朵。「若兒，我知道妳難過，我也一樣難過，可是姊姊是真的走了，妳這樣，是否想讓她連走也走得不安心！」

「姊姊沒有走，沒有啊！」說到後面一句，凌若蹲下身，失聲慟哭起來，鹹澀的淚水不斷湧出，順著臉頰流入嘴中。

「若兒……」瓜爾佳氏低頭看著哭得不能自已的凌若，悲傷萬分。她從來都知道天下沒有不散的筵席，卻沒有想到散得這樣快、這樣突然，連一個心理準備也沒有。不論是對她還是對凌若來說，都是一個殘酷的打擊。

正當這個時候，門突然被人打開了，胤禛帶著風奔進來，尚未站定便大聲問：

「惠妃，惠妃怎麼樣了？」

瓜爾佳氏強忍悲痛朝他屈一屈膝，哽咽道：「請皇上節哀！」

「惠妃她……」胤禛不敢置信地看著瓜爾佳氏。他一聽說溫如言出事，便推卻手裡所有的事，一步不歇地趕過來了，沒想到還是晚了一步。他與溫如言雖說不上有太多的情分，可畢竟在一起二十幾年，且因為涵煙之事，他對其一直心有內疚。

「惠妃已經……薨了……」說出這句話，瓜爾佳氏心如刀絞。

「惠妃……」胤禛喃喃唸了一句，茫然走到床榻邊，溫如言躺在那裡就好像睡著了一般。胤禛突然記起以前在王府時，有一回他心血來潮去看溫如言，到她房中的時候，正好看到她抱著三歲的涵煙在搖椅上睡著了，一大一小兩張靜好的容顏令他駐足良久，至今仍清晰留在腦海中。

而今涵煙生死不明，溫如言也走了，那兩張靜好的容顏他再也看不到了，再也看不到了啊……

胤禛緩緩坐下，抬手緩緩撫過溫如言冰冷的臉頰，一遍又一遍，眼眶泛紅。他輕聲道：「如言，朕知道妳一直在怪朕，怪朕讓涵煙遠嫁，弄得現在生死不明，所以妳連最後一面也不讓朕見；可朕也是被逼無奈，若涵煙不嫁，大清便要腹背受敵，無數百姓會流離失所，甚至失去性命。如言，朕不是不在意涵煙，只是朕是皇帝，朕不可以這麼自私的，所以哪怕再不願、再難過，朕也只能下旨讓涵煙遠嫁。」

說到最後，他的淚驀然而落，滴在溫如言沒有生氣的臉頰上，然後慢慢滑落……

「如言，此生朕虧欠妳們母女的，希望下輩子可以有機會償還。」說到此處，胤禛痛苦地轉過頭對蘇培盛道：「傳朕旨意，追封惠妃為惠賢貴妃，以貴妃禮下葬！」

待蘇培盛下去傳旨後，胤禛一撫臉，走到痛哭難止的凌若身前，蹲下身道：「若兒，惠賢貴妃已經走了，妳不要太難過了，免得傷了身子。」

凌若抬起淚意矇朧的雙眼，抓著胤禛的衣服大聲道：「皇上，姊姊走了，姊姊走了啊！」

「朕知道。」見她情緒激動，胤禛忙安慰道：「朕相信惠賢貴妃九泉之下，不會願意見到妳這麼傷心的樣子。妳若想惠賢貴妃走得安心，就不要再哭了，而且朕也有事與妳商量。」

瓜爾佳氏聞言亦道：「是啊，妹妹莫哭了，看著妳哭的樣子，我也哭得停不下來。」

在兩人的勸說下，凌若終於慢慢止了淚，臨了道：「皇上，您剛才說有事與臣妾商量……」

「是。」胤禛沉沉嘆了口氣道：「惠賢貴妃只得涵煙一個女兒，如今涵煙不在，治喪之時便沒有子女守孝。朕知道妳與惠賢貴妃一向交好，是否讓弘曆為惠賢貴妃守孝？」

凌若想也不想便道：「這是應該的，皇上為姊姊想得如此周到，臣妾代姊姊謝過皇上。」

胤禛擺擺手正要說話，蘇培盛忽的走了進來，一臉為難地道：「皇上，奴才剛才去傳皇上旨意，皇后娘娘聽到後，說暫時不宜追封惠賢貴妃。」

胤禛大為皺眉，追問：「皇后可有說是怎麼一回事？」

不等蘇培盛答話，那拉氏已經走進來，雙目通紅地行了個禮道：「這話還是讓臣妾來回答皇上吧。」稍事停歇後，她道：「適才謙貴人放在御膳房的燉盅被發現是中空的，裡面夾了許多紅參，正是這些紅參使得謙貴人一直身子躁熱。在問了御膳房的管事安祿後，他說這只燉盅是惠妃的宮人給海棠的。臣妾與熹妃等人正想來找惠妃問個清楚時，便出了這樣的事，所以臣妾以為，在事情查清楚之前，暫時不宜追封惠妃。」

凌若激動地道：「姊姊不會做這樣的事！」

第九百五十三章　再審

那拉氏聲音沉痛地道：「本宮知道熹妃與惠妃姊妹情深，其實本宮又何嘗願意這樣想，但總歸是仔細一些得好。」

凌若還待再說，瓜爾佳氏已經拉住她，小聲地道：「若兒，她是皇后，與她爭執只會使妳自己吃虧。」

凌若氣得再次落淚，痛聲道：「那就由著她往姊姊身上潑髒水嗎？」

瓜爾佳氏冷笑一聲，眼底閃爍著深切的恨意。「自然不是。姊姊雖然死了，但也不是隨便誰都可以往她身上潑髒水的！雖然惠賢貴妃這個追封換不回姊姊的性命，但我們一定要替她討到！」

這件事胤禛尚是頭一回聽說，待震驚之意退去後，他搖頭道：「惠妃向來與世無爭，又怎會去害潤玉的孩子。」

聽到胤禛對溫如言的信任，凌若感激地看了他一眼，只聽那拉氏再次道：「臣妾也覺得蹊蹺，但為慎重起見——」

「皇上！」凌若倏然出聲打斷那拉氏的話，她說得太快，連瓜爾佳氏都來不及拉住她，只能擔心地看著她。

「熹妃想說什麼？」那拉氏一臉關切地問著。她真實的目的根本不是阻止胤禛追封，而是要激怒鈕祜祿氏。她很清楚鈕祜祿氏與溫如言之間感情深厚，溫如言一死，鈕祜祿氏必然傷心欲絕；而在這樣的情況下，只要稍稍有一點火星，便可以成為燎原之火，將鈕祜祿氏活活燒死。

凌若沒有理會那拉氏，只是看著胤禛道：「皇上，既然皇后娘娘對惠妃有疑，認為她不該被追封，那臣妾建議，不如現在就將整件事查清楚。若真是惠妃所為，臣妾無話可說；若不是，便當是還惠妃一個清白。」

見凌若這般沉靜，瓜爾佳氏暗自鬆了口氣。她剛才真怕凌若與那拉氏爭執起來，幸好凌若聽了自己的話。

那拉氏則是面色一變，雖然面上很快恢復平靜，心中卻是久久未靜。想不到鈕祜祿氏這麼快便平靜下來，真是讓她意外。

胤禛也想早些弄清楚這件事，便答應了凌若，頷首道：「走吧，咱們去外頭，別在這裡驚擾了惠妃。」

臨出門前，凌若與瓜爾佳氏不約而同地回頭看了床上的溫如言一眼，心裡默然發誓：一定要讓溫如傾償命！

到了外頭，不等候在外面的劉氏行禮，那拉氏便和顏悅色地道：「謙貴人身子不好，就別行那些虛禮了，坐著吧。」

「是。」劉氏柔柔地應了一聲，有些不安地坐在椅中。

那拉氏環顧諸人一眼，最終停留在胤禛身上。「皇上，東西尚在御膳房，而且安祿也是重要人證，不如由臣妾派人將他帶來吧。」

胤禛正要答應，凌若忽地道：「皇上，惠妃是在溫貴人屋中受傷的，當中還有許多事情臣妾不明，如今她就在暖閣中，不如將她也喚出來吧。」

「好。」胤禛簡短地答應一聲。他對溫如言的死同樣存有疑心，何以好端端的，她會受這麼致命的傷？

一切均吩咐下去，溫如傾是第一個過來的，看到她一臉紅腫的狼狽樣子，胤禛吃了一驚，卻沒有說什麼，只示意她站在一旁。待得安祿還有那些夾雜著紅參的碎瓷片被一道帶上來後，他方沉聲道：「好了，現在該來的都來了，熹妃，妳與皇后一道問著，朕聽妳們問。」

凌若與那拉氏一欠身，隨後兩人目光一觸，那拉氏道：「皇上之前將六宮之事，交給熹妃打理，那麼這件事還是由熹妃主問吧。」

「是。」凌若沒有與她客氣，同時也怕她暗中做手腳，應了一聲，凝眸對忐忑不安的安祿道：「安公公，你說打碎燉盅，還有將這個有問題的燉盅交給海棠的，都是惠妃身邊的宮女芳巧。那麼本宮問你，若現在再讓你見到芳巧，你還能認出來嗎？」

安祿縮了縮圓粗的脖子，小聲道：「回熹妃娘娘的話，應該可以。」

凌若微一頷首，又對海棠道：「那妳呢，能認出來嗎？」

海棠趕緊跪下，恨恨地道：「她就是燒成灰，奴婢也能認出來！」

周海與素雲迅速地對望一眼，帶著重重驚意道：「娘娘，能否讓奴才說句話？」待凌若答應後，他道：「啟稟娘娘，主子身邊並沒有一個叫芳巧的宮女。」

海棠連忙道：「不可能，奴婢當時聽得真真的，她就叫芳巧，絕對沒聽錯。」

「本宮知道了。」這般說了一句，凌若對周海道：「你去將惠妃身邊所有的宮人都召到此處，讓他們一一辨認。」

「嗻！」周海知道這件事關係著自家主子生前死後的清譽，怠慢不得，很快便將延禧宮上上下下的奴才都召到了正殿，連溫如傾身邊的小鄧子等人都召來了，站了滿滿一屋子。

周海上前打了個千兒道：「啟稟皇上、皇后、熹妃娘娘，延禧宮上下包括奴才與素雲在內，除彩燕外，全部在此，無一遺漏。」

「很好。」這般答了一句後，凌若對安祿與海棠道：「好了，你們兩個可以認人了，芳巧究竟在不在裡頭？」

安祿與海棠答應一聲後仔細看起來，最後不約而同地搖頭。海棠有些激動地道：「不可能，肯定還漏了一人！」

周海很肯定地道：「所有人都在這裡了，若海棠姑娘不信，大可以讓內務府拿名冊過來，看究竟是四十九人還是五十人。」

海棠見他說得這樣肯定，心知必然是不會有錯了。可為什麼沒有芳巧？為什麼偏偏就沒有芳巧這個人？

在海棠失魂落魄、不知該怎麼辦的時候，那拉氏揚聲道：「有一件事本宮不明白，惠妃是一宮之主，而延禧宮裡又有小廚房，她要燉參湯大可以在小廚房裡燉，為什麼要巴巴地跑到御膳房去，在小廚房燉不是更好嗎？」

安祿忙答：「這件事奴才當時也曾問過，芳巧說是小廚房的爐子壞了，所以才來御膳房借用。」

那拉氏微微點頭，撥著腕間的碧玉珠子道：「看來這件事真是蹊蹺得很，如今惠妃已經不能開口了，想弄清楚整件事，便只有找到這個芳巧才行。安祿，你對她除了一個名字之外，沒有其他印象了嗎？」

第九百五十四章　小鄧子

安祿一陣苦笑。「回娘娘的話，奴才當時是第一次見她，但奴才知道惠妃娘娘身邊來了許多新宮人，所以奴才也沒想別的。」

瓜爾佳氏湊到凌若耳邊小聲道：「若兒，皇后有意將事情往姊姊身上推，不能再由得她問下去了；另外依我看來，芳巧應該是化名，不在這延禧宮四十九名奴才裡，咱們得另外想法子才行。我瞧這些紅參很新鮮，不像是燉了很久的樣子，如果只靠這麼一點紅參，不可能將劉氏害成這副德行，所以我估計每日都有人在更換紅參，妳不妨朝這個方向問問。」

凌若心中也有懷疑，微一點頭，對安祿道：「安公公，你是御膳房的總管，對於御膳房的事應該很清楚？」

安祿不明白她這麼問的意思，戰戰兢兢地點了下頭，旋即便又聽凌若道：「那本宮問你，這些日子，除了海棠之外，還有什麼人碰過謙貴人的燉盅？」

「這……」安祿為難地道：「不瞞熹妃娘娘，所有燉盅都是被收在一個地方的，有許多人開過櫃子，甚至於每日都會來，而奴才又不可能一直盯著，所以這一點實在很難回答娘娘。就像剛才，溫貴人身邊的小鄧子就替溫貴人燉了一盞燕窩走，奴才當時還與他說了幾句話。」

聽安祿提到自己，小鄧子臉頰狠狠抽搐了幾下，露出一絲緊張之色。他的表情雖細微，卻被恰好轉過頭來的凌若看在眼中，心裡微微有些奇怪。安祿說的應該是無關緊要的幾句話，為什麼小鄧子會這麼緊張？難道這幾句話裡有問題？

這般想著，她對安祿道：「將你與小鄧子之間的對話仔細說一遍給本宮聽，一個字也不許漏。」

安祿感到奇怪，不明白她怎麼對自己與小鄧子的對話這麼上心，但既然被問到了，便老老實實地學一遍。他記性倒是好，基本沒漏什麼。

當聽到安祿說小鄧子有幾分像芳巧時，不論是小鄧子還是溫如傾的臉色都變得有些難看；尤其是溫如傾，眼中還閃過害怕與惶恐。這越發加深了凌若心中的懷疑，在凝眉思索片刻後，心裡突然浮起一個大膽的設想。

瓜爾佳氏再次湊過來道：「若兒，我覺得小鄧子很可疑，不如多問問他。」

凌若暗自盯著小鄧子，接話道：「姊姊也這樣覺得？」

瓜爾佳氏微一頷首道：「根據彩燕的話，很明顯，紅參是小鄧子放進去的，一切皆是出自溫如傾的授意，那麼芳巧，十有八九就是溫如傾身邊的人假扮的，小鄧子……不就是最可疑的那一個嗎？」

那廂，溫如傾已是坐立不安，她怕熹妃會查到小鄧子頭上，到時候自己就什麼都完了。

她不斷向那拉氏使眼色，讓其幫著說話，可後者根本無動於衷，一點也沒有要插手的意思，這讓她更加著急，不明白那拉氏究竟是什麼意思。

既然那拉氏靠不住，她就只能自己想辦法了。

趁著凌若還沒有繼續問下去，她撫著裹著紗布的頭起身，一臉哀戚地道：「皇上，臣妾不明白熹妃娘娘的意思，她此刻不是該追查那個芳巧嗎，為何一直問小鄧子？他是臣妾的宮人，熹妃娘娘這樣盤問，難道是疑心臣妾與此事有關嗎？」

胤禛一直沒說話，但並不代表他沒有注意到殿中的形勢，尤其是溫如傾臉上的不自在，與極力掩飾卻還是流露出來的驚駭，彷彿很害怕凌若問到小鄧子身上。

他不動聲色地道：「熹妃這樣問肯定有理，妳且少安勿躁，聽熹妃問下去。」

那拉氏亦在這個時候開口了：「是啊，溫貴人先坐下吧，只要妳與妳的宮人確實無關，自然不會有什麼問題。至於熹妃，她也只是想將此事調查清楚。」

那拉氏這番話聽起來不偏不倚，很是公正，然落在溫如傾耳中卻是引得她在心裡暗罵不止。

皇后明明知道芳巧是小鄧子假扮的，由著熹妃問下去很容易出問題，卻還這樣說，不知存的是什麼心思。

這時，凌若轉頭對楊海附耳說了一句。楊海一臉驚訝地道：「主子，這……」

凌若輕斥一句：「不要多問，照本宮吩咐的話去做。」

「嗻！」楊海答應一聲，走到小鄧子面前道：「熹妃娘娘有命，讓我帶你下去一趟。」

小鄧子求救地看著溫如傾，後者忍著頭上的痛，再次道：「不知楊公公要帶我的奴才去哪裡？」

「貴人到時候就知道了。」說著楊海便要拉起小鄧子，豈料他竟然推開楊海，慌亂地道：「我不去，我哪裡都不去！」

眾人疑心更甚，凌若讓小鄭子過去幫著楊海一道將小鄧子拉下去。

在其走後，凌若忽的深吸一口氣，對溫如傾道：「溫貴人，趁著現在有空，妳與皇上、皇后還有本宮說說，妳與惠妃發生了什麼事，為何惠妃會被瓷片插入後背，受了那麼重的傷？」她用力握著手，藉著指甲掐著掌心的劇痛讓自己平靜。

「臣妾……臣妾不知道……」

溫如傾暫時放下對小鄧子的擔心，一臉無辜。

「臣妾只記得當時彩燕犯了錯，臣妾正在懲戒她，姊姊便突然走了進來，之後她便讓人放了彩燕，又叫宮人退下，說有話要單獨與臣妾說。豈料剛一關門，姊姊便跟瘋了一樣，不住地追著臣妾，口口聲聲說要殺了臣妾，臣妾當時嚇壞了，不停地逃，可還是被她搧了許多巴掌，姊姊甚至還抓著臣妾的頭往牆上撞。」

「臣妾想讓站在外頭的宮人進來，可是姊姊不讓，還打碎了放在桌几上的花瓶，後來臣妾與她扭打起來，在扭打時，姊姊不小心摔了一跤，向後跌倒，恰好跌在花瓶摔碎的地方，結果……結果就成這樣了。」說到後面，她嗚嗚地哭了起來，不勝傷心。

第九百五十五章　芳巧再現

胤禛皺眉問：「惠妃為什麼要殺妳？」

溫如傾睜著一雙淚眼，痛苦地道：「臣妾不知道，姊姊一向待臣妾很好，連重話也從不說一句，可這次卻一進來就喊打喊殺的，簡直就像是瘋了一樣。」

凌若厭惡地瞥著她，冷聲道：「究竟是惠妃瘋了，還是溫貴人做了什麼對不起惠妃的事，這才讓惠妃恨不得殺了妳？」

溫如傾心中一跳，緊接著激動地揮手道：「沒有！臣妾一向尊敬姊姊，怎可能做出任何對不起姊姊的事，娘娘這樣說，是對臣妾莫大的侮辱！」

凌若簡直要笑出來，真虧溫如傾可以面不改色地說出這些噁心的話，臉皮簡直比城牆還要厚。只可惜涵煙的事是胤禛下的決定，就這麼說出來，無疑是在打胤禛的臉，所以不論是她還是瓜爾佳氏都選擇了沉默。

胤禛從中看出了問題，詢問：「熹妃，惠妃臨死前是不是與妳說了什麼？」

凌若正猶豫該怎麼回答的時候，外面響起一陣嘈雜聲，抬目望去，只見楊海與小鄭子拖了一個看著像是宮女的人進來。

帶著一絲微不可見的笑容，凌若抬了下巴道：「安祿，海棠，你們好好瞧瞧，看這人可是那日所見的芳巧？」

兩人聞言驚疑不定，不知凌若從什麼地方尋到了一直不見蹤影的芳巧，但仍是依言走到其身邊。雖然那個宮女極力扭頭，還是被他們看清了容貌，安祿激動地大叫：「對！對！就是她，她就是芳巧！」

海棠也是用力點頭，很肯定地道：「雖然裝扮有些不一樣，但那張臉就是燒成了灰，奴婢也認得。」

「很好。」漫漫秋陽下，凌若的笑容漸漸變得真切，不等眾人明白她這絲笑容的真意，便聽到她輕喝道：「你們兩個，讓所有人看看這個芳巧的真面目！」

「嗻！」楊海大聲答應著，然後用力去扯芳巧的頭髮，雖然芳巧極力護著，但架不住他們有兩個人，很快的，頭髮便被扯了下來。

劉氏在旁邊驚呼一聲，趕緊閉上了眼，唯恐看到血淋淋的場景。待過了一會兒後，她方才小心地睜開眼，意想中的一幕並沒有看到，甚至連一點血都沒有。因為那是假髮，而在假髮底下是光亮的腦門還有一根油光水滑的辮子。

隨後楊海跟小鄭子合力扒掉「芳巧」的衣服，抹掉她臉上的胭脂、水粉，一個太監倏地呈現在眾人眼前。這個太監不是旁人，正是剛剛被帶下去的小鄧子。

看到這裡，眾人皆已是明白過來。敢情芳巧根本就是小鄧子假扮的，怪不得找遍整個延禧宮也沒找到芳巧的蹤影，也難怪安祿會覺得小鄧子與芳巧像，因為他們根本是一個人。

海棠忽的大叫：「奴婢想起來了，他當時故意將領子豎起來，說是怕冷，實際上根本就是為了遮喉結，以免被人發現他不是個女的。」

凌若盯著面色青紫、渾身顫抖的溫如傾，道：「溫貴人，事到如今，妳還有什麼好說的？」

「臣妾……」溫如傾怎麼也想不到自己精心設下的計策竟然會被識破，這完全打亂了她的算盤，令她心頭一團亂，不知該說什麼是好。

劉氏痛恨溫如傾對自己加害之餘，也浮起一絲後怕。幸好這事被發現，否則由著溫如傾害下去，她的孩子遲早會不保。

那拉氏在一旁連連嘆息，最後更是站起來走到溫如傾跟前，痛心疾首地道：「溫貴人，妳怎如此狠心，加害一個未出世的孩子！」

溫如傾驟然抬起眼，死死盯著那拉氏。這一切都是那拉氏授意，甚至於連燉盅也是她給的，可東窗事發之時，她卻在那裡裝好人，實在可恨。哼，既是如此，那乾脆一拍兩散，自己固然是死，她也休想討到好。

這個念頭還沒轉完，溫如傾耳邊已經響起細如蚊蚋的聲音——

「妳若想活命，就管好自己的嘴，否則本宮也救不了妳。」

這句話頓時將溫如傾想要將皇后抖出來的心思打消了，在生與死之間，她自然是選擇前者。

那廂，胤禛已是一臉鐵青，青筋在額頭突突跳著，猶如在皮膚下遊走的青蛇。良久，他重重一掌拍在扶手上，暴喝道：「溫如傾，朕這般厚待於妳，妳竟然害朕的孩子，好惡毒的女人！」

「臣妾知罪！」溫如傾瑟瑟發抖地伏在地上，痛哭道：「臣妾只是痛恨劉氏比臣妾先懷上龍胎，一時糊塗才做下錯事，其實臣妾這些日子一直受到良心的譴責，後悔不已！」

胤禛一步步走到她面前，雙手指節捏得咯咯作響，緩緩說出三個字來：「後悔嗎？」

聽見胤禛這麼問，溫如傾連忙再度磕頭，泣聲道：「是，臣妾真的很後——」她話還沒說完，胸口便挨了胤禛重重一腳，還未緩過氣來，下頷已是被胤禛狠狠捏住。「妳若真後悔，就不會一邊害著潤玉，一邊還將罪名嫁禍到如言身上，她可是妳親姊姊啊！溫如傾，妳可真夠狠心的！」

「臣妾沒有，臣妾真的是一時糊塗，求皇上明鑑！」雖然那拉氏說過會保她的命，可溫如傾還是感覺到無比的害怕，她從未見過胤禛這麼可怕的樣子，像是要吃人一般。

「一時糊塗？」凌若冷冷望著她道：「若真的只是一時糊塗，溫貴人就不會在謙貴人平日裡濾藥的紗布上動手腳。」

溫如傾因她的話而瞳孔猛地一縮，她心裡恨死了彩燕，不必說，這件事肯定是彩燕向熹妃通風報信！

劉氏與金姑幾人則是面面相覷，之後更是顫聲道：「娘娘，她在臣妾濾藥的紗布上動了什麼手腳？」

「熹妃，妳還知道些什麼？」胤禛臉色鐵青地問。

那拉氏低頭不語，她沒想到鈕祜祿氏連這件事也知道了，本想著就算溫如傾被定罪，只要那些煮過紅花的紗布繼續用下去，劉氏的孩子依然會保不住。

第九百五十六章　罪責難逃

凌若嘆了口氣道：「皇上有所不知，彩燕根本沒有犯錯，是她看不下去溫如傾令人髮指的行徑，不願再做害人的工具，這才遭到溫如傾的報復。當時她將蜂蜜塗滿彩燕全身，引螞蟻爬到彩燕身上，若非惠妃及時趕到，只怕彩燕如今還在受萬蟻噬身之苦。彩燕逃走後，誤打誤撞來到臣妾宮中，臣妾就是從她口中得知，原來溫如傾連謙貴人平素用來濾藥的紗布都換了，如今那些紗布全是用紅花煮過的，用來濾藥，無疑是將紅花濾進了安胎藥中。」

素雲聽到這個，驚呼一聲：「奴婢想起來了，溫貴人曾派人來說敷臉的細紗布沒了，當時主子還派奴婢代為去取了好多來。」

凌若立即吩咐：「來人，立刻去御膳房取謙貴人平素濾藥的細紗布來。」

宮人的動作很快，不一會兒便取來了，經太醫檢驗後，裡面果然有紅花成分。

「妳！」胤禛氣得說不出話，狠狠一掌甩在溫如傾臉上。「事到如今，妳是否還想說自己是一時糊塗！」

溫如傾不敢答話，只捂著自己的臉哀哀痛哭。胤禛捏一捏手，壓抑住心頭的憤怒，厲聲道：「朕再問妳一件事，妳老老實實回答朕！」

凌若隱約猜到了胤禛想問什麼，心中湧起無限的悲傷。瓜爾佳氏輕嘆一聲，拉著凌若的手小聲道：「別難過了，總算皇上心裡還有姊姊，姊姊走也會走得開心一些。」

胤禛問：「如言是不是發現了妳的事，所以才被妳殺死？」

「臣妾沒有！」溫如傾慌忙否認。不管她如今在胤禛心裡是如何的不堪，至少只有謀害皇嗣這一條罪名，可若是承認了自己殺溫如言，那麼便是兩條罪名，除非她瘋了才會主動承認。

她道：「姊姊當時確實知道了臣妾的事，她很生氣，責問臣妾為什麼要這樣做，臣妾跟她說已經知道錯了，以後也不會再做，可姊姊始終不肯聽，一直追著打臣妾，還說要殺了臣妾，花瓶就是在那時候打碎的。後來姊姊一個不小心摔倒在地上，被瓷片刺破了後背，臣妾一看到就立刻命人去請太醫了，試問若是臣妾真的要害姊姊，又怎會這麼做呢？」

胤禛氣得不願再理她。明明是嫡親姊妹，怎的品行差了這麼多？一個溫良賢淑，另一個卻惡毒狠辣，連自己姊姊都可以拿來陷害利用，且表面上還裝得天真無邪，連他也被蒙在鼓裡。

溫如傾爬到他腳邊，扯著他明黃色的袍角哀求：「皇上，臣妾知錯了，臣妾以後一定洗心革面，重新做人，求您再給臣妾一次機會！」

胤禛低頭，盯著那雙曾經讓他一度生憐的眼睛，如今只有痛恨與厭惡。「江山易改，本性難移！」

聽到這句話，溫如傾整個身子都涼了，但她仍不願放棄，伏在胤禛腳下苦苦哀求。她想盡辦法入宮，為的就是成為權傾後宮的人上人，怎甘心就此放棄。

凌若走上前，漠然道：「溫如傾，本宮問妳，妳做了這麼多事，是妳一人所為，還是有人指使？」

這句話，令那拉氏目光倏然一厲，盯著溫如傾，警告之意不言而喻。

溫如傾遲疑了許久，終是咬牙道：「沒有人主使！所有事均是臣妾一人所為。」

凌若飛快地與瓜爾佳氏對視一眼，均從對方眼中看到了可惜。這一次溫如傾固然是難逃罪責，但皇后卻是扯不進來了，她與這些事表面上一點聯繫也沒有，溫如傾又不肯指證她。

胤禛咬牙對四喜道：「依宮規，溫氏所犯的罪該如何處置？」

四喜忙躬身道：「回皇上的話，應該廢除位分之後亂棍打死。」

一聽到「死」字，溫如傾頓時慌亂不已，磕頭哀求：「求皇上饒命，求皇后娘娘饒命！」

那拉氏眉頭微不可見地皺了一下，她實不願留溫如傾的性命，那是一個隨時會出事的禍患，可若由著胤禛處死溫如傾，對方臨死前肯定會將自己咬出來的。

胤禛咧嘴，帶著猙獰的笑意。「很好，就依宮規處置，廢溫氏為庶人，並且亂棍打死，即刻行刑！」

「皇上不可！」那拉氏急急勸阻。

不等胤禛開口，瓜爾佳氏已經冷然道：「皇后娘娘這是何意？難道溫氏犯下這麼多罪，還不該死嗎？還是說皇后娘娘有意包庇溫氏，任由她禍亂宮廷？」

「大膽！」那拉氏不悅地朝瓜爾佳氏喝斥一句：「本宮豈是這樣的人。」

說罷，她朝面色不悅的胤禛欠身道：「溫氏謀害皇嗣，自然罪不可恕，但眼下皇額娘才去世不久，而皇額娘又素來信佛，這段時間宮裡一直在茹素，若在持喪期間貿然見血，只怕不好。」

不得不承認，那拉氏說得很有道理，而且又將烏雅氏搬了出來，令胤禛猶豫不決。

見此情形，瓜爾佳氏不由得微微發急。溫如傾害死了姊姊，若再讓她逃過性命去，她們怎麼對得起死去的姊姊。

這般想著，她正想說話，忽的手一緊，被人牢牢抓住，循目看去，發現抓住她的那人正是凌若，而後者甚至還在對她搖頭。

瓜爾佳氏不可思議地看著凌若，低聲道：「若兒，妳……」

凌若眸中閃爍著刀鋒般的寒意。「皇后與皇上夫妻三十餘載，對於皇上的性情、喜好瞭若指掌，連弱點也是。她曉得皇上是孝子，所以搬出太后來壓皇上。」

「這個我自然知道，所以才要反對，否則豈非正趁了她的意。」瓜爾佳氏急促地說著，一旦讓胤禛開口免除溫如傾的死罪，那說什麼都來不及了。

凌若盯著大殿中央的溫如傾，一字一句道：「放心，我自有打算。」

看著她柔美之中帶著凌厲殺機的側臉，瓜爾佳氏微微點頭。她很清楚，論對溫如傾的恨意，凌若比她只多不少，眼下這麼說，肯定有原因。

且說胤禛那邊，在想了許久後，森然道：「既然是在太后持喪期間，那就先將溫如傾押入冷宮，待持喪過後再做定奪。」

第九百五十七章　冷宮

溫如傾提到喉嚨裡的一顆心慢慢放了下來，吐出一口憋了許久的濁氣。不管怎樣，至少這條命還在。

凌若走到胤禛面前，欠身道：「皇上，事情至此已經明瞭，一切皆是溫如傾所為，與惠妃並無半分關係，還請皇上還惠妃應有的公道。」

「朕明白。」胤禛憐惜地看著她紅腫的雙眼，揚聲道：「蘇培盛，傳朕旨意，曉諭六宮，追封惠妃溫氏為惠賢貴妃，以貴妃禮行喪！」

「奴才領皇上旨意！」在恭聲答應之意，蘇培盛快步走到延禧宮外大聲道：「傳皇上旨意，曉諭六宮，追封惠妃溫氏為惠賢貴妃，以貴妃禮行喪！」

他剛說完，遠處便有人接上來複述，一個接一個地傳開去，直至傳遍整個紫禁城。

夜色，猶如一張大網，將所有人都網在其中。延禧宮為白色所覆蓋，到處都是白幔與靈旛，瀰漫著淒涼之意。除了低等的嬪妃之外，弘曆依胤禛之命，為溫如言披麻戴孝，以孝子身分守孝。三日後，溫如言以貴妃禮，移棺下葬。

宮裡再次恢復寧靜，猶如什麼事都沒有，胤禛依然整日為朝事忙碌，那拉氏高坐於坤寧宮中，劉氏則待在長明軒安心養胎。沒有了紅參與紅花的禍害，她的龍胎一日比一日安穩。海棠在挨了一頓打後，得以繼續留在劉氏身邊伺候。

隨著八月過去，天氣越發寒冷，尤其是早晚，宮人已經換了薄棉衣，清晨起來的時候，總能看到一層薄薄的白霜。宮裡的綠色越來越少，萬木凋零的時節已經真正來臨。

這日，天色陰冷，沒有一絲陽光，凌若坐在院中，面前擺著一副棋盤，她已經坐了很久了，但棋盤上一顆子也沒有。

一陣冷風吹來，站在凌若身後的水秀打了個哆嗦，她揉著通紅的鼻子，不無憂心地道：「主子，外面涼，不如奴婢扶您進去吧？」

「不，本宮還想再坐一會兒。」凌若低頭，一枚黑色的棋子出現在指尖。

「可是外頭這樣冷，主子您……」

水秀還待要勸，凌若已經抬手道：「妳若覺得冷，自己進去就是了。」

水秀聽出她話中的不喜，不敢再勸，只靜靜站在後面。一直到天近黃昏，凌若方才站起身來，回頭看到水秀仍站著，訝然道：「妳沒進去嗎？」

「主子還在，奴婢怎敢獨自進去。」這般說著，忽的打了一個噴嚏，水秀忙擦去不慎流出來的鼻水。

凌若搖搖頭，臉上浮現一絲笑意。「明明覺得冷，又何必委屈自己跟著本宮在這裡吹冷風呢？」

凌若等了許久都沒有聽到水秀回答，側目看到水秀怔怔地盯著自己，不由得奇怪地道：「怎麼了，本宮臉上有東西嗎？」

水秀回過神來，趕緊搖頭。「不是，只是奴婢很久沒看到主子笑了。」見凌若神色一怔，她驟然回過神來，不安地搓著衣角。「對不起，主子……奴婢……」

「本宮沒事。」凌若閉目深吸了一口氣。「惠賢貴妃已經走了，這是不爭的事實，就算本宮再難過、傷心，她也不會回來。」

「主子能想通最好了。」水秀大大鬆了一口氣。自從惠賢貴妃去世後，主子一直悶悶不樂，未有展顏之時，連皇上抽空來看主子，也是這般，令皇上與他們這些做奴才的擔盡了心，不知主子何時才能走出這片陰影。

彼時，楊海走出來，手裡還拿著天水碧色的披風，覆在凌若身上，細心地道：「主子當心著涼。」

凌若微一點頭，緊了緊身上的披風道：「去把上次徐太醫帶進來的藥拿上，你們兩個隨本宮去一趟冷宮。」

水秀微微一驚，道：「主子去那裡做什麼？難不成是……」

凌若微微一笑，看著陰沉的天色道：「是啊，她去了冷宮這麼久，本宮也該去看看她了，走吧。」

冷宮位於西六宮最偏遠的角落裡，用來廢黜犯了錯的嬪妃，凡是進到這裡的人，除非死，否則絕不可能踏出一步。有些嬪妃年紀輕輕便因犯了錯被廢黜到這裡，因為受不了冷宮的艱難與無望，而精神崩潰，整日瘋瘋癲癲；那些沒瘋的，也形同木偶，麻木地過著日子。

待走到冷宮的時候，只見一扇破敗的朱門上掛著一把大鎖，一個負責看守宮門的小太監正在門口打盹，沒有察覺凌若他們的到來。

凌若瞥了水秀一眼，後者會意地走上去，推了推小太監道：「哎，別睡了，快起來。」

小太監迷迷糊糊地揮揮手道：「別吵，讓我再睡會兒，等送飯來了再叫我。」

水秀被他這話逗得忍不住一笑，手上再用了幾分力，同時大聲道：「熹妃娘娘來了，你還睡！」

「來了就來……」小太監本想說「來了就來了唄」，忽的渾身一個激靈，趕緊睜開眼，看到凌若就在眼前，又慌又怕，立即跪在地上結結巴巴地道：「奴才……奴才給熹妃娘娘請安，娘娘萬福！」

凌若沒有與他多說什麼，逕自吩咐：「把鎖打開，本宮要進去。」

「嗻！」小太監不敢多問，從懷裡掏出鑰匙來開鎖。宮裡禁止冷宮的廢妃出去，可沒有禁止外頭的人進來，只是尋常也不會有人肯來冷宮，不曉得正當盛寵的熹妃來這裡看什麼人？

斑駁的冷宮門被推開時，發出令人牙酸的「吱呀」聲，當門開大一些的時候，凌若等人看到一片烏黑之色騰空而起，其中有一小片朝他們飛了過來，嚇得水秀大叫不止，而那片烏黑就擦著她的頭飛過去。

第九百五十八章　棋子

「這是什麼東西？」水秀抓著楊海的手，心有餘悸地問。

凌若答：「是烏鴉。」

「娘娘說得沒錯，烏鴉很喜歡停在院子裡，每次一開門，牠們就會飛走，但是過一會兒又飛過來。」小太監一邊領著凌若等人進去一邊解釋，此時，冷宮的淒寒與破敗徹徹底底展露在凌若眼前。

冷宮很大，差不多有一個承乾宮那麼大，但這裡絕對不可能如承乾宮那樣精緻奢華，到處都是快要倒塌的屋子，有幾間的頂上瓦片已經傾倒下來，在地上摔成好幾片，也不見有人收拾，地上隨處可見鳥屎。有些形容枯槁的女子遊魂一般的在院子裡走來走去，有一人的衣衫未扣好，露出一大片肌膚在外頭。

在她們眼裡，凌若看不到一絲生氣。

「為什麼烏鴉那麼喜歡待在冷宮裡？」水秀問道。

就這麼說話的一會兒工夫，已經有一隻烏鴉停在一棵掉光葉子的樹上。

凌若停下腳步，回過頭來道：「妳若知道烏鴉最喜歡吃什麼，就會知道牠們為何喜歡待在冷宮中。」

見水秀還是不明白，楊海湊在她耳邊輕輕說了兩個字：「屍體。」

「啊！」水秀嚇得整個人都跳了起來，不敢置信地盯著楊海，小聲問：「這是真的嗎？」

楊海頷首道：「雖然烏鴉被視為神鳥，但牠們確實最喜歡吃腐屍，而冷宮裡隨時會有人死掉，牠們自然喜歡待在這裡。」

水秀本就覺得這裡陰森森的，再聽他這麼一說，更覺得渾身發涼，趕緊往楊海更靠近了一些。

凌若在掃視了那些陌生的女子一眼後，道：「前段時間剛被皇上廢黜的溫氏在哪裡？」

「奴才這就帶您去。」這般說著，小太監領了凌若穿過院子，來到一處看起來尚算完好的屋子前，一把推開門道：「溫如傾，有人來看妳了！」

背對著門坐在椅中的溫如傾趕緊轉過身來，待看到是凌若時，眼底的喜色迅速消失，取而代之的是失望與……痛恨！

打發小太監下去後，凌若踏進了積滿灰塵的屋子裡，望著溫如傾，竟然揚眸輕笑起來。「怎麼，看到是本宮，很失望嗎？」

「妳來這裡做什麼？」溫如傾警惕地看著凌若。

凌若臉上的笑意越發深了。「沒什麼，妳好歹是惠賢貴妃的妹妹，本宮與惠賢貴妃姊妹一場，來看看妳不是很正常嗎？」

溫如傾冷笑一聲，道：「妳不必在這裡惺惺作態，妳心裡根本恨不得我死！」這樣說著，她似乎明白了什麼，恍然道：「我明白了，妳一定是想來看我有沒有死。妳想替溫如言報仇，不過可惜了，我活著，活得很好；而且不只現在活著，將來也會活著，比妳活得更長命！」

「是嗎？」凌若並沒有因她的話而動怒，手指劃過破舊的桌子，激起細小的灰塵在空中飛舞。

凌若這樣的漫不經心落在溫如傾眼裡，令她越發激動，大聲道：「是，就算妳這次贏了又怎樣，妳還是沒殺掉我，拿我無可奈何！妳看著，終有一日我會離開這裡，離開這個該死的冷宮！」

「是，妳是會離開，不過是在妳死後，從來沒有人可以活著離開冷宮。」凌若浮於表面的笑容驟然斂起，取代而之的是徹骨的冰冷。「妳更不要妄想皇上會來看妳。妳害死了惠賢貴妃，又害得謙貴人差點小產，皇上不知道多恨妳，又怎會原諒妳？妳死了這條心吧！」

「我會離開，一定會離開！」溫如傾激動地揮舞著雙手。「我不會輸給妳的，鈕祜祿凌若，我絕對不會輸給妳！」

楊海喝斥：「大膽，娘娘的名諱豈是妳可以叫的！」

溫如傾渾不在意地道：「我偏要叫她又怎樣，她敢殺我嗎？如今尚在太后持喪期間，不宜見血光！」

「我不會殺妳，不過……」凌若再次綻開笑顏，猶如春時盛放的百花，又如夏時晴好的陽光，令人目眩神迷。在這樣的笑容中，她一字一句道：「我會看著皇上處死妳。」

「不會！皇上不會殺我的！她……她會救我的。」溫如傾猶如被人狠狠踩住尾巴的貓，張牙舞爪地說著，然她表現得越凶狠，就越顯露出內心的不安。

「妳口中的那個她，是指皇后，對嗎？」凌若一語點破溫如傾心中最後那點倚仗，隨即諷刺地笑道：「溫如傾，妳可真是天真，那日皇后怕妳在皇上面前亂說會牽連到她，這才不得不保下妳的命；可眼下妳已在冷宮，不論妳說什麼都沒人聽到，她又怎會冒著危險來救妳？她只會做一件事，那就是看著妳死。」

溫如傾用力搖頭，喃喃道：「不會的，皇后一定會救我，那個燉盅是她給我的，只要我告訴皇上，她……」

「她怎樣，她會與妳一樣被廢入冷宮嗎？溫如傾，妳別作夢了，若是靠片面之詞就可以定皇后的罪，她現在就不會還高坐在坤寧宮中。妳心高氣傲，將所有人都視為棋子，連皇后也不例外；可事實上，妳才是棋子，是本宮與皇后博弈的棋子，不論本宮與皇后誰輸誰贏，妳都是被捨棄的那一個。」

「不是，我不是棋子！」這一句話戳到了溫如傾的痛處，她以為自己聰明絕頂，可以在宮裡出人頭地，將所有人都玩弄於股掌之上，可結果卻是她被人玩弄，落得身陷冷宮的下場。

凌若點頭道：「本來妳可以不做棋子，可以安安穩穩地在延禧宮做妳的貴人，可是妳不願意，妳欺騙了本宮，更害死了嫡親姊姊。溫如傾，本宮真的很想問一句，究竟惠賢貴妃有什麼對不起妳的地方，妳要這樣狠毒！」

「因為她蠢！」溫如傾神色猙獰地大叫：「明明比妳更早伴駕，卻甘心在妳之後，我若聽她的話，豈非也要一輩子在妳之後。我不要，我要爬得比妳更高，我要成為後宮最得寵的那一個！」

第九百五十九章　灌藥

從一開始，溫如傾就是奔著權勢來的，親情在她眼中，比一張紙更不堪。

凌若點頭道：「天作孽猶可違，自作孽不可活。溫如傾，落到今日的地步，都是妳咎由自取。」

她掛在臉上的那縷笑容，令溫如傾無比厭惡，用力抓著身後滿是灰塵的妝檯，尖聲道：「我不用妳教訓，鈕祜祿凌若，妳不過是運氣好贏了我一次罷了，有什麼好得意的！」

凌若冷冷道：「贏就是贏，輸就是輸，在這後宮裡，從來沒有運氣二字可言。」

「呵，不管怎樣，我都還活著，鈕祜祿凌若，妳沒有徹底贏我，沒有！」唯有這樣叫罵，才可以讓溫如傾心裡舒服一些，讓她暫時忘記自己眼下的處境。

凌若的雙眉微微一揚，冷聲道：「楊海，上去掌她的嘴！」

「妳敢！」不等楊海答應，溫如傾已經聲嘶力竭地大叫起來，身子不由自主地往後退，眼眸中流露出慌亂之色。

面對她的色厲內荏，凌若只有一個字：「打！」

楊海心中同樣憋著一股火。主子因為惠賢貴妃的死有多傷心，他看得很清楚，而且這種人竟連自己的親姊姊也害，簡直就不是人。

是以當凌若示意他上去掌摑的時候，他沒有半分猶豫，用盡最大的力氣摑在溫如傾臉上。楊海可不是溫如言，他力氣大多了，不一會兒便摑得溫如傾嘴角開裂，鮮血直流。

溫如傾快要氣瘋了，之前溫如言摑的掌傷才剛好不久，便又被楊海這般打，她極力閃避，可那帶著冷風的手掌還是毫無意外地摑在她臉上。待到後面，她更是連牙齒也被打落了，混著鮮血飛出來，落在滿是塵埃的地上。

溫如傾既痛又恨，大聲叫：「鈕祜祿凌若，有本事妳就殺了我！」

凌若冷冷望著她，直至她又一顆牙齒被打出來後，方才淡然道：「夠了。」

楊海收回通紅的雙手，看著溫如傾那張腫得跟豬頭差不多的臉，心裡浮起一絲痛快。若依他的意，恨不能就此打死她算了。

凌若走過去，看著捂臉在地上哀號呻吟的溫如傾道：「後悔嗎？」

溫如傾抬起頭，眼中盡是仇恨，她努力站起來，迎著凌若冷漠的目光，忽的大笑起來，尖厲刺耳的笑聲迴盪在空曠的冷宮中，震得梁上的灰塵撲簌落下，接著笑聲猛地一收，將那張猙獰可怕的臉湊到凌若面前，逐字逐句道：「鈕祜祿凌若，說到最終，妳還是不敢殺我，只能用這樣下作的手段折磨我。是，這一局我是輸給了妳，但下一局、下下一局，我絕不會再輸。我會從冷宮出去，然後將妳踩在腳下，將妳加諸在我身上的痛苦百倍奉還！」

「妳永遠不會有這個機會。」凌若慢慢後退，目光漸趨冷了下來，到最後是如在看死人一般的冰冷，沒有任何溫度。

在退出數步遠後，凌若側頭道：「水秀，去問剛才那個小太監要一碗水來。」她的聲音很冷，令溫如傾心頭猛地一跳，浮起深深的不祥之感，警惕地道：「妳想做什麼？」

「妳很快就會知道。」在說完這句話後，凌若閉口不言，任溫如傾怎麼問都沒有再說一個字。

她越是這樣，溫如傾就越害怕，唯恐她不顧胤禛的旨意，在冷宮中殺了自己。很快的，水秀端了一碗水來，凌若頭也不抬地接過碗道：「你們兩個將藥灌到她嘴裡。」

直到這個時候，兩人都不知道那是什麼藥，但還是依著凌若的吩咐上前制住溫如傾，然後將磨成粉的藥倒入她嘴裡。藥粉很乾，滯留在嘴裡，被抓住手腳的溫如傾努力往外吐著藥粉，然她還沒吐兩口，一碗水便倒進她的嘴裡。

楊海機靈地捏住溫如傾的鼻子，逼得她不得不張口，很快的，那一碗水便全部灌了下去，一道灌下去的還有那些藥粉。

在被人放開後，溫如傾撲在地上，用力摳著喉嚨，想將剛才那些東西吐出來，可是她手指剛伸進去，耳邊便傳來凌若的聲音。

「妳儘管吐就是了，吐了我再灌，那些藥，我有的是。」

溫如傾顫抖地站起身，死死盯著凌若道：「妳給我吃了什麼藥？」

凌若迎視著那雙眼，輕聲道：「害怕了嗎？可惜，太晚了，從妳害死溫姊姊的那一刻起，我就已經下定決心要殺妳。不只妳，整個溫家我都要除掉，以此來祭奠姊姊！」

凌若話中的狠厲與絕情令溫如傾生出深深的駭意，終於有那麼一刻，她後悔自己的所作所為，可是正如凌若說的那樣，一切都太晚了。

溫如傾狂亂地搖著頭道：「不！妳不能殺我，如今尚在太后持喪期內，妳不可以殺我！妳若殺我，就是違抗聖旨！」

「放心，我不會殺妳，這藥也不是毒藥，它只會對妳有一點影響。」在說這話時，凌若忽的笑了起來。「溫如傾，妳知道宮裡若發現妃嬪與人通姦，犯下淫罪，會怎麼處置嗎？」

「妳到底給我吃了什麼？」溫如傾瘋狂地大叫，想要再去摳喉嚨，可是楊海已經牢牢抓住她，讓她動彈不得。

凌若對她的話置若罔聞，低頭彈著指甲，似笑非笑地道：「會處死。雖說現在還是在太后持喪期間，但皇上一怒之下是否還顧及這個，本宮就不得而知了。妳若是有時間，倒不若在此多求求神佛，讓皇上不要太過生氣，妳也好多活幾日。」未等溫如傾說話，她忽的又道：「不過神佛向來慈悲，妳這樣惡毒的人，只怕神佛不願理會。」說罷，她扶了水秀的手，施施然往外走去。

「妳不要走，告訴我那到底是什麼藥？妳給我吃了什麼啊！」溫如傾驚駭欲死，撲過去想要抓住凌若，卻被楊海一把推倒在地，等她爬起來再想追的時候，凌若已經跨過門檻。

看不清原來朱色的門緩緩合起，將彼此隔絕在兩個世界中。

一個是生，而另一個……則是死！

第九百六十章　不夠

「不許走！不許走！」溫如傾腹中傳來陣陣痛楚，她掙扎著從地上爬起來，將門扒開追了出去，大叫：「鈕祜祿凌若，那到底是什麼藥？」

守在院中的小太監看到溫如傾跑出來，連忙上前抓住，溫如傾一邊掙扎一邊不停地叫喊著，然任憑她如何叫喊，只能看著凌若遠去。

彼時，院中的樹上又棲息了許多烏鴉，一雙雙隱藏在黑色羽毛中的眼睛盯在溫如傾身上，露出一絲飢意。

「好好看著溫如傾。」這是凌若對小太監說的話，即將走出冷宮的時候，她忽的回過頭來，雖然天色陰沉，但她頰邊的累累珠玉依然閃爍著奪目的光彩。「溫如傾，妳死的那天，本宮一定來送妳。」

「我不會死！不會！」溫如傾驚惶地大叫，只有這樣的大叫才能讓她感覺自己還活著，命還在。

而命，已經是她僅剩的東西，她絕不可以連這也失去，絕不可以！

凌若沒有再理會她，收回目光，一步一步往前走，在冷宮的大門徹底關閉、隔絕了溫如傾發瘋的叫聲後，她仰頭看著陰沉的天空，不知何時，天空開始飄起細細的雨絲，落在臉上有微微的涼意。

「水秀，妳說這天什麼時候會放晴？」

水秀一時有些不明白她的意思，好一會兒才遲疑地道：「這個奴婢可說不好。」

那廂，楊海明白了凌若這麼問的意思，微微一笑道：「老天爺什麼時候肯垂臉放晴，奴才們不知道，但只要溫如傾一死，主子的心情就必然放晴。」

見凌若笑而不答，水秀轉著眼珠子小聲道：「主子，您剛才讓奴婢灌下去的到底是什麼藥啊？」

「妳很快便會知道了。」凌若慢慢往承乾宮走去，在走到一半時，忽的深吸了一口氣，漫然道：「始終還是這外頭的空氣好聞。」

水秀順嘴接道：「這是自然，冷宮裡的空氣又潮霉味又重，連奴婢聞著都覺得難受，更不要說是主子了。」這般說著，她又道：「主子，皇上真的會處死溫如傾嗎？萬一皇后娘娘想要留溫如傾一條命……」

凌若施施然道：「皇后若要救溫如傾，趁著這段時間早就想辦法了，怎會至今沒有聲響。皇后心中恨不得溫如傾早點死，省得將來再生出什麼變故。」

「那就好。」水秀恨恨地道：「溫如傾那麼惡毒，害死了惠賢貴妃，就算死上十次、百次也不足以抵消她犯下的罪孽。只可惜這一次沒有順藤摸瓜抓到皇后的把柄，否則便可以將她們一網打盡了。」

「皇后早已將溫如傾視作棄子，又怎會在她身上留下破綻，就算當日溫如傾將皇后咬出來，無憑無據的也定不了她的罪。」這一點，凌若亦是頗覺遺憾，不過好歹此次沒有讓溫如傾逃脫。

水秀在一旁生氣地道：「皇后真是太狡猾了，每次都讓她逃過去。」

「再狡猾的狐狸也總有被獵人逮到的時候，也許本宮現在的能力尚不足以逮住皇后這隻老狐狸，但總會有機會的。」還有一句話凌若沒說，如今劉氏的龍胎脫離了危險，可以安心將養，這對皇后來說絕不是一件好事。為了弘時的儲君之位，她一定會想辦法除掉劉氏的孩子，而這正是自己所等待的時機。

說話的工夫，雨已經漸漸下大，由雨絲變為雨珠，打溼了幾人的衣裳。水秀見狀，憂心地道：「主子，咱們走快些吧，都說秋雨瘆人，最易讓人生病。」

凌若正要答應，雨忽的一停，訝然抬頭，才發現不是雨停了，而是頂上多了一把綴著杏花流蘇的絹傘，為她擋住滴滴答答的雨珠。

瓜爾佳氏搖頭輕斥：「妳啊，明知道今日天氣不好，出門也不知道帶把傘，萬一要是淋得生病了，可怎生是好。」

凌若低頭一笑，道：「不是還有姊姊嗎？下雨自有姊姊替我送傘來。」

瓜爾佳氏故作生氣地道：「妳這人，將我當成了專門送傘的宮人嗎？」這般說著，眼裡卻是止不住的笑意，更帶著幾分感慨道：「我已經好久沒看到妳笑了。」

凌若垂首道：「對不起，讓姊姊擔心了。」

「妳我姊妹之間，何須說這三個字。」這般說了一句，瓜爾佳氏回頭對冒雨跟在身後的楊海與水秀道：「你們先回去吧，有本宮陪著你們家主子就行。」

見兩人猶豫不決，凌若亦道：「行了，回去吧，別到時候淋病了。」

兩人答應一聲道：「那奴才們回去煮好薑茶等主子與謹嬪娘娘。」

待他們消失在視線後，凌若道：「姊姊怎麼想到來這裡尋我，這可是去冷宮的路。」

瓜爾佳氏看著自傘沿滴下的水滴，淡然道：「我剛才去了妳宮裡，水月說妳出去了。自姊姊去了之後，妳一直待在宮裡寸步不出，而今突然出來，我便猜妳是否來了冷宮，沒想到還真讓我猜對了，可是去見了溫如傾？」

凌若輕輕點一點頭。「見了她，我才知道自己有多恨那張臉，恨不得生生撕碎了去。」

瓜爾佳氏輕嘆一聲：「我何嘗不是如此，我一直未去冷宮，真怕自己忍不住會動手。殺了她固然痛快，可若因此背上不遵聖旨的罪名，可就太過不值了。」

凌若眉梢一抬，帶著深切的冷意道：「聖旨是死的，但人是活的，姊姊忘了皇上賜三福與翡翠菜戶那一回，皇后便是當著聖旨的面殺了翡翠，而自己什麼事都沒有。」

瓜爾佳氏隱約聽出她話中的深意，腳步一頓，凝聲道：「妳這是什麼意思，難道妳想學皇后？這樣做雖然可行，但未免太過冒險，而且兩者之間不盡相同，皇后可以這麼做，妳卻未必可以。」說到此處，她用力握緊凌若的手道：「若兒，姊姊已經不在了，我不希望妳再有事。」

凌若低頭，慢慢握住瓜爾佳氏冰涼的手，一字一句道：「姊姊放心，我不會讓自己有事的，因為咱們還要一起替溫姊姊報仇，一個溫如傾遠遠不夠。」

第九百六十一章　志在必得

瓜爾佳氏點頭不語，亦沒有再就溫如傾的事問下去，兩人一路走到承乾宮，此時雨已經下得極大了，四周盡是雨水。

她們到了簷下，水秀過來收了傘，屈膝道：「主子，謹嬪娘娘，奴婢已經備好了薑茶，請去飲一盞祛祛寒氣。」待要下去，忽的又道：「主子，適才守宮門的公公送來一封信，說是徐太醫派人送來的，奴婢放在桌上了。」

容遠這個時候送信來，只怕是為了之前她曾提到的事。凌若進去打開信一看，果如預料的那般，在看到後面時，嘴角不由得翹了起來，一絲笑意悄然而現。

瓜爾佳氏正在喝薑茶，看到她這絲笑容，不由得奇道：「信裡寫什麼，讓妳這麼高興？」

凌若沒有解釋，直接將信遞給她，待看完信中的內容，瓜爾佳氏訝然道：「靳明華，難道他是靳太醫的弟弟？」

凌若端起滾燙的薑茶吹了一口道：「是，徐太醫在信中說他很有學醫的天賦，不到兩個月的時間，便已經將他一身本事學得七七八八，只是望聞問切這方面，尚欠經驗，若無意外的話，應該可以通過不久之後的太醫考核。」

瓜爾佳氏沒有立刻說話，而是輕輕敲著桌子，好一會兒方緩緩道：「妳我如今在宮裡沒有可信的太醫，若他能入宮不失為一件事好；可靳太醫始終背負著謀害阿哥的罪名，宮裡是不會允許一個罪人的弟弟入宮為太醫的。」

凌若微微一笑，道：「我知道，所以我準備給他換一個身分。」不等瓜爾佳氏發問，她已經道：「姊姊可還記得李衛？」

「以前伺候妳的那個小奴才嗎？我自然記得。潛邸裡出去的那起子奴才，除了年羹堯之外，就屬他最得皇上倚重，如今已經成為浙江總督，比他還早出府外放的張成至今還不過是一個四品官。再加上年羹堯如今日落西山，不復之前的寵信，他可謂是所有奴才中的第一人。」這般說著，瓜爾佳氏又道：「我記得以前在府裡時，他凡是回京都記著來給妳請安，帶著一大堆任官地的土產、小吃。總算是一個有心有肺的奴才，不枉妳對他一番栽培看重。」

提到這個，凌若抿了一絲微笑道：「我再看重，也得他自己有本事，辦得好皇上交代的差事才行。」

瓜爾佳氏敲一敲信紙，疑惑地道：「李衛是能幹不假，可與這信上提到的事有何關係？」說到此處，忽的心中一動，脫口道：「難不成妳想……」

「不錯！」凌若的回答證實了瓜爾佳氏的猜想，她說道：「李衛如今為浙江總督，浙江一地百姓盡歸他統管，要偽造一個戶籍並不是什麼難事，到時候靳明華便可以更名改姓，成為從浙江來的大夫，沒有人會知道他與靳太醫之前的關係。」

瓜爾佳氏好一會兒才長出一口氣，凝聲道：「妳好大的膽子，竟然在皇后娘娘眼皮子底下使計。」隱去的笑意再一次出現在嘴角，甚至比剛才笑得更歡悅。「不過……我喜歡！」

凌若放下喝了一半的薑茶，哂然道：「想在這宮裡走得安穩一些，太醫的襄助是必不可少的，而靳明華無疑是最好的人選。」

瓜爾佳氏頷首道：「不錯，他哥哥的死，足以讓他與皇后成為死敵。對了，我家族在朝中也有幾分勢力，到時候可以幫著舉薦靳明華，讓他順利成為太醫。」

「那就有勞姊姊了。」凌若沒有客氣，靳明華此人，她志在必得，能多一份助力自然是好事。

「那我待會兒回去後就寫信。」瓜爾佳氏撫一撫裙道：「我那些家人雖說幫不上什麼忙，但還算厚道，不至於做出背後捅刀的事。」說這些的時候，她想到的是溫如言。若溫如言不是溫家的女兒，想必現在還好端端的活著，與她們談笑風生，只可惜這世上並沒有「如果」二字，有的只是遺憾，窮盡一生也彌補不了的遺憾。

瓜爾佳氏搖搖頭，不去想這些，轉而道：「對了，妳去冷宮的時候，可有看到年氏？」

凌若搖頭道：「沒有，姊姊怎麼想起她來了？」

「沒什麼，只是突然覺得她也有些可憐，生了兩個兒子，皆死在皇后手中，自己又被關入冷宮。聽說，這幾日又有人彈劾年羹堯，列罪數條，皇上已經撤了年羹堯西藏將軍的職務，將調他回京城，並且詔令褫職年羹堯兩子，削年羹堯太保銜，至於還會怎麼處置便不得而知了。」

凌若原本因為通州一事恨煞了年氏，可三福卻證實了一切皆是那拉氏所為，與年氏並無關係，所以眼下聽得瓜爾佳氏這麼說，心裡有些惻然。好一會兒，她方感慨道：「其實宮裡哪個女人不可憐，也許有朝一日，我會比年氏的下場更慘。」

她話音未落，瓜爾佳氏已經捂住她的嘴道：「胡說什麼，都多大的人了還整日口無遮攔，也不怕閃了舌頭。」

凌若被她緊張的樣子逗得一笑，拉下她的手道：「不過是說說罷了，姊姊這麼緊張做什麼。」

「總之這樣的話不許妳胡說！」瓜爾佳氏語氣強硬地說著，然心裡卻是忐忑不安。溫如言臨死前說的那句關於凌若有大凶的話，一直在她腦海揮之不去，甚至於有一次夢到凌若身首異處、鮮血淋漓的樣子，嚇得她當即驚醒，渾身皆是冷汗。雖然這個夢看起來荒誕不稽，卻依然令她心有餘悸，始終忘不了那個駭人的畫面。

她已經失去了溫如言，絕不可以再失去凌若，哪怕拚卻自己這條性命不要，也一定要護凌若安全！

第九百六十二章　夜色

這場雨一直下到晚上還未停止，且越來越大。凌若捧著茶站在窗前，看雨水沖刷著地上的泥土與黃葉，所幸沒有什麼風，不然連窗子都沒法開了。

「主子，您已經站了很久了，雖說雨淋不到，可總這樣也不好，不如坐在椅上歇歇吧。」說話的是三福，他不知何時站在凌若身後。

凌若彎一彎脣，微側了頭道：「你這樣站著，腿不難受嗎？」

三福看了自己的雙腿一眼，澀然道：「哪裡能不疼，一到下雨天，這裡面就像是有許多隻螞蟻在爬一樣，又疼又癢。」

凌若微一點頭道：「以前本宮的一個奴才也曾被人打得快死了，後來他雖然沒落下殘疾，身子骨卻變得極差，每次下雨颳風的時候，總是疼疼難忍。看了許多大夫，都說這是早前落下的病根，治不好。」

「主子可是說如今的浙江總督李大人？」

三福的回答讓凌若小小吃了一驚。「你倒是知道得清楚。」

三福赧然一笑道：「皇后娘娘對於主子的事向來關心，從來不會漏了任何一件，所以奴才自然也就知道了。」

凌若伸手至窗外，收回時，掌心已盡是雨水，從指縫中不斷地往下滴。「她這樣關心，本宮可真是無以為報了。對了，三福，你說皇后娘娘如今在想什麼？」

三福微一思索道：「皇后娘娘只會想兩件事，一是如何除去主子，二是如何穩住二阿哥的儲君之位。」

這話與凌若所想不謀而合，在沉默了許久後，凌若慢慢收緊溼潤的手掌，道：「那你覺得，咱們能不能用劉氏設套，引皇后入局？」

這一次沉默的時間比剛才更久，三福遲疑地道：「也許可以，但希望不大。皇后每一次動手，都會反覆斟酌思量，直至十拿九穩時才開始；而且即便是這樣，她也會做兩手準備，確保即便一手失敗了，也有另一手補上。正因為如此，主子這些年來，才一直沒能抓到皇后的把柄。」

「本宮知道，可是如果不去做，就一點希望都沒有。」說到這裡，凌若回過頭來，看著三福道：「更何況，還有你幫本宮，不是嗎？」

三福肅然答應。「是，奴才會盡己所能，助主子達成心願。」

凌若點一點頭，忽地道：「對了，彩燕現在還留在內務府是嗎？明兒你去一趟內務府，將彩燕要到承乾宮來。」

「嗻，奴才明日就去辦。」

正說著話，緊閉的六稜宮門忽的被人打開，身著湖藍暗花錦衣的胤禛大步走進來，身後還跟著溼了大半個身子的四喜。

凌若見狀，連忙迎上去施禮，隨後驚奇地道：「這麼大的雨，皇上怎麼過來？」

「朕今日空了些，想起妳這些日子一直悶悶不樂，便過來看看。眼下看來，精神倒是比前些日子好多了。」雖然一路打著傘，但胤禛的衣襬還是溼了一大片，不等凌若吩咐，三福已經取來乾淨的面巾，跪在地上替胤禛拭衣上的水漬。

凌若撫臉一笑道：「皇上用過晚膳了嗎？要不要臣妾吩咐人去備一些？」

「也好，隨意備幾個小菜就行了，朕吃得也不多。」

在宮人準備退下去的時候，凌若忽的喚過守在門口的莫兒。「莫兒，妳去小廚房吩咐宮人做幾個皇上喜歡吃的小菜，另外本宮看喜公公衣裳都淋溼了，妳帶他下去淨身換衣，不要著涼了。」

「奴婢遵命。」莫兒似有些不情願，僵硬地屈一屈膝，轉頭往外走。

這麼大的雨，她也不打傘，四喜在後頭急忙撐了傘追上去，一邊追一邊道：「莫兒，妳慢點兒走，別淋著雨。唉，怎麼越叫妳越走啊！」

本就天黑，再加上大雨，哪怕手上提著燈也照不見一丈遠的地方，眼見莫兒快走得不見人影了，四喜趕緊奔上去，一把扯住莫兒，擋住落在她身上的雨後，方有些生氣地道：「妳這丫頭怎麼回事，都叫妳慢些了，還走那麼急，難不成咱家是老虎會吃了妳不成？」

「我的事不用您管！」莫兒看也不看他，直接甩開他的手再度走入雨中。

小廚房離得並不遠，很快便到了，把凌若的話吩咐下去後，莫兒冷冰冰地對四喜道：「好了，現在請喜公公隨奴婢去淨身更衣吧。」

四喜就算再遲鈍，也看出不對勁來，追著她道：「莫兒，到底出什麼事了，妳倒是與咱家說啊！」

任憑他怎麼說，莫兒都不理會，冒著雨一路來到宮人居住的平屋。在她準備進屋的時候，四喜終於再次抓住她，氣喘吁吁地問：「莫兒，別賭氣了行嗎？咱家自問沒什麼地方對不起妳啊，妳做什麼擺這副臉色給咱家看？」

莫兒本不準備理他，可聽到他的話，頓覺氣不打一處來，尖聲道：「您喜公公是皇上跟前的大紅人，我一個小小的宮女哪敢擺臉色給您看，您太高估我了。」

四喜被她嗆得說不出話來，沒好氣地道：「罷了罷了，別在外頭站著了，進去再說。」

莫兒忍著心裡的難過，進去點了燈，然後從門後提了桶子道：「請喜公公在此稍候，奴婢給您提水去。」

四喜一把奪過她手裡的桶子，瞪著她道：「咱家不淨身，倒是妳自己全身都溼了，趕緊換套衣裳，把身子擦乾，免得受涼。咱家……」他左右瞥了一眼，見只有小小一間，沒隔斷的地方，便道：「咱家去外頭等妳。」

他的一番好意不僅沒換來莫兒的感謝，反而她還說道：「我都說了不用您管，您還說這麼多做什麼，莫說我受涼，就算我死了也與您無干！」

「妳！」四喜見自己一番好意被她這樣作踐，亦是來了氣，強行扳過她的肩膀道：「莫兒，妳何時變得這樣滿不講理？」

莫兒咬著嘴唇，任憑四喜怎麼說都一言不發。說到後來，四喜實在沒辦法，扯著袖子替她拭去臉上的水，頹然道：「莫兒，就算咱家求妳了，告訴咱家妳到底在氣什麼？」

聽到他這樣近乎哀求的口吻，再感覺到臉上輕緩的動作，莫兒心中一酸，終是忍不住脫口而出：「您心裡既然沒有我，又做什麼要對我這麼好？我不出現在您面前，不是正合您心意嗎？」

四喜大為震驚，連手上的動作也忘了，只愣愣地看著莫兒。「妳、妳說什麼？」

第九百六十三章 接受

看到四喜這個樣子，莫兒更傷心了，剛拭乾的臉再次變得溼潤起來，只是這一次是被淚水弄的。在朦朧的淚眼中，她說出了一直藏在心底的話：「我說我喜歡你！想跟你在一起，你滿意了？」

四喜猜到莫兒對自己可能有好感，卻絕對沒想到她會當著自己的面說出「喜歡」二字，一時間心裡酸酸漲漲的，說不出是什麼滋味，好半天他才勉強尋回自己的聲音：「可咱家……我……我是一個太監啊！」

「太監又如何，我不可以喜歡嗎？」莫兒抹了把淚，泣聲道：「我那麼喜歡你，可你卻一點感覺都沒有，連皇上問你時，你也說沒有喜歡的人。」

聽到這裡，四喜終於明白莫兒態度大變的原因了。當日熹妃娘娘求皇上賜三福與翡翠菜戶時，曾隨口問自己可有喜歡的人，自己答說沒有，當時莫兒就在旁邊，定是聽了個一五一十。

看到莫兒不住地掉眼淚，四喜長嘆一聲，用溼漉漉的袖子拂去她的淚，道：「莫哭了，再這樣哭下去，可是連咱家心裡也要難受了。」見莫兒不說話，他又道：「莫兒，妳看清楚，咱家是個太監，是個一輩子伺候人的閹人，不可能像正常人一樣給妳魚水之歡，妳跟了咱家是不會有好結果的。倒不若等將來出宮，尋一戶好人家嫁了，再生幾個孩子，共享天倫之樂。」

莫兒激動地道：「什麼好人家，我不喜歡也不希罕，我只想跟自己喜歡的人在一起，是否連這樣也不可以？」

「可以，自然是可以，但絕不該是咱家這樣的閹人。」四喜深吸了一口氣，認真地道：「莫兒，妳是個好姑娘，咱家不想害了妳一輩子啊！」

他的話讓莫兒重新燃起一絲希望，目不轉睛地問：「告訴我，你是不是喜歡我的？只是怕害了我，所以在故意在皇上面前說沒有喜歡的人。」

四喜被她問得心亂如麻，轉過身道：「妳別問了，總之聽咱家的話，好好嫁一個老實可靠的，若銀子不夠，咱家可以給妳。」

莫兒走到他跟前，執著地道：「我不要銀子，只要你告訴我，你到底有沒有喜歡過我？」

四喜被她纏得沒辦法，狠了心道：「是否咱家說沒有，妳才肯死心，那咱家告訴妳，沒有！沒有！」

「我不信！」莫兒激動地大叫，牢牢抓住四喜的胳膊。「你是騙我的對不對？」

看到她這樣子，四喜好不容易狠下的心一下子軟了，然心中卻有了更多的無奈。「莫兒，妳聽咱家說，妳現在不過是因為沒接觸過什麼人，所以咱家對妳好一點兒，妳便覺得咱家很好，衝動地想跟咱家在一起。但隨著日子的長久，妳會發現咱家並不適合妳，到時候，妳就會後悔不該跟一個閹人在一起。」

殘缺的身體是四喜心中的最痛，當初他迫於無奈淨身入宮，雖然他如今已經成了大內總管，太監裡的頭一份體面，心裡卻一直很自卑，哪怕明明喜歡莫兒，也不敢說出口。

「我不會！」莫兒堅定地說著。「我很清楚自己現在在做什麼，不是一時衝動，也不是興之所至，而是真真切切地喜歡你。」

「妳，唉，妳到底要咱家怎麼說才會明白，咱家真的不適合妳。」四喜不敢去看莫兒，唯恐看了之後就再也說不出拒絕的話來。

莫兒認真又緊張地道：「你相信我，我真的不會後悔。喜公公，你讓我陪在你身邊好不好？你病了我幫你煎藥，你渴了我幫你遞茶，我會一輩子照顧你。」

四喜都不記得自己嘆了多少口氣了，撫著額頭道：「妳這丫頭怎麼就那麼死心眼呢？還有啊，是不是咱家不答應，妳就整宿都頂著溼衣裳？」

莫兒沒有說話，只是一直緊張地看著他，直至看到四喜嘴邊一絲洩漏出來的微笑，方才顫聲道：「你承認了是不是？」

「咱家能不承認嗎？唉，妳啊，都快把咱家逼瘋了。」隨著這句話，四喜不再壓抑心中的歡喜，笑道：「再說有人主動要伺候咱家，咱家若非要往外推，豈不是成傻瓜了嗎？」說到此處，他笑容一斂，肅然道：「莫兒，咱家再問妳一次，妳真的不後悔嗎？」

莫兒又哭又笑地抱著他道：「不後悔，我一輩子都不會後悔！」

這一次，四喜沒有再拒絕，略有些僵硬地回抱莫兒。雖然先帝爺時的那個太監被人背叛了，但他還是願意相信莫兒，相信這個至純至真的女子會如今夜所言的那般，陪自己一生一世。

遠在正殿的胤禛與凌若並不曉得四喜的事，在與凌若說了一陣子話後，胤禛握著她的手感慨道：「看到妳從惠賢貴妃離世的陰影中走出來，朕就放心了，朕真怕妳一直沉溺其中，難以自拔。」

「是臣妾不好，讓皇上擔心了。對了，皇上可有再派人打聽過涵煙的消息？姊姊就只有這麼一個血脈，臣妾不想……」說到後面，聲音不由得哽咽了起來。

胤禛點頭道：「朕知道妳在想什麼，噶爾丹一直不肯交出涵煙，雖然明面上朕拿他沒辦法，但暗中朕已經命老十三派了最精銳的軍士喬裝打扮成普通人，潛到準噶爾設法救出涵煙。」

聽到這話，凌若驚訝之餘，滿懷感激地道：「姊姊九泉之下，若知道這件事，一定會很高興的。」

胤禛沉沉嘆了口氣道：「其實早在如言出事前，朕就已經在著手準備了，本想等將涵煙救回來後再告訴她，不想卻已經沒有這個機會。」

「皇上所做的，姊姊一定會知道的。」凌若臉上浮起一絲由衷的笑意。不論這件事成與不成，至少證明胤禛心裡是真的在乎這個女兒。

「希望吧。」胤禛揉著眉心道：「最近宮裡接二連三地出事，連朕都有些心驚了，只盼之後可以太平一些，朕也好專心處理朝堂的事。」

凌若目光微微一閃，小聲道：「臣妾聽說皇上已經削了年羹堯的爵位，將他調回京城？」

第九百六十四章　知悉

胤禛並不意外凌若會知道這件事，此事在朝中早已傳得沸沸揚揚，傳到後宮也屬正常。「不錯，朕準備了這麼久，也是時候收網了，讓他活了這麼久已算是便宜他。」

胤禛從來沒有打算放過年羹堯，哪怕是在他任西藏將軍的那段時間，也始終記著，一旦西北那邊完全布置好，便開始一步步斷絕年羹堯的勢力。

這一夜，胤禛歇在承乾宮，他與凌若說了許多年羹堯的事，而從始至終都沒有提到年氏。凌若不曉得胤禛是忘記了還是刻意不提，年氏怎樣，與她都再無關係。她不會恨得想去取年氏的命，同樣的，也不會對年氏有任何同情。

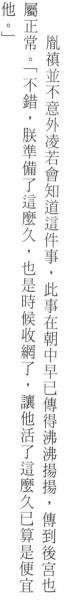

隨後的幾日，胤禛依然常來看凌若，看著她一日比一日展顏，胤禛的心情亦好了許多，偶爾也會與凌若說起劉氏。

自從燉盅與紗布的事被揭發出來後，劉氏的胎象安穩了許多，何太醫說只要好生安養就不會有問題，估計著明年開春時便可臨盆。

在聽胤禛說這些時，凌若臉上一直掛著溫暖如春風的笑意，然她心中明白，這孩子是絕對不可能順利生下來的，即便是生下來也未必可以順利長大；除非劉氏生的是女兒，對弘時的儲君之位沒有任何威脅，皇后才會允許她活下去。

雍正二年入宮的秀女，已經死了一個，剩下的依然在宮中為了各式各樣的目的而掙扎，今日永遠不會知道明日會怎樣，就像她們不知道自己明日會是青雲直上，還是落入無間地獄。人生，說到底，其實就是一場賭局，直至閉上眼的那一刻，才會知道自己究竟是贏是輸。

九月天氣寒涼，雙手碰水時，可以感覺到冷意從皮膚一直滲到骨子裡去。胤禛擔心凌若受涼，早早命內務府送了上等的炭來，令凌若可以燒炭取暖，任外面如此寒冷，屋內都溫暖如春。

凌若閒著無事，在屋中繡起一直未曾繡完的江山萬里圖，繡針帶著長長的尾線不斷刺破雲錦，不一會兒，一根線便繡得只剩下短短一截。凌若道：「剪子。」

等了一會兒，卻始終不見剪子遞來，不由得感到奇怪地抬起頭來，只見莫兒正在一旁發呆，時不時地笑著，根本沒聽到凌若的話。

看到她這個樣子，凌若搖搖頭，自己取過剪子將線剪斷，重新取線穿上。見莫兒還是沒反應，她起了戲弄之心，撚著針輕輕在莫兒手背刺了一下，莫兒吃痛，回過神來，見凌若正盯著她，忙道：「主子，怎麼了？」

凌若沒好氣地道：「怎麼了？可不是該本宮問妳嗎？口水都快流下來了。」

「啊！」莫兒驚呼一聲，趕緊抬手擦下巴，發現手背上乾乾的，頓時明白過來，鼓著腮幫子道：「主子，您戲弄奴婢！」

「妳啊！」凌若也不急著繡，將針插在一旁，捧過熱騰騰的茶盞道：「本宮看妳最近做事經常走神，聽水秀說，昨兒個洗衣裳的時候，還忘了放皂角，弄得所有衣裳都要重新洗一遍，怎麼了，可是有心事？」

「沒有！」

莫兒不假思索地否認，然她這個樣子，卻令凌若更加疑心，狐疑地看著她道：「真沒有嗎？莫兒，可是不許騙本宮。」

「奴婢……」迎著凌若的眼睛，莫兒不知該怎麼說才好。她是主子從街上救回來的，若不是主子，很可能她現在還在街上做乞兒，過著朝不保夕的日子。

看到莫兒這個樣子，凌若哪還有不明白的道理，抿了一口茶道：「看樣子是真的有事了。莫兒，是妳自己說出來，還是往後由本宮查出來？若是查出來，那本宮可就一切依著宮規來辦了，不會因妳是本宮的宮人，而有所寬待。」

一聽這話，莫兒頓時有些慌了，連忙跪下來，有些支吾著道：「回主子的話，奴婢……奴婢喜歡喜公公。」

這件事，凌若是清楚的，所以她相信莫兒要說的並不只這麼一件事。

果然隔了一會兒，莫兒漲紅著臉再次道：「奴婢想跟喜公公在一起。」

凌若微微一驚，旋即皺了眉道：「妳這麼說，難道喜公公他也……」

莫兒飛快地覷了凌若一眼，重重點頭道：「是，喜公公已經接受了奴婢，求主子成全！」

凌若手指一緊，凝聲問：「這是什麼時候的事？」

莫兒當即將那夜發生的事仔細說了一遍，雖然滿臉通紅，但還是堅持說完，臨了更道：「主子，奴婢與喜公公是兩情相悅的，還請主子慈悲成全。」

「妳這丫頭，好大的膽子，居然敢背著本宮與他人有私情。」凌若有些心煩意亂地斥了她一句，隨後站起身來，在屋中來回踱著步。

莫兒瞅著她，小心地道：「主子，奴婢知道不該這樣，可喜公公他確實是喜歡奴婢的，之前是因為怕誤了奴婢後半生，這才推說沒有。」

凌若腳步一收，瞪著她，冷言道：「一句兩情相悅，一句喜歡，便可以解決所有問題嗎？妳該不是忘了宮裡的規矩吧？」

「奴婢沒有忘，可是之前主子不是已經替福公公與翡翠求到了皇上恩典嗎？奴婢斗膽，請主子再求一次。」說著，莫兒鄭重地磕下頭去。

凌若尚來不及說話，便見瓜爾佳氏推門走進來。

瓜爾佳氏除下斗篷，看到莫兒跪在地上磕頭，不由得笑道：「咦？這唱的是哪一齣啊？」

「姊姊還有心情笑。」凌若置氣地說了一句，指著莫兒道：「妳自己問問她，究竟做了什麼好事。」

看到凌若這樣的態度，瓜爾佳氏越發好奇了。她是曉得凌若性子的，對下人向來厚待，少有苛責的時候，如今這樣，定是出了什麼不小的事。她尋了椅子坐下道：「莫兒，到底怎麼惹得妳家主子不高興了？」

莫兒將事情又原原本本說了一遍，瓜爾佳氏一聽之下，立時也皺起了眉，搖頭道：「傻莫兒，妳將事情想得太簡單了。」

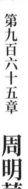

第九百六十五章 周明華

「奴婢不明白娘娘的意思。」

看莫兒一臉茫然的樣子，瓜爾佳氏嘆了口氣道：「事情可一不可再，妳家主子固然是幫三福求到了恩典，但當時天時、地利、人和，無一不全，可眼下卻是什麼都沒有，而且四喜是皇上身邊的人，皇上不會輕易答應的。稍一不慎，還會惹來殺身之禍。」

莫兒聽著她的話，不禁有些慌了，連忙道：「那……那可怎麼辦？」

凌若狠狠瞪了她一眼道：「還能怎麼辦，先瞞著皇上再說，等以後時機合適了再向皇上求情。記著，在這段時間，不要讓任何人發現妳與喜公公的關係，否則連本宮也救不了妳。」

莫兒惶恐地答應：「奴婢記下了。」

在打發莫兒下去後，凌若連連搖頭道：「這丫頭，真是一點頭腦都沒有，若非我問起，也不知她什麼時候才會說。」

「行了，別生氣了，莫兒肯說，至少證明她心裡還是很尊重妳這個主子的，否則大可以一直瞞下去。」瓜爾佳氏微微一頓，道：「其實他們的事就算宮裡這條路走不通，咱們也可以走別的路。」

凌若柳眉一挑，執針的手一滯，遲疑地道：「我不明白姊姊的意思。」

瓜爾佳氏接過她手裡的針，接著剛才的地方繡了下去。「莫兒出宮與否皆在妳一句話，她只要離了宮，自然就不受宮規束縛。而四喜，我知道他與蘇培盛一樣，在外頭都有宅子，到時候將莫兒安置在裡頭，哪個又能說什麼。」

瓜爾佳氏這番話是凌若未想到的，細細一思量，發現確為一個可行之法，既成全了兩人，又繞開了規矩，實在是一舉兩得。

正要說話，瓜爾佳氏再次道：「不過在安排妥當之前，妳要當心皇后，一旦讓她抓到把柄，只怕又會興風作浪。另外，我聽說最近舒穆祿氏多有去養心殿，偶爾還會留下來過夜。眼下，溫如傾已經不可能再起復了，那麼秀女之中，便是她與劉氏還有佟佳氏爭鋒；不過我瞧佟佳氏對於皇恩似乎不太熱衷，也不見她去爭過什麼，倒是有些讓人捉摸不透。」

凌若另外取了一根繡針穿上線，坐到對面與瓜爾佳氏一道繡起來，漫然道：「我對佟佳氏印象倒是不錯，她看著並不像是心機多多之人。」

繡針在穿過綿緞時，有輕微的「嗤嗤」聲，瓜爾佳氏捻了捻針，搖頭道：「人心隔肚皮，在將肚皮剖開之前，還是不要輕信任何人好。」

凌若被她說得笑了起來。「瞧姊姊說的，倒像咱們是專門剖人肚皮的劊子手一般。對了，姊姊今日來看我，就為了陪我一道繡花嗎？」

瓜爾佳氏微微一笑，手裡的動作並沒有停下。「看妳這個樣子，似乎猜到我為什麼而來，那倒是說來聽聽。」

「我猜……」凌若話音一頓，在針線破錦而出時道：「應該是為了今兒個下午，太醫院進新太醫一事，不知猜得可對？」

瓜爾佳氏笑而不語，好一會兒方道：「如何，可有興趣與我一道去看看，靳明華，我可是好奇得很呢。」

「姊姊有命，豈敢不從。」

在這樣的玩笑後，兩人專心於繡圖上，直至晌午時分方才停了下來。隨意用了些午膳後，兩人施施然往太醫院行去。

按著規矩，凡過了初選的大夫都會被允許進到太醫院中，由院正親自考校，從中選取三人為新的太醫。

能夠成為太醫，對於許多大夫來說是最大的榮耀與肯定，所以一個個皆會使盡渾身解數，以求可以留在太醫院。

她們到的時候，考校已經開始，正在主持的齊太醫看到她們進來，神色一震，忙過來輕聲道：「二位娘娘怎麼過來了？」

凌若微微一笑道：「本宮聽說今日是太醫院考校新太醫的日子，一時好奇，便過來看看，不知進行得怎樣？」

齊太醫低頭道：「回娘娘的話，已經進行了一輪，還有兩輪，要等全部結束後方才會選出合格者。二位娘娘若有興趣，不妨坐在一旁觀看。」

說話間，已經有機靈的小太監候在一邊，凌若見狀道：「行了，齊太醫自去忙你的吧，不必理會本宮。」

「微臣告退。」齊太醫再次行了一禮後，方才回到原來的地方。

因為凌若二人的到來，那些年紀迥異的大夫均敬畏而好奇地望了過來。他們多少有些眼力勁，知道這兩位容色出眾、氣度雍容的女子，絕不是之前所見的宮女之流，只是不曉得她們是什麼身分。

在這些醫者中，有一個看著年僅二十左右的青年只是往凌若她們那邊看了一眼便收回目光，繼續專心於手中的藥材上。第二輪的試題，要求在最短的時間內，辨認出這些冷僻的藥材名，最先答出且答對的五人便會進到下一輪考校。

這人不是別人，正是靳明澤的弟弟，靳明華，不過他如今已經改名為周明華，連戶籍也變成了浙江桐鄉。

那廂，瓜爾佳氏悄悄道：「妳說周明華能過得了這太醫甄選嗎？」

凌若接過宮人奉來的茶水，微笑道：「有徐太醫擔保，再加上姊姊家族的舉薦，相信齊太醫他們會賣幾分面子，不過最終還是得看他自己。」說著，她轉頭對跟在旁邊的太監道：「這一輪他們比的是什麼？」

小太監趕緊道：「回熹妃娘娘的話，第二輪比的是對藥材的熟悉，齊太醫給他們每個人分了各不相同、但都屬平日裡很少見到的藥材，看哪個答得既快又準，從中選五個到最後一輪。」

他們說話間，齊太醫已經清清嗓子道：「好了，你們都已經看清自己手裡的藥材了，哪個先來？」

那群大夫互相看了一眼，幾人先後走了出來，一邊將手裡的藥材交上去，一邊報上藥名以及功效。這些人當中有對亦有錯，對的眉飛色舞，錯的則垂頭喪氣。

待輪到周明華時，他將手中長著橢圓葉子、看著就像是路邊普通雜草的藥草放到桌上，行了一禮道：「此藥草名為子母草，功效為安胎定神，對於胎動不安的孕婦有奇效。」

第九百六十六章　如願以償

見周明華答得分毫不差，齊太醫略有些驚詫，因為在這些藥草中，最冷僻的莫過於這個子母草，除了太醫院的太醫之外，很少有人識得。他當下道：「你從哪裡識得這子母草？」

「啟稟齊太醫，草民並不曾見過子母草，只是家師曾經畫出此草的樣子教授草民，所以草民識得。」

不等齊太醫問其師父是何人，旁邊的副院正已經遞過一張紙，正是周明華的紀錄。看著那張紙，齊太醫也想起了之前收到的兩封信，當下不動聲色地點點頭。

「你叫周明華？」

「是，草民就是周明華。」在回答這句時，他心裡是極矛盾的。明明自己姓靳，卻不得不背棄祖上傳下來的姓，改成另一個；可是他若想要入宮為大哥報仇，就只有這個辦法。

齊太醫撫著頷下的山羊鬚點一點頭，示意周明華站到一邊。

看到這一幕的瓜爾佳氏忍不住笑道：「這是否就是所謂的緣，昔日我用子母草為妳保胎，徐太醫知道後將子母草收入太醫院中，為眾太醫所知，而今齊太醫偏這麼巧地又用子母草來考徐太醫的徒弟。」

「一飲一啄皆有定數，看樣子，連老天爺都想讓他入宮了。」

隨著凌若這句話，第二輪考校已經結束，包括周明華在內的五人進到了下一輪；而最後一輪比的是懸絲診脈，要他們憑絲線診出患者得的是什麼病。

在周明華要接過綁好的絲線時，凌若突然出聲道：「齊太醫，本宮近幾日感覺身子頗有些不適，不如就讓這位大夫替本宮懸絲診脈。」

齊太醫不明白凌若突然這麼說的用意，卻不曾多問，應承一聲後，命小太監替凌若繫上絲線，在小太監將絲線遞給周明華時，他道：「周明華，你好生替熹妃娘娘診脈，然後將脈案如實告訴我等。」

周明華驀然一驚，不敢置信地看著不遠處那個猶若天人的女子。那便是師父說過的熹妃娘娘？保下他靳家人性命的熹妃娘娘？

見周明華一味盯著熹妃，齊太醫輕咳一聲，周明華頓時回過神來，連忙低頭接過絲線，專心於從絲線傳來的微弱脈象上，至於那些疑問皆被他壓在心底。他明白，想要有資格問出那些問題，必須要通過最後一關，成為真正的太醫。

過了半盞茶的工夫，周明華方才抬起頭道：「熹妃娘娘身子並無大礙，只是心肺經脈虛弱了些，只要善加調理便不會有事。」

凌若微微一笑，待宮人解開腕上的絲線後，道：「那本宮就等著來日周太醫為本宮調理開藥了。」

在周明華還懵懂的時候，人老成精的齊太醫已經會過意來，走到周明華身邊輕喝道：「愣著做什麼，還不趕緊謝熹妃娘娘大恩，從今日起，你便是太醫了。」

周明華還有些回不過神來。「齊太醫，您是說我……」

「是啊，娘娘親自開了口，難道還有假嗎？趕緊謝恩。」齊太醫笑著說道。真不知這個周明華是什麼來頭，徐太醫、瓜爾佳氏一族還有熹妃娘娘都力保他。

周明華大喜過望，在其他人豔羨的目光中跪下道：「草民多謝熹妃娘娘大恩大德，草民此生沒齒難忘。」

「起來吧，明日記得來本宮宮中診脈，為本宮調理身子。」在這般說完後，凌若與瓜爾佳氏攜手走出了太醫院。

凌若離開太醫院後不久，這個消息便傳到了坤寧宮。彼時，那拉氏正拿著剪子在修剪花枝，待小寧子說完打聽來的消息後，道：「知道這個周明華是什麼來頭嗎？」

小寧子搖頭道：「這個奴才尚不清楚，只知他是浙江桐鄉人，剛來京城沒多久，家世……似乎很尋常，並無特殊。」

那拉氏將一枝多餘的花枝剪下，冷然道：「沒有特殊，會成為徐太醫的徒弟，會得到他的舉薦還有整個瓜爾佳氏的支持？熹妃會親自點他為太醫？你當本宮是傻子不成？」

小寧子趕緊道：「奴才不敢！奴才只是覺得……」

不等他說下去，那拉氏已經將剪子交給惜春，直起身道：「好了，你怎麼覺得，本宮不想聽，總之這個周明華一定有問題，明日你出宮一趟，將這件事告訴英格，讓他將周明華的底給本宮查清楚。」待小寧子答應後，她又道：「對了，最近劉氏那邊怎麼樣了？」

小寧子忙賠著小心道：「回主子的話，自從溫氏一事後，謙貴人一直待在長明軒中養胎，不離開一步；奴才聽說眼下所有謙貴人用的東西，都看得很嚴，不經太醫驗過，絕不用。」

「劉氏也算是吃一塹，長一智了，曉得提防宮裡這些層出不窮的手段，不過許多時候，還是防不勝防。」

小寧子聽不出那拉氏這麼說的用意，不敢隨意接口，只垂目盯著鞋尖。他之所以能在眾多宮人中出頭，被那拉氏看重，便是因為他懂得掌握自己的分寸，曉得什麼時候該說話，什麼時候該閉嘴。

靜了片刻後，他耳中再次傳來那拉氏的聲音——「讓舒穆祿氏來見本宮。」

「嗻！」小寧子快步離去。

不到半個時辰，便見舒穆祿氏隨他一道進來，對正在淨手的那拉氏屈膝行禮道：「臣妾叩見皇后娘娘，娘娘萬福金安。」

「慧貴人免禮。」那拉氏和顏悅色地說著，拭淨雙手後又道：「昨日不見慧貴人，本宮擔心成嬪又給妳難堪，所以傳妳過來一趟，還望慧貴人莫要見怪。」

舒穆祿氏剛直起的雙膝連忙再次屈起。「娘娘對臣妾關心有加，臣妾感激尚來不及，怎會有見怪二字。娘娘這樣說，可是要折殺臣妾了。成嬪自從上次被皇上罰了謄抄宮規後，再不曾為難過臣妾。」

第九百六十七章 皇后之意

「甚好。」那拉氏嘴角的笑意一深，道：「既如此，那慧貴人應該有更多的時間伺候皇上，可為何皇上總是去承乾宮與長明軒，而不是妳的水意軒呢？」

舒穆祿氏心中一跳，越發垂低了頭道：「臣妾常去養心殿伺候，但……」

「但還是留不住皇上對嗎？」那拉氏輕輕扣著懷中的暖手爐，尖利的護甲在碰到手爐時，發出「叮叮」的聲音。「慧貴人，本宮費了那麼多精力，方才為妳掙來今日的地位，妳自己可也要上點心，否則恩寵一旦薄下去，想再恢復可就難了，而本宮不可能幫妳一輩子。」

舒穆祿氏惶恐地道：「回娘娘的話，臣妾已經盡力了，可是劉氏如今懷著身孕，皇上難免厚待幾分。」

「那熹妃呢？她可沒有懷孕，也不及妳青春妍麗，皇上為何還是常常過去？」

那拉氏一展繡著牡丹紋的袖子，看著神色窘迫的舒穆祿氏，語氣一緩道：「本宮並不是苛責妳，只是妳是本宮看重的人，又有一雙那麼誘人的眼睛，實在不該止步於此，更不該輸給任何人。再說，貴人也不是什麼正經的名分，對妳來說實在太過委屈了，明白本宮的意思嗎？」

舒穆祿氏暗自吸了一口氣，垂首道：「臣妾明白。」

「明白就好。」那拉氏揚著綴著細碎晶石的眉梢，意味深長地道：「本宮等著慧貴人的好消息。」

舒穆祿氏唯唯應著，待得從坤寧宮走出來時，雖然秋陽耀眼，她卻渾身發涼，感覺不到一絲暖意。

在走到無人的角落裡時，雨姍忍不住道：「主子，皇后娘娘剛才那些話是什麼意思啊，怎麼奴婢聽得雲裡霧裡？」

舒穆祿氏沒有說話，倒是一旁扶著她的如柳搖頭道：「虧得妳還一直在旁邊，居然連這也沒聽懂。皇后娘娘明擺著是要主子除掉謙貴人或是熹妃娘娘。」

「竟是這樣嗎？」雨姍驚呼一聲，有些不敢相信皇后竟藏著這樣惡毒的心思，旋即又憤憤道：「她既是瞧著熹妃與謙貴人不順眼，為何自己不動手？」

「皇后娘娘向來最擅長借刀殺人，又怎麼會自己動手呢？」舒穆祿氏終於開口了，冷冷道：「我雖然不清楚溫如傾的事，但以前曾在皇后宮中見過她，想來她也是皇后手中的棋子；可她出事時，皇后不過是一句『太后持喪期內不宜見血光』罷了，從此再沒有隻言片語，任由溫如傾在冷宮中自生自滅。」

雨姍左右瞥了一眼，見沒人經過，小聲地道：「皇后心可真狠。」

「不是皇后心狠，而是宮中本就該如是。」不知是因為見多了宮中的爾虞我詐，還是因為吃多了惜春送來的藥，舒穆祿氏覺得自己似乎越來越適應宮中的生活。就像是之前她故意害得成嬪受罰，害得繪秋被打落滿嘴牙齒，一切都再自然不過，甚至於現在回想起來，都不會生出半分內疚。

如柳默然不語。在宮裡，妳不害人，別人就會害妳，想要獨善其身，根本就是不可能的事。好比死去的惠妃，她從不爭寵，只安心撫養公主長大，結果呢？靜悅公主遠嫁準噶爾，生死不明；惠妃自己也被親妹妹害死，化為一捧黃土。

「那咱們現在該怎麼辦？難道真依著皇后的意思去害人嗎？」

面對雨姍的問題，舒穆祿氏沒有說話，只是看著如柳輕聲道：「妳說呢？」

如柳猶豫了許久，方才下定了決心地道：「主子是皇上親封的貴人，這輩子都只能生存在紫禁城中，請主子一定要珍重自己，千萬莫要再像以前那樣。」

「我知道。」舒穆祿氏知道她說的是自己無寵時被繪秋任意欺凌的日子。是的，那樣的日子她絕不想再回去。「咱們現在都是皇后的棋子，皇后說怎麼做便只能怎麼做，否則……溫如傾便是我的下場，明白了嗎？」

雨姍仰頭看著她，不無擔心地道：「主子，可這樣太危險了。」

舒穆祿氏搖頭，露出愴然的笑意。「傻丫頭，宮裡本就是處處危機的地方，我所要做的，就是在危機中求生，若連這一點都想不明白，那就等著成為別人的踏腳石吧。」

雨姍感覺到舒穆祿氏心中的悲涼無奈，低頭不再說話，在扶了舒穆祿氏回到水意軒後，輕聲道：「主子您歇會兒，奴婢給您沏盞茶來。」

待其下去後，舒穆祿氏目光一轉，落在比平日裡沉默許多的如柳身上。「怎麼不說話？可是覺得我剛才說的話不對？」

如柳忙搖頭道：「不是，主子所說的每一句都很對，奴婢只是在想皇后。若主子真依皇后的話，除去了熹妃與謙貴人，那麼皇后下一個要對付的人會不會是……」後面的話猶豫了很久都未說出口。

舒穆祿氏心中有數，在接過雨姍遞來的茶後，道：「妳怕皇后下一個要對付的人就是我，對嗎？」

如柳咬牙道：「是，皇后不會坐視主子得寵，一旦沒了威脅，就必然會像捨棄溫氏一樣捨棄主子。就算以後宮裡再有什麼人冒出來成為新寵，但後年就是選秀之年，皇后大可以從中再擇棋子來利用，對皇后而言，棋子是永遠不會沒有的。」

舒穆祿氏睇視著在茶湯中沉浮的茶葉，一字一句道：「所以要想不被皇后捨棄，就不能成為無用之人。溫如傾不明白這個道理，所以她進了冷宮，而我絕不會踏上她走過的路。」

第九百六十八章　答應

「奴婢也是這樣想的，可想著容易，做起來便難了。主子要讓皇后不能捨棄，就必然不可以真除了熹妃與謙貴人，可這樣一來，您便是違背了皇后的意思，她同樣有可能對主子不利。」

舒穆祿氏輕嘆一口氣，身子往後仰了幾分道：「難的事又豈止一樁。熹妃是什麼人，雖已過妙齡，卻依舊得皇上盛寵，且皇后娘娘身子好了這麼久，皇上卻一直沒有開口說將掌管六宮之權交還給皇后，依然由熹妃暫攝，可見對熹妃的信任；而我不過是一個小小的貴人，要扳倒這棵大樹談何容易。再說劉氏，經過溫氏一事後，她比平日裡更加警惕，整個長明軒幾乎可說是針插不進、水潑不入，要除掉她的孩子，難如登天。」

聽到這裡，如柳也沒了主意。「那……那可怎麼是好？」

舒穆祿氏撫一撫額，疲憊地道：「走一步看一步吧，天無絕人之路，總有一條路可以讓我走過。」

她不知道自己是否可以擺脫棋子的身分，成為像那拉氏一樣的控棋人，但她會努力朝這個方向走，哪怕遍布荊棘，也絕不放棄。

翌日，莫兒正替凌若梳洗，三福進來打了個千兒道：「主子，周太醫來了，正在外頭等著主子呢。」

凌若看著鏡中髮髻高聳的自己，頷首道：「知道了，讓他在外頭等著，本宮過會兒便出去。」

待三福出去後，莫兒好奇地問：「主子，這位周太醫便是靳太醫的弟弟嗎？他真的成為了太醫啊？」

凌若透過打磨光滑的銅鏡斜睨了她一眼道：「妳自己的事還沒弄好，倒有心思去管別人。」

莫兒吐了吐舌頭。她曉得為了自己的事，主子甚是頭疼，不敢再說什麼。

替凌若收拾妥當後，莫兒扶了她出去。

周明華一看到凌若出來，連忙起身長揖一禮，有些生疏地道：「微臣見過熹妃娘娘，娘娘吉祥。」

凌若坐下後，溫和地道：「起來吧，本宮面前不必多禮。莫兒，給周太醫看座。」待周明華起身，她又有些內疚地道：「讓周太醫背棄祖姓入宮為太醫，實在是委屈了。」

剛剛坐下的周明華聞言連忙站起身來，正色地道：「微臣知道，微臣今日能夠如願站在這裡，多虧娘娘護持和費心安排，微臣不過是改了個姓而已，如何敢言委屈。微臣如今只有一個心願，就是知道是誰害死了微臣的哥哥。」

看著那雙與靳太醫相似的眼睛，凌若不由得想起了靳明澤死時的慘狀，有些難過地道：「本宮就算告訴你，你又能如何，尋她報仇嗎？」

一聽這話，周明華頓時紅了眼，握著雙手道：「殺人償命，天經地義。就算拚卻微臣這條性命不要，也定要他血債血償！」

「胡鬧！」凌若驟然冷喝，質問：「這是什麼地方，是紫禁城，是皇宮，你若這樣明目張膽地殺了人，還有命活著嗎？」

「早在我準備入宮的時候，就已將性命置之度外，只要能替大哥報仇便可。」周明華激動得忘了應有的自稱，雙目紅得像是要滴下血來。

凌若聲音冰寒地道：「只怕你拚卻性命，也不過是讓黃泉路上多一條亡魂而已，根本報不了仇。」不等周明華說話，她再次道：「本宮知道你是什麼打算，下毒是嗎？哼，幼稚，在這裡有的是試毒的法子，除非你醫術高過你師父，否則還沒等你下完毒，那邊就已經驗出來了，到時候仇沒報，自己倒是先死了。靳明華，你大哥已經死了，靳家只剩下你這一條血脈，你是否想讓靳家絕後，想讓你家中的老母再次白髮人送黑髮人？」

「我……」周明華張嘴，卻發現自己什麼也說不了，頹然無奈地低下頭。若真像熹妃說的那樣，他真不知自己該怎麼做了。

看著他悵然若失的樣子，凌若語氣一緩，嘆道：「本宮知道你報仇心切，更理解你心中的恨。當日本宮看著靳太醫為避剮刑而被迫自盡，心中亦是萬分難受；但事情已經發生了，咱們只能去接受，唯有如此，才可以清楚明白自己接下來要做的事。」

見周明華露出若有所思之色，她繼續道：「仇固然要報，但必然要在保全自身的情況下讓惡人付出該有的代價，為了這種人失去性命，可是不值得。」

周明華咬一咬牙，跪下道：「請熹妃娘娘為微臣指點迷津，微臣此生此世，皆以熹妃娘娘之命是從，絕不敢有背。」

「好！」在簡短的一個字後，凌若起身走到他身前，居高臨下地看著他道：「本宮可以告訴你仇人的名字，但你必須答應本宮一件事——忘記自己身為靳明華的事，從這一刻起，你只是周明華，從浙江桐鄉來的周明華。」

周明華曉得凌若的意思，是要自己暫時放下仇恨，哪怕明明對面站的是仇人，也要守著臣子該有的本分，直至機會來臨的那一刻，方才一口咬上去，將對方咬得斷氣。

凌若沒有催促，只慢慢抿著茶。她知道要做出這個決定，對周明華而言是極其艱難的，但若連這一點都做不到，那麼也就沒有報仇的資格。

許久，周明華終於咬一咬牙，艱難地道：「是，微臣答應娘娘。」

凌若點頭，親手扶起他道：「害你兄長的不是別人，正是坤寧宮那位母儀天下的皇后。」

周明華面孔扭曲，額上青筋暴跳，過了許久，青筋方才緩緩平復下去，面孔亦恢復正常。「是，微臣記下了。」

看到他這個樣子，凌若終於放下心來。「本宮既然安排你入宮，就一定會幫你報仇，你要做的就是莫讓仇恨蒙蔽了雙眼，失去應有的冷靜。」在周明華一一答應後，她回到椅中坐下道：「好了，替本宮把脈開藥吧。」

周明華愣了一下，沒想到凌若竟然真的讓他把脈開藥，不由得道：「微臣跟師父不過才學了幾個月，醫術未精，怕……」

第九百六十九章 懷疑

凌若哂笑道：「本宮都不怕，你怕什麼？徐太醫既然肯讓你參加這一次的太醫考試，便是相信你的能力，你該相信你師父。再說，本宮讓你過來是為本宮診脈開方，你若什麼都不做，豈非讓人懷疑。」

周明華愕然道：「難道微臣開沒開方，別人也會知道嗎？」

「在宮裡，從來沒有永遠的祕密，只在於哪一個祕密可以隱藏得更久一點而已。你記著，不論做什麼事，都不要讓人抓到把柄，否則你會發現自己在宮中寸步難行。」這般說著，凌若已經伸出手。

周明華在細細體會了一番她的話後，露出若有所悟之色，點頭道：「微臣明白了，以後還請娘娘多多教誨。」

見周明華領悟得如此快，凌若頗為滿意地道：「只要是本宮能教的，一定會悉心教導你，只盼你千萬不要辜負本宮的期望。」

周明華答應一聲，上前隔著絲帕為凌若診脈，得出的結果與昨日大致相同，仔細斟酌藥性後便開了方子。

在周明華準備離去時，凌若忽地道：「對了，你進宮之前，家裡的事可安頓好了？還有本宮派去的那個人，你見了嗎？」

說到這個，周明華露出難得的笑容，拱手道：「此事微臣尚未來得及謝娘娘，不只安排微臣入宮，還專門請了人，以微臣的身分照顧微臣娘親，讓微臣可以安心留在宮中。」

「不過是舉手之勞罷了，不必多言謝意。另外，你娘親雖有人照顧，不須擔心衣食，但並不是沒代價的，你再不能當眾宣稱自己是靳家的兒子，也不能毫無顧忌地喚娘親，因為在律法還有身分上，你已不再是靳明華，那個人才是。你最多只能偶爾去看一眼，一旦被人查到你是靳太醫的弟弟，那麼你與本宮，還有舉薦你入宮的謹嬪家人都會有危險。」

周明華目光堅毅地道：「微臣知道，世事向來不可能十全十美，能做到這一步，微臣已經很滿足了。娘娘大恩，微臣會永遠記在心中。」

隨後幾日，凌若一直照著周明華開的方子服藥，面色漸漸紅潤了許多，胃口也好了，不再像以前那樣瞧見什麼都沒食慾。

看到凌若這個樣子，胤禛頗為高興，對凌若越發憐愛，處理政事之餘，最常去的便是承乾宮，其次則是劉氏的長明軒。

進了十月後，除了四季常青的樹之外，已難以再看到一片綠葉，原本一到夜間便嘰喳不停的秋蟲也消失不見。

這夜，小寧子一邊替那拉氏用玫瑰泡過的熱水浸手，一邊道：「主子，英格大人之前派人傳來消息，說他已經派人去桐鄉打聽過，很奇怪，那邊並沒有人認識周明華，甚至連他的名字也沒聽說過，這個人就像是一夕之間冒出來的一般；至於他是怎麼會拜徐太醫為師，又是怎麼認識謹嬪的娘家就不得而知了。」

「周明華……」那拉氏輕輕唸了一遍，若有所思地道：「小寧子，在弘晟那件事中死掉的那個靳太醫叫什麼名字？」

小寧子思索了一下道：「奴才記得好像是叫靳明澤。」

那拉氏低頭不語，周明華……靳明澤……兩人都有一個明字，是否有什麼聯繫呢？若是的話，那麼一切倒是可以說通了。「小寧子，本宮記得靳明華還有一個弟弟，你再去打聽打聽，看他那個弟弟現在在何處。」

小寧子微微一驚，旋即回過神來。「主子可是懷疑周明華就是靳太醫的弟弟？可是他在太醫院的案卷明明白白寫著姓周，這一點應該不能偽造。」

「普通人自然不能，但若是被改了戶籍變成另一個人呢？浙江……本宮記得以前熹妃的下人李衛，如今恰好是浙江總督。身為總督，要改添一個人的戶籍，不過是輕而易舉的事。」那拉氏鳳眸微瞇，將手自水中抬起來，看著不斷從指尖滴下的水，徐徐道：「總之一切還是查得仔細些好。」

「是，奴才明日便讓人帶信給英格大人。」說到此處，小寧子露出一絲詭異的笑容。「若真如主子所料，那熹妃與謹嬪，便難逃其責。」

那拉氏笑而不語，待惜春替她拭乾了雙手後道：「對了，舒穆祿氏那邊還是跟以前一樣嗎？」

「是，奴才一直有派人盯著慧貴人，發現她一切都與往常無異。」在將繪有龍鳳圖案的銅盆端下去後，小寧子道：「主子，奴才瞧慧貴人似乎有些不太願意聽主子的話。」

「由不得她不聽！」那拉氏冷哼一聲道：「本宮可以扶得起她，自然也可以踩得了她。」她目光一轉，對惜春道：「明日妳去一趟水意軒，探探她的口風。」

惜春目光一閃，低頭道：「是，奴婢知道了。」

那拉氏「嗯」了一聲，扶著額頭道：「最近天一冷，本宮這頭又開始有些痛了，扶本宮去休息吧。」

小寧子關切地道：「要不要傳太醫來給主子瞧瞧？」

惜春一邊扶著那拉氏起來，一邊解釋：「主子頭痛的毛病已經有許多年了，太醫看了許多，都說沒什麼好辦法，只能好生休養，平日裡莫要動氣。」

小寧子唯唯應了一聲，又帶著幾分恨意道：「都怪熹妃那些人在暗中攪事，讓主子費神費力。」

那拉氏擺手道：「好了，不說這些了，越說本宮越頭疼，讓本宮清淨一會兒。」

「嗻！」小寧子低頭答應，待那拉氏進了內殿後，方才直起身來。

第二日一早，惜春依著那拉氏的吩咐來到水意軒。舒穆祿氏正在用早膳，看到惜春進來，連忙站起身來客氣地道：「惜春姑姑怎麼過來了？」

惜春屈一屈膝，笑道：「奴婢奉主子之命來看看慧貴人。」

「娘娘如此關心臣妾，實在讓臣妾受寵若驚。」這般說著，她又道：「姑姑用過早點了嗎？若沒有，不如在我這裡用一些。雖說只是一些清粥小菜，但所幸都還是熱的。如柳，趕緊再去拿一副碗筷來。」

第九百七十章　尋生路

「不必了。」惜春阻止道：「奴婢來之前已經用過了，其實皇后娘娘一直對貴人很是關心，眼見劉氏仗著腹中的龍胎越發得寵，怕貴人受了委屈，所以特意派奴婢來問問，不知貴人一切可都安好？」

舒穆祿氏心思飛轉，待惜春話音落下後，滿面感激地道：「都怪我無用，令娘娘這般費神。」

惜春看著舒穆祿氏，笑而不語。舒穆祿氏知道她這是在逼著自己表態，微一咬牙道：「其實這幾日我一直在想辦法，只是姑姑也知道這並不是一件容易的事，所以一時半會兒間，還尋不到一個好辦法，不過我會盡快的。」

惜春一欠身，出聲道：「那還請慧貴人趕緊想辦法，以免主子等得太久。」

舒穆祿氏連連答應，待惜春離去後，她緩緩坐下，剛執起筷子便又恨恨地摜在桌上，冷聲道：「撤下去吧，我不想吃了。」

「可是主子才剛吃了幾口……」雨姍剛說了半句便被如柳拉住，示意她不要再多言。

待收拾了桌子後，如柳方小聲道：「主子，看樣子皇后娘娘那邊是打定了主意不放過您。」

「我知道！」舒穆祿氏冷冷吐出這兩個字，待又坐了一會兒後，她抬手道：「如柳，扶我去長明軒。」

如柳一驚。「主子，您真要按皇后娘娘的吩咐去做嗎？」

舒穆祿氏扶著她的手慢慢走到門檻處，抬頭看著在冬日裡略顯淡薄的陽光，嘴角微抿，露出一絲同樣淡薄的笑意。「就是因為不想按她的話去做，我才要去長明軒，也許能從中尋出一條生路來。」

如柳不再多問，與雨姍一道扶了舒穆祿氏去長明軒。

當劉氏聽到宮人稟報舒穆祿氏在外頭的時候，頗有些驚訝。舒穆祿氏與她雖說沒什麼仇怨，但兩人是一道入宮的，又都封了貴人，彼此之間難免會互別苗頭，所以平日往來並不多；尤其是在出了溫如傾的事後，為了避嫌，來這長明軒的人越發少了，倒是沒想到舒穆祿氏敢過來。

金姑疑惑地道：「主子，慧貴人此時過來，不知是何用意？」

「她打什麼主意，見了不就知道了嗎？海棠，請她到前廳奉茶，我這就過來。」

劉氏掀開錦被下床，金姑連忙替她穿鞋。因為懷孕的緣故，她並沒有穿慣常的花盆底鞋，而是一雙軟底的繡鞋。如今的她已經懷孕近五月，腹部明顯隆起。

待到了前廳，只見舒穆祿氏正在喝茶，劉氏遂笑道：「姊姊今日怎麼得空來看我？」

舒穆祿氏連忙放下茶盞道：「妹妹懷了龍胎這麼久，我也沒好生來看過，想起來十分過意不去，趁著今日天氣不錯，便想過來看看，不知可有打擾到妹妹？」

劉氏故作不悅地道：「姊姊這樣說，可真是拿我當外人了，妳能來看我，我可是高興都來不及。」

「那就好。」舒穆祿氏笑著看劉氏在旁邊坐下，關切道：「妹妹最近身子可還好？尤其是龍胎，一切都安好嗎？」

劉氏微笑道：「何太醫天天來診脈，說是還算過得去，但還是要注意靜養。不過近些日子，胃口是好些了，不再像以前一樣，什麼都吃不下。」

舒穆祿氏上下打量她一眼，頷首道：「有些日子沒見妹妹，如今瞧著是好像比之前豐腴了些。既有胃口，那就多吃一些，這樣才能生下一個活潑可愛的小阿哥來。」

劉氏撫著腹部，感慨地道：「哪裡曉得呢？指不定是一個小格格呢。」

舒穆祿氏搖頭道：「妹妹是個有福之人，相信一定可為皇上多添一位阿哥。」男女雖不過一字之別，但女子永遠不可能問鼎大位，相較之下，自然是阿哥更好些。

劉氏撫著海棠遞過來的鎏金銅柄暖手爐，道：「承姊姊吉言。」

在沉寂了片刻後，舒穆祿氏凝聲道：「我有幾句知心話想與妹妹說，不知妹妹是否有心思聽？」

劉氏長眉一挑，旋即輕聲道：「姊姊有話，我這個做妹妹的自然是洗耳恭聽。」說完不見舒穆祿氏接下去，她會意地道：「外頭風吹進來，頗有些涼意，海棠，妳去把門關了，另外再將炭火生上。」

海棠依言關了門，然後下去生炭火，待得她將燒得紅通通的炭盆端上來後，劉氏方道：「好了，此處沒有外人，姊姊有話儘管說就是。」

舒穆祿氏微一咬牙，終於將在心底盤桓了許久的話說出來。「我與妹妹是同年入的宮，雖說之前不曾深交，但同年的情分總還是在的。所以我實不忍見妹妹剛安生幾天，又被捲入另一場災劫中。」

劉氏原本輕鬆的神色因為她這些話而嚴肅了起來，握緊了手爐道：「還請姊姊明示。」

舒穆祿氏長嘆一聲，盯著劉氏隆起的腹部道：「妹妹得蒙聖寵，更有幸身懷龍胎，這既是集福一身，也是集怨一身。相信經過溫氏的事，妹妹已有所體會。」見劉氏不吭聲，心知自己這些話說到了她的心坎裡，繼續道：「如今溫氏固然是入了冷宮，不能再威脅到妹妹，可後宮之中，並不只一個溫氏。妹妹雖百般設防，終歸是明槍易躲，暗箭難防，誰也不敢保證，腹中孩子可以平安生下長大。端看年氏的兩個孩子便知道了。至於熹妃，我聽說在四阿哥之前還有一個女兒，可惜一生下來便死了。」

聽到此處，劉氏已經滿面凝重，盯了舒穆祿氏道：「姊姊可是知道有什麼人要對付我的孩子？」在說這話時，她下意識地護住腹部。

舒穆祿氏搖頭，沉聲道：「我知道，但是我不能說，我只想問妹妹一句話，是否願意相信我一次？」

劉氏低頭思索片刻，道：「姊姊能與我說這些，便已證明是打從心底將我當成妹妹看待，我又如何會不信姊姊，姊姊有什麼話儘管吩咐。」她很聰明地沒有就剛才的話追問下去，看舒穆祿氏的樣子，分明是有很深的忌憚。

第九百七十一章

瞞天過海

「多謝妹妹信任。」舒穆祿氏神色感動，不過她心裡清楚，劉氏未必是真信了她，只不過是不敢拿腹中的孩子冒險，那可是劉氏後半輩子的希望。

炭火中不時響起「嗶剝」一聲，舒穆祿氏與劉氏說了許多話，一直到晌午時分方才離去。

在她走後，劉氏坐在椅中出神，好一會兒方道：「金姑，按剛才慧貴人的話，下去準備。」

金姑神色一凜，小聲道：「主子，您真相信慧貴人嗎？奴婢總覺得事情有點蹊蹺，而且俗語有云：無事獻殷勤，非奸即盜。主子小心有詐。」

「她不敢的。」劉氏說出一句令金姑意外的話來，在其不解的神色中，劉氏撫著腹部站起身，慢慢踱到炭盆邊，凝視著那一塊塊通紅無煙的銀炭，道：「妳剛才可有注意到她說話時的神色？雖然極力掩飾，還是可以從中看到忌憚與害怕，她真的是已經走投無路，所以才會來與我結盟。」
海棠雖然從頭聽到尾，但對劉氏的話還是很迷糊。「結盟？奴婢不明白。」
劉氏沒好氣地瞪了一眼。「妳長那麼大腦袋是用來做什麼的，擺設嗎？總是不動腦，怪不得當初會被溫氏趁虛而入。」
海棠低了頭不敢說話，金姑連忙勸道：「主子莫生氣了，何太醫可是說了，您現在的身子不宜動氣，否則很容易影響胎兒。」
劉氏冷哼一聲，收回目光繼續道：「若我沒猜錯的話，舒穆祿氏背後的人應該是逼著她來害我，可是她一來不想受控制，二來又覺得此事太過危險，不易成功不說，一個不好還會惹禍上身，落得與溫氏一樣的下場，所以想出這麼一個瞞天過海的辦法；既不將身後的人得罪，又可以在我這裡賣個人情，作為結盟之前的示好。」
金姑眼珠子一轉道：「奴婢記得慧貴人剛入宮時，不過是一個答應，之所以可以晉為貴人，皆是因為去年除夕時的那一支舞。」
劉氏將雙手放在炭盆上方，感受著陣陣熱意，漫然道：「那年除夕的事情，彷彿是皇后安排的，妳說慧貴人身後那個人，是否就是皇后？」
金姑微微點頭道：「很有可能，不過慧貴人不說，咱們也不好逼著她說。」
劉氏搖頭道：「不能逼，她不說便由著她，只要咱們心裡有數就成了。」
金姑深以為然地道：「奴婢知道。不過皇后看著慈眉善目，不料暗地裡居然如此險惡，真是人不可貌相。」說到這裡，她忽的想起一件事。「對了，當時皇上要處置溫氏，皇后還在旁邊求了一句，會不會她與溫氏那些事也有關聯？」

劉氏沉著臉道：「十有八九。其實宮裡又有哪個是簡單的，皇后不是，熹妃不是，舒穆祿氏同樣不是！」而她劉潤玉，更加不是。

「奴婢不怕別的，就怕舒穆祿氏同樣不懷好心。從主子懷龍胎那一日起，宮裡無數雙眼睛就一直盯著，且想方設法地要除掉主子腹中的龍胎。」說到此處，金姑眉頭皺成了一團肉球，額間的皺紋亦因這個動作而越發明顯。

「放心吧，暫時不會，否則她也不會巴巴地來與我說這些了。要知道我若是將這些話告訴皇后，足夠她死上一百次了。」劉氏一頓道：「姑且信著吧，依眼下的形勢來看，與她結盟，對我並無壞處。另外我在宮中勢單力薄，也確實需要有人襄助。不過妳也看到了，宮中得勢的那幾個，皇后心思太深，一旦落入她手中，想再爬出來可就難了；而熹妃……疑人之心同樣重，上回我那樣示好，她都不願鬆口；至於謹嬪，她與熹妃向來共同進退，必然與熹妃一個意思。所以思來想去，也就與我一道入宮的舒穆祿氏最合適了。」

「奴婢明白了，奴婢這就下去準備。」

在金姑下去後，海棠走上前道：「主子，奴婢扶您回去歇著可好？」

劉氏搖頭道：「不必了，妳去將何太醫請來，有些話我要親自與他說。」

她的脈一直是何太醫在負責，如今要實施她與舒穆祿氏定下的計，何太醫是當中極為重要的一環，必須說服他才行。

海棠依言去了太醫院，聽說劉氏尋自己，何太醫不敢怠慢，趕緊隨海棠過來，一進來便緊張地問：「謙貴人，您喚微臣過來，可是覺得哪裡不舒服？」

劉氏安慰道：「何太醫不必擔心，我沒事，是另外有事與你商量。」

聽得她這麼說，何太醫稍稍放了心，不過卻是覺得有些奇怪，不曉得劉氏這麼急著叫自己過來是什麼事。

在何太醫坐下接過海棠沏來的茶後，她方才道：「我懷孕這些日子，何太醫每日都來給我請脈，實在是辛苦了。」

何太醫就著椅子欠身道：「謙貴人客氣了，這些都是微臣的分內之事，怎敢言辛苦二字。微臣眼下唯一的願望，就是盼著謙貴人身子康健，龍胎安穩。」

劉氏輕輕嘆了口氣道：「我又何嘗不是這樣想，只是何太醫也當知道這宮裡頭，有許多人不願我將這孩子生下來。」

何太醫不敢隨意接話，只緊張地側耳聽著，連捧在手中的茶也忘了喝。

「如今這孩子已經五個月了，若是再有什麼意外，那簡直就是要我的命。我知道何太醫一向懷有仁心，想來你也不願見這個孩子有三長兩短。」

何太醫忙道：「謙貴人放心，微臣定然拚盡一身醫術，護您與龍胎平安。」

「我自然信得過何太醫，但終究還是小心為上，所以我想請何太醫今後在寫脈象的時候，稍稍寫差一些，就像……之前溫氏害我時那樣。」在繞了一圈後，劉氏終於說出自己的目的。

第九百七十二章　紅麝串

何太醫悚然一驚，抬頭直視著劉氏，隨即覺得這樣不好，趕緊垂下目光，但心中泛起的驚濤駭浪卻是怎麼也平靜不下來。

見何太醫遲遲不說話，劉氏凝聲道：「怎麼了，何太醫不願答應我這個小小的要求嗎？」

何太醫回過神來，回道：「微臣不是這個意思，只是貴人讓微臣這樣做，萬一皇上問起，微臣該怎麼回答？」

「脈案怎麼記載，何太醫自然就怎麼回答，這有什麼好為難的。」劉氏彈著指甲，不以為然地說著。

「可這樣一來，豈非……欺君？」何太醫嚥著唾沫，有些艱難地說出那兩個字。

劉氏早料到他會這麼說，帶著一絲笑意道：「你不說，我不說，皇上又怎麼會知道呢？總不成何太醫自己巴巴地說了吧。再說了，在這樣的脈象下，何太醫還能保得我平安產下龍子，足見醫術高明，到時皇上一定會重重獎賞於你。自柳華死後，其中一個副院正的位置好像一直空著，何太醫難道不想坐上去嗎？」

動之以情，誘之以利，她相信，何太醫一定會心動的。

何太醫還是有些猶豫，這種事畢竟有風險，萬一被發現，他好不容易得來的太醫身分便會不保；可若不答應，看謙貴人這個樣子，只怕不會善罷干休。再加上副院正的位置……若說沒有任何想法，無疑是騙人的。

劉氏走到何太醫身邊，笑意深深地道：「如何，何太醫想清楚了嗎？」

何太醫趕緊站起來，思索良久，終是狠狠點了下頭。「微臣……聽謙貴人的吩咐就是了。」

聽到他的話，劉氏連最後一絲心也放了下來，笑道：「很好。」

有了何太醫的配合，事情自然進行得很順利，從第二日開始，劉氏的脈案便有了細微的改變，從安穩到略有異樣，再到不穩；而舒穆祿氏自那一日後，也常出入長明軒，陪著劉氏一道說說笑笑。

坤寧宮那頭，小寧子依著那拉氏的話派人出宮送信給英格，因為是京裡的事，所以查起來特別快，不出兩日便有了消息，不過消息卻令那拉氏頗為意外。

據英格派人查知的消息，靳明澤的母親與弟弟還在原來的地方，並沒有不見蹤影；若非要說什麼異常，就是他弟弟不再給人看病，改而開了一間小茶坊。

至於瓜爾佳氏一族為何會合力舉薦周明華，依然是一個未知之謎。看樣子，周明華真不是靳明澤的弟弟，可惜啊，失去了一個對付鈕祜祿氏的好機會。

正當那拉氏覺得有些可惜之時，小寧子道：「主子，奴才還有另一件事回稟。」見那拉氏示意他說下去，他湊到那拉氏耳邊小聲道：「奴才今日瞅著空去太醫打聽了一下，聽說謙貴人的脈象再次不穩，何太醫用了許多法子都不見效，正頭疼著呢。眼下宮裡還沒有什麼風聲，是因為長明軒那邊一直壓著。」

那拉氏目光一閃，抬手自旁邊的素彩燈籠瓶中取過一枝臘梅放在鼻下輕嗅，花香撲鼻而來。「那你可猜到劉氏為何會突然脈象不穩？」

小寧子看著那拉氏，試探道：「可是與慧貴人有關？」

那拉氏閉上眼道：「世間哪有不透風的牆，終歸是傳到了本宮耳中；昨日舒穆祿氏來給本宮請安的時候，本宮也曾問過她，你猜她用了什麼法子？」

想到這裡，小寧子小心地問：「慧貴人可是用了麝香？」

那拉氏本就不準備瞞他，微一點頭道：「她竟然將紅麝串塗了顏色，冒充沉香木，然後堂而皇之地戴在手腕上。」見小寧子一臉不解，她解釋：「所謂的紅麝串，就是將麝香與其他配料混在一起做成念珠戴在手腕上，看著與珊瑚相同，不過珊瑚無香，它卻有異香，所以很容易區別；也正因為如此，宮裡雖有不少人曉得，卻一直沒人敢用。」

小寧子驚訝地道：「那慧貴人就不怕被人發現嗎？」

「她在配料中添加了沉香，本宮曾聞過，若非仔細去聞，很難發現掩藏在沉香底下的那絲麝香；再加上她又故意弄成了沉香木的顏色，足以瞞天過海。能想到這個法子，可是連本宮都意外得很。」

驚訝過後，小寧子道：「總算慧貴人還知道聽主子的話，沒有繼續陽奉陰違。」

那拉氏瞥了他一眼，漫然道：「你只想到這些嗎？」

小寧子聽出她話中的不滿，連忙垂頭道：「恕奴才愚笨，不明白主子的意思。」

那拉氏將臘梅遞給他道：「聞聞，然後告訴本宮這是什麼品種？」

小寧子不明白她的意思，依言接過，仔細嗅了一口，陪笑道：「回主子的話，此臘梅香味遠較一般的濃郁，且色澤純黃，若奴才沒猜錯的話，應該是臘梅中最名貴的素心臘梅。」

那拉氏輕「嗯」了一聲道：「倒還有幾分見識。不過在舒穆祿氏一事上，怎麼就這樣短視了呢？她聽本宮話不假，但是能獨自想出這麼巧妙的法子，足見其心思與手段不簡單，可比那個事事需要本宮提點的溫如傾高明多了。這一點，可是連本宮也看走眼了。原本只道她是個性子軟弱，沒什麼心氣的，若由著她成長起來，怕是不會甘願受本宮控制，甚至會反咬一口。」

會咬人的狗，從來都不會亂叫。像溫如傾這樣的，頂多只能算是一隻瘋狗，咬人之餘，將自己也搭了進去。

第九百七十三章　冷宮來信

小寧子將素心臘梅插回花瓶中，憂心地道：「若是這樣，豈非是養虎為患？主子，咱們可得早做準備才行，否則真讓她反咬一口，可就得不償失了。」

那拉氏展一展織錦飛彩的袖子，涼聲道：「還用你教本宮嗎？她想要咬本宮，也得先成一隻真正的虎才行。眼下利爪未成，獠牙未長，還遠遠威脅不到本宮。」不等小寧子說話，她又道：「先等她將劉氏的孩子除去吧，那個孩子，總是讓本宮心驚肉跳的，也不知會生個什麼妖孽出來。」

小寧子獻媚地道：「奴才觀那謙貴人的面相十足十是一個福薄之人，斷然沒生下龍胎的福氣，主子盡可放心。」

那拉氏瞅著他，似笑非笑地道：「本宮怎麼不知道你還會看相？」

小寧子陪笑道：「奴才以前跟著一個老太監學的，一點兒雕蟲小技，不敢在主子面前獻醜。」

「行了，別在本宮跟前賣乖了，把這後宮裡的事給本宮盯緊一點兒，有什麼風吹草動立刻來報本宮。」

「奴才知道。」小寧子答應之後，抬起頭來，看到那拉氏凝眸沉思，眉間更露出一絲憂色，不禁問：「主子在想什麼？」

那拉氏搖搖頭，嘆道：「本宮在想，皇上如今是個什麼想法。本宮的傷早就好了，可皇上遲遲不將六宮之權交還本宮，一直讓熹妃代掌。難道皇上打算讓熹妃成為第二個年氏？」

小寧子趕緊安慰：「不會的，年氏當年之所以能掌權，泰半是因為年羹堯的緣故；而熹妃雖然得寵，家族勢力卻遠不能與曾經的年家相比，其本身又只是正三品的妃子，由她越過主子執掌後宮，名不正、言不順。」見那拉氏還是眉頭不展，續道：「奴才以為，皇上是因為朝事繁忙，這才一時顧不上這些，等皇上得空一些，自然會將六宮大權交還主子，始終您才是皇后。」

皇后……這兩個字令那拉氏默然無語，許久才站起身來，走到珊瑚長窗前，望著外頭盛放的臘梅，輕聲道：「是啊，本宮除了皇后這個名頭之外，便什麼都沒有了。」

小寧子緊跟著走到她身後，垂目道：「主子還有二阿哥呢，二阿哥一直對主子孝敬有加，前幾日剛讓人送了一批上等的花膠來。」

弘時……這個名字讓那拉氏稍稍心安。是啊，她還有弘時，她如今所做的一切就是要掃平弘時登基路上的絆腳石，讓他在胤禛百年之後，成為新君的不二人選，而自己就會坐上太后的寶座，成為世間最有權勢的女人。

十一月初九這日，凌若陪著胤禛在屋中說話，楊海忽的走了進來，打了個千後垂手站在一旁。

見他不說話，凌若奇怪地道：「怎麼了，可是有事？」

「奴才……」楊海搓著手，為難地瞅了一眼胤禛，欲言又止。

胤禛留意到他這個怪異的舉動，擰眉道：「說，到底有什麼事？」

楊海趕緊跪下，神色惶恐地道：「回皇上與娘娘的話，剛才冷宮來人稟報，說被關在冷宮中的溫氏，她……她……」

聽到是溫如傾，胤禛神色一冷，將捻在手裡的佛珠往桌上一放，道：「她死了嗎？」

楊海嚥了口唾沫，艱難地道：「回皇上的話，溫氏沒有死，而是……」

聽到楊海說溫如傾沒死，胤禛冷喝一聲道：「既是沒死，便好生關著！等她死了再來與朕說。」一想起劉氏的孩子險些小產，還有慘死的溫如言，胤禛便對溫如傾充滿了厭惡。

凌若對楊海道：「好生回話，到底出了什麼事？」

「嘛！」楊海嚥了口唾沫，說出無比驚人的話來：「溫氏沒死，但她的腹部卻隆了起來，看著像是身懷六甲的樣子，而且月信也一直沒來過。」
「溫氏懷孕了？」凌若悚然一驚，下意識地看向胤禛，脫口道：「難道是皇上的龍種？」
「不可能！」胤禛斷然否決了凌若的話。他很清楚地記得，在溫氏被打入冷宮之前，他便有一陣子沒寵幸她了，若真懷了龍胎，應該早早就有反應，怎可能到現在才顯露出來。
思索片刻，胤禛命四喜去敬事房將記載嬪妃侍寢的冊子取來，在翻閱之後，發現溫如傾懷孕與冊子中記錄的侍寢時間根本不相符。
在胤禛難看的臉色中，凌若掩嘴驚呼：「難道溫氏她……她竟然做出不潔之事？可這是後宮，向來戒備森嚴，除了宮女便是淨過身的太監，怎麼可能……」說到這裡，她連連搖頭，盯著楊海道：「可曾查清楚，確實為有孕嗎？」
「回主子的話，來報信的小太監只是懷疑，具體究竟是否懷孕，還要等太醫診過後才知道。」
凌若低頭思索了一會兒，遲疑地道：「皇上，或許溫氏只是生病了，畢竟她被關進冷宮中，出入不得自由，又能去哪裡與人通姦。」
胤禛陰陰一笑，帶著少有的猙獰道：「她被關入冷宮才多少日子，若是在冷宮中通姦，腹部怎麼也不可能隆起得那麼明顯。」
「依皇上的說法，應該是在入冷宮之前了，可宮裡除了太監、宮女，便沒其他人了，除非……」凌若似乎想起什麼，猛然收住聲音。

然胤禛已經從中聽出了意思，獰笑道：「除非是侍衛對嗎？呵呵，溫連森養出來的女兒，可真有膽子，害了朕的貴妃不夠，竟然還在朕的眼皮子底下與人通姦，她將朕當成什麼人！」說到後面，胤禛已是遏制不住那份怒氣，猛然將桌上的東西掃落。

凌若冷眼看著這一幕。胤禛是一個極為要強的人，這樣的他絕對無法忍受自己的女人不貞，哪怕這個女人已經被他厭棄，也是絕對不允許的。

這般想著，她面上卻惶恐地勸道：「皇上先別動氣，事情還未查清楚，也許只是一個誤會也說不定，臣妾總覺得溫氏不敢做出這樣的事來。」

第九百七十四章 論罪當誅

四喜正要領旨，凌若已然道：「皇上，此事涉及溫家幾十條命，還是當慎重一些為好。不如讓太醫去給溫氏把把脈，若真是不潔，與人私通、懷有野種，再處死不遲。」

胤禛微一點頭道：「那就依熹妃的意思去辦吧。若溫氏未與人私通，便饒過溫家上下。不過，不管怎樣，溫氏都要死！」他對溫如傾徹底沒有了耐心，甚至不願再聽到這個名字。

「臣妾遵旨！」

待胤禛走遠後，凌若方直起身來，眸中是無盡冷意。布了這麼久的局，終於到收網之時了。「扶本宮去冷宮，另外傳周太醫來。」

天色陰冷得可怕，抬頭望去，可以看到厚重壓頂的鉛雲。一路上不斷有宮人無聲跪下，帶著畏懼與敬意，朝著這位宮中盛寵不衰的娘娘行禮。

凌若再一次站在冷宮門口，大門還是與之前一樣斑駁。小太監在看到凌若的那一刻便立即奔過來，戰戰兢兢地行著禮。自從溫氏的肚子大起來後，他就沒一刻安心過，唯恐被此事牽連。

「帶本宮去見溫氏。」

聽到凌若的吩咐，小太監趕緊答應一聲，推開那扇厚重破舊的宮門，驚起那些停在樹上的烏鴉，在院中落下一根根漆黑的羽毛。

那小太監領著凌若到上次來的屋子門口後，恭敬地道：「娘娘，溫氏就在裡頭，要奴才陪您一道進去嗎？」

「不必了，你去外頭等著，若是看到周太醫，便將他帶到這裡來。」打發小太監下去後，凌若方推開門，走進陰暗冰冷的屋子。

「誰！」溫如傾有些不適應外頭的亮光，用手擋著眼睛。

凌若冷眼看著躺在床上的溫如傾，道：「溫貴人這麼快便不認得本宮了嗎？」

「是妳！」這個聲音，溫如傾死都不會忘記，一把掀開身上散發著異味的棉被，朝凌若撲來；然她剛走了一步，便摔倒在地，沒有了棉被的遮掩，可以看到她明顯隆起的腹部。

溫如傾在地上掙扎著想要爬起來，嘴裡尖聲叫著：「鈕祜祿凌若，妳到底給我吃了什麼藥！為什麼我的肚子會一天比一天大，而且每到夜裡還劇痛不止！」

這些天她快要被自己的肚子折磨瘋了，求生不得，求死不能，好幾次痛到極處時，都恨不得自盡，但痛過之後，又失去了勇氣，所以一直苟活到現在。

若只是這樣也就算了，可很快的，她發現自己腹部在不斷地變大，到最後連衣裳也遮不住了，就像是孕婦一般。她不知道為什麼會這樣，很害怕，所以一直躲在屋裡不肯出去，但還是被送飯來的小太監發現了。

「害怕了嗎？」凌若蹲下身，看著被痛苦折磨得不成人樣的溫如傾，眼裡盡是暢快的笑意。「溫如傾，這就是妳害死溫姊姊的報應！」

「說！妳到底給我吃了什麼藥！」對未知的恐懼與害怕，令溫如傾歇斯底里地大叫著。

凌若微笑著伸手在溫如傾隆起的腹部撫過。「妳不是已經知道了嗎？」

溫如傾毛骨悚然，手腳並用地往後爬了幾步，避開凌若的手，指甲摳著地上的灰塵，顫聲道：「我知道什麼？」

凌若笑而不語，起身拍拍手。楊海從屋中取過一張尚算完好的凳子，用袖子拂盡上面的灰塵後，扶凌若坐下。

「妳說啊！我叫妳說啊！」

任憑溫如傾怎麼叫，凌若都沒有開口，直至小太監領著周明華進來，小心地道：「娘娘，周太醫來了。」

凌若微一點頭，指著溫如傾道：「周太醫，你替她把把脈，看她到底是不是身懷六甲。」

周明華尚未說什麼，溫如傾已經意識到不好，厲聲大叫：「妳胡說什麼，我怎麼會身懷六甲？都是妳逼我吃藥，才會變成這樣！」這般說著，忽的又露出恍然之色。「我懂了，妳這是想害我！鈕祜祿凌若，妳想讓我背上通姦之罪！」

凌若無動於衷，淡然道：「不必理會她，只管過去診脈就是了。」

「是。」周明華壓下心中的驚意，上前欲替溫如傾診脈，可後者根本不讓他碰，直至凌若命人壓住她的手，周明華方才得以診脈。片刻後，他鬆開手，朝凌若施禮道：「回娘娘的話，溫氏確實是喜脈。」

「不可能！」溫如傾瘋狂地尖叫，她很清楚，在自己入冷宮之前，胤禛已經有一陣子沒寵幸她了，月信也來過，怎麼可能懷孕？

凌若拂一拂衣上的灰塵，抬眸道：「看來事情都清楚了，溫氏並非生病，而是與人通姦，身懷孽種，論罪——當誅！」

第九百七十五章 處死

「我沒有，妳陷害我！」溫如傾用力指著凌若，心中恨得幾欲嘔出血來。「妳這個蛇蠍心腸的毒婦，想出這樣惡毒的法子來害我，我不會讓妳趁心的！我要見皇上，我要把所有事告訴皇上，讓他殺了妳這個惡毒的女人！」

「可惜皇上不願見妳。」凌若起身，漠然地看著她。「溫如傾，擺在妳跟前的，只有死路一條。」

「我不會死！我不會輸給任何人！」溫如傾忽的從地上爬起來，想要往外跑，被楊海抓了個正著，牢牢箝住她的雙手，任她怎麼掙扎都擺脫不了。

溫如傾大駭之餘，叫：「現在尚是太后持喪期，妳若殺我就是違抗聖旨！鈕祜祿凌若，妳不可以這麼做！」

「我殺妳自然是不行，但若是皇上下旨呢？」

這句話令溫如傾心中浮起不祥，死死盯著凌若。「妳在皇上面前說了什麼？」

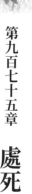

「本宮什麼都沒說，不過皇上在知道妳與人通姦、身懷野種的事後勃然大怒，已經下旨賜妳死罪。不只妳，溫家上下所有十四歲以上的人都要死，餘下的則流放充軍，終身不得回京！」迎著溫如傾駭然欲死的目光，她含著一縷笑意道：「本宮還怕冤枉了妳，在皇上面前極力進言，令皇上同意讓周太醫過來替妳診脈，不過眼下看來卻是有些多餘了。」

聽到她這些話，溫如傾掙扎得更厲害了，好幾次楊海都快抓不住她，莫兒忙過來死死按住。

過了許久，溫如傾終是耗盡力氣，站在那裡不住地喘著粗氣，然心中依然充滿恨意。「鈕祜祿凌若，妳這個毒婦，不只要害我，還要害我溫家上下幾十條人命，妳好歹毒的心腸！」

凌若微微一笑，走上前在她耳邊輕聲道：「本宮說過，不只妳，整個溫家本宮都要剷除，只有如此，姊姊才會安息。」

她的話粉碎了溫如傾最後一絲希望，渾身皆因為即將到來的死亡而劇烈地顫抖著，嘴裡喃喃說著不想死的話。可惜，她的生死並不曾掌在自己手中。

凌若收回目光，面無表情地對站在門口的小太監道：「本宮奉皇上旨意，賜死溫如傾，去取白綾來。」

小太監應了一聲，當他再次出現時，手上已經多了一條長長的白綾。

看著那條散發死亡氣息的白綾，溫如傾害怕得大哭起來，更第一次向凌若求饒。「不要殺我！求妳不要殺我，只要妳肯放我活命，要我做什麼都可以！」

看著那張因害怕而變形的臉，凌若沒有任何憐憫。她永遠不會忘記溫姊姊死時的情形，不會忘記姊姊在臨死前無比痛恨地說自己為什麼要是溫家人，為什麼要姓溫！

溫如傾驚惶地看著那條白綾套上自己的脖子。死了……自己真的要死了，死在熹妃的手裡……

當感覺到白綾收緊時，她驟然回過神來，死死盯著凌若，紅著眼睛道：「鈕祜祿凌若，今日我鬥不過妳，死在妳手中，但妳這樣惡毒，終有一日會遭報應的！我會在黃泉路上等著妳下來！」

凌若沒有理會她，只是看著楊海不斷收緊白綾，看著溫如傾的舌頭伸出來，然後手腳抽搐地翻白眼，到最後，那雙眼已經全部翻成白色，而她的手腳亦一動不動地垂下來。

當白綾鬆開，溫如傾像死狗一樣倒在地上時，凌若忽的笑了起來，笑聲越來越大，直至眼淚都笑了出來。

她報仇了，她終於替姊姊報仇了，讓溫如傾，讓所有溫家人都付出了應有的代價！

笑聲緩緩低了下來，她走到緊閉的窗前，將窗門推開，院中的烏鴉越停越多，一隻隻都盯著這間屋子。牠們好像已經聞到了死人的氣息，正等著尋機會衝進來啄取屍體上的肉。

凌若抬手拭去眼角淚水，在放下手時，她下意識地往手上看，手掌潔白如玉，沒有一絲血腥，然心裡清楚，這雙手剛剛沾了一個人的鮮血，而且很快的，又會沾染幾十條人命的鮮血。

這樣多的血，哪怕抄一輩子佛經，吃一輩子素齋也洗不淨了，但她不後悔，害死姊姊的不只是溫如傾，還有整個溫家，這些人都該死！

楊海扔下手裡的白綾，低頭道：「主子，溫如傾已奉旨處死。」他的聲音有些發抖。雖然溫如傾是罪有應得，而且他們也是奉旨所為，但畢竟是他第一次親手殺人，不可能像沒事人一般。

凌若微一點頭，轉身走了出去，待走到院子時，感覺到臉上微微一涼，緊接著更多的涼意落在臉上。她訝然望去，陰沉的天空不知何時飄起了細小的雪花。

他們剛一走出來，無數的烏鴉就撲著翅膀從窗口飛進去，停在溫如傾的屍體上，不斷地啄食著美餐。

凌若伸手，任由雪花飄在掌心，輕聲道：「又到一年白雪紛飛時，只不過這一年，再也不會有溫姊姊陪本宮過除夕了。」

楊海走上來道：「主子莫難過了，您已經替惠賢貴妃報仇了，惠賢貴妃在天有靈，也可以安息了。」

凌若搖頭不語，轉眸，看到周明華一臉煞白地站在那裡，問：「為什麼臉色這般難看？」

周明華扯一扯嘴角道：「沒事，只是微臣第一次親眼看到有人死在眼前，有些不習慣。」

凌若仰頭看著漫天飛雪，喃喃道：「那你得趕緊習慣了，因為以後會有更多的人死，可能是別人，也可能是本宮……」

楊海知道，雖然主子現在看起來無事了，但心中一直放不下惠賢貴妃的死。他在心底嘆了口氣，上前道：「主子，冷宮乃是不祥之地，不宜久待，奴才扶您回去吧。」

凌若待要答應，忽的想起一事來，喚過遠遠跟在後面的小太監，道：「年氏在哪裡？你帶本宮過去看看。」

小太監趕緊勸止道：「娘娘還是不要過去了，年氏自天冷之後，就生起了病，咳得很厲害，奴才有一回還看她咳出了血，有些像是肺癆，奴才聽說那病可是會傳染的。」

第九百七十六章 冷宮年氏

凌若猶豫了一下，仍是讓小太監在前面帶路。

莫兒不放心地道：「主子，您還是別去了，年氏已經被廢了，沒什麼好見的；再說萬一要是染了病，可怎生是好？」

「無妨，本宮離遠一些就是了，沒那麼容易傳染的。」凌若也不知道自己為何會生起見年氏的念頭。

很快就到了年氏居住的屋子，還未進門便聽得裡面不斷傳來劇烈的咳嗽聲，凌若待要進去，被周明華勸阻道：「娘娘先在這裡等會兒，待微臣將門窗打開，通一通風。」

凌若默然答應，待周明華做完這一切後，方才跨步入內。

此時的年氏已經沒有了昔日的雍容與華貴，長髮亂七八糟地披在身後，一床看不出原來顏色的薄被蓋在瘦得成皮包骨頭的身體上，她捂著嘴不住地咳著，然那雙眼卻一直盯著凌若。

待咳嗽停下來後，她放下手，戒備地緩緩道：「妳怎麼會來冷宮？」不等凌若回答，她忽的又冷冷道：「可是皇上不願再讓我活著，所以讓妳來殺我？」

在提到這個「殺」字時，她顯得很平靜，並沒有什麼不甘或害怕。

凌若凝望著年氏，搖頭道：「沒有，皇上沒有下旨殺妳，我不過是來看看妳。」

年氏捂嘴咳了幾聲，諷刺地道：「呵，是皇上沒有想殺我，還是他根本忘了我這個人？」

凌若淡淡地問：「有區別嗎？」

年氏愣了一下，旋即搖頭輕笑，轉頭看著窗外飄零飛舞的雪花。「是啊，這一切對我來說還有區別嗎？沒有了。被關在這裡的幾個月，終於讓我明白了一件事，原來皇上對我，根本沒有情義，一切的好與不好，皆是因為我家族的盛與不盛。虧得我之前還以為皇上對我有真情，現在回想起來，真是可笑。」

凌若默然不語，好一會兒方順著年氏目光，望向外頭的雪花。「我沒想到妳能想明白這些。」

「妳以為我會歇斯底里地不肯接受現實嗎？」年氏淒然笑著，任由冰涼的雪花拂在臉上。「是啊，從我嫁進貝勒府的那一天，就從來沒想過自己有朝一日會被廢入冷宮。沒有在這裡待過的人，絕對無法想像這裡的日子，吃的是餿掉的飯菜，蓋的是這麼薄薄一層根本不暖和的被子……」

年氏絮絮地說著自己在冷宮裡的事，想來是很久沒有人聽她說話了，所以雖然咳得很厲害，她還是不停地講著。

雪似乎下得大了一些，如柳絮一樣飄進來，落在年氏的髮絲上。凌若輕聲道：「楊海，你把窗子關上吧。」

楊海答應一聲，待要去關，年氏已經道：「不必了，開著吧，我不知道以後還有沒有機會再看到這樣的雪景。」這般說著，她忽的笑了起來，儘管瘦得皮包骨頭，臉色也極差，但五官輪廓尚在，笑起來時依然令人眼前一亮。

凌若有些驚訝地看著她。年氏似感覺到她的想法，抬起眼道：「連我自己都沒想到竟然可以笑出來，能與妳這樣平心靜氣地說話。鈕祜祿凌若，從我第一眼看到妳，我就不喜歡妳，所以我處處針對妳、處處打壓妳，二十幾年來，從沒有放棄過；可最終妳還是成為了熹妃，成為了皇上最在意的那個人，而我則將自己送進了冷宮。」

望著茫茫雪花，凌若幽幽道：「皇上最在意的那個人既不是妳也不是我。」

「我知道，是納蘭湄兒，可她已是八福晉，不能再與我們爭什麼，所以我只是一味地與妳爭，與那些人爭，卻怎麼也沒想到，皇后才是咬人最狠的那一個，我的兩個孩子皆死在她手裡！」說到最後一句，年氏死死握緊了手。

許久，她緩緩鬆開手，看著掌心的印子，面目猙獰地道：「那日拿刀行刺她，我就已料到今日的下場，左右弘晟已經死了，我就算活著，也不過是一具行屍走肉，與死沒有分別。唯一遺憾的就是沒有殺死她、殺死那個賤人！咳，咳咳！」

在年氏劇烈的咳嗽聲中，凌若緩緩道：「也許真是好人不長命，禍害遺千年，從潛邸到後宮，死了那麼多人，唯有她始終屹立不倒。」

在咳嗽漸漸平息後，屋中陷入了長久的靜寂，耳邊唯有呼呼的風雪聲。不知過了多久，年氏眸光一閃，落在凌若身上，道：「妳為什麼來冷宮，看我嗎？」

凌若搖頭，淡然道：「我奉旨來處死一個人。」

「是誰？」年氏疑惑地問著。她與溫如傾雖同處在冷宮中，卻不曾見過。

「溫如傾。」

當這三個字從凌若嘴裡吐出來時，她訝然道：「惠妃的妹妹？她為什麼被打入冷宮？惠妃呢？我記得她很疼這個妹妹。」

「惠妃死了，被溫如傾害死了。」凌若簡單地將事情說了一遍。

年氏長出一口氣，搖頭道：「想不到這段時間發生了這麼多事，太后、惠妃都死了。溫如傾不只害人，還敢與人通姦，真是死有餘辜。」

沉默片刻後，凌若起身道：「我該走了。」

「熹妃。」年氏忽的開口喚住凌若。「我能否問妳一件事？」

凌若停住腳步，回頭道：「什麼？」

年氏有些緊張地道：「我哥哥還有家人怎麼樣了，皇上有沒有再為難他們？」

望著年氏白如飛雪的臉龐，凌若心裡莫名浮上一絲惻隱。「大臣再次彈劾年羹堯，皇上已將他從西藏調回京，如今年家人已被關入刑部大牢，等候發落。」

淚水無聲地從年氏眼中落下，淒然道：「皇上他……終歸還是不肯放過哥哥。」

凌若輕嘆一聲，言不由衷地道：「也許皇上會念在年羹堯從前立下的戰功，從輕發落，妳不必太過擔心。」

年氏搖頭道：「妳比我更了解皇上，他若有心放過，就不會因為大臣的幾句彈劾而將我哥哥從西藏召回來。我哥哥盛寵時，三天兩頭有人彈劾他，皇上都是一笑置之，從不加以理會。」

凌若收回目光，背對著她道：「不管怎樣，這些事，妳都已經過問不了，多說只會讓自己難過。」

「我知道自己已經沒有能力管了。」年氏低頭喃喃說了一句，忽的再次喚住已經走出門口的凌若：「熹妃，我想求妳一件事。」

凌若頭也不回地道：「我不會替年羹堯求情的。」

「我知道，我想求妳的是另一件事。」見凌若沒有停下的意思，她咬牙從床上爬起來，「撲通」一聲跪在地上，朝凌若用力磕頭，一字一句道：「我求妳替弘晟報仇，讓皇后這個賤人下十八層地獄，永不超生！」

這輩子，除了面對胤禛，年氏再沒有這樣求過人，哪怕是她最落魄的時候。若非對皇后恨到了極處，又怎會放下所有尊嚴，去求昔日欲除之而後快的仇人。

聽著身後的磕頭聲，凌若身子動了一下，最終還是沒回過頭，只是道：「就算妳不求我，我也會盡己所能，除掉皇后！」

「謝謝！」

這是凌若聽到年氏說的最後一句話，兩日後，年氏在冷宮中病逝，時年三十九歲，沒有任何追封，只有凌若命人賞下的一口薄棺……

當凌若將這件事告訴胤禛的時候，他什麼也沒說，繼續批改著奏摺，不過朱筆卻連著寫錯了好幾個字。

十二月，朝廷議政大臣對年羹堯進行會審後，定罪九十二條，請求明正典刑。在這九十二條罪中，大逆罪五條、欺罔罪九條、僭越罪十六條、狂悖罪十三條、專擅罪六條、忌刻罪六條、殘忍罪四條、貪婪罪十八條、侵蝕罪十五條。

最終，胤禛念及年羹堯曾經的功勞，命其在獄中自裁，至於其父兄，凡任官者俱革職，嫡親子孫發遣邊地充軍，家產抄沒入宮。

隨著年羹堯的死，曾經盛極一時的年氏一族在朝中徹底銷聲匿跡……

熹妃傳

熹妃傳 第二部第七冊

作　　者／解語
執 行 長／陳君平
榮譽發行人／黃鎮隆
協　　理／洪琇菁
總 編 輯／呂尚燁
執行編輯／陳昭燕
美術監製／沙雲佩
美術編輯／陳又荻
國際版權／黃令歡、梁名儀
企劃宣傳／陳品萱
文字校對／朱瑩倫
內文排版／謝青秀

國家圖書館出版品預行編目資料

熹妃傳. 第二部 / 解語作. -- 1 版. -- 臺北市：城邦文化事業股份有限公司尖端出版：英屬蓋曼群島商家庭傳媒股份有限公司城邦分公司尖端出版發行, 2023.5-
冊；　公分

ISBN 978-626-356-562-3（第 7 冊：平裝）

857.7　　112004033

出版／城邦文化事業股份有限公司　尖端出版
台北市 104 中山區民生東路二段 141 號 10 樓
電話：（02）2500-7600　傳真：（02）2500-2683
讀者服務信箱：7novels@mail2.spp.com.tw
發行／英屬蓋曼群島商家庭傳媒股份有限公司城邦分公司　尖端出版
台北市 104 中山區民生東路二段 141 號 10 樓
電話：（02）2500-7600　傳真：（02）2500-1979
劃撥專線：（03）312-4212
戶名：英屬蓋曼群島商家庭傳媒（股）公司城邦分公司
劃撥帳號：50003021
※ 劃撥金額未滿 500 元，請加付掛號郵資 50 元
法律顧問／王子文律師　元禾法律事務所　台北市羅斯福路三段 37 號 15 樓

台灣地區總經銷／中彰投以北（含宜花東）　楨彥有限公司
電話：（02）8919-3369　　傳真：（02）8914-5524
雲嘉以南　威信圖書有限公司
（嘉義公司）電話：（05）233-3852　　傳真：（05）233-3863
（高雄公司）電話：（07）373-0079　　傳真：（07）373-0087
馬新地區總經銷／城邦（馬新）出版集團 Cite（M）Sdn Bhd
電話：603-9057-8822　　傳真：603-9057-6622
E-mail：cite@cite.com.my
香港地區總經銷／城邦（香港）出版集團 Cite（H.K.）Publishing Group Limited
電話：852-2508-6231　　傳真：852-2578-9337
E-mail：hkcite@biznetvigator.com

版　次／2023 年 5 月 1 版 1 刷